299/

A E
& I

La Casa de Dostoievsky

Autores Españoles e Iberoamericanos

Esta novela obtuvo el II Premio Iberoamericano
Planeta-Casa de América de Narrativa 2008,
concedido por el siguiente jurado:
Miguel Barroso, Gioconda Belli, Ignacio Iraola,
Álvaro Pombo y Marcela Serrano.
La reunión del Jurado tuvo lugar en Buenos Aires
el 29 de marzo de 2008.
El fallo del Premio se hizo público tres días después
en la misma ciudad.

Jorge Edwards

La Casa de Dostoievsky

Premio Iberoamericano Planeta-Casa de América
de Narrativa 2008

Obra editada en colaboración con Editorial Planeta – España

© 2008, Jorge Edwards
© 2008, Editorial Planeta, S.A. – Barcelona, España

Derechos reservados

© 2008, Editorial Planeta Mexicana, S.A. de C.V.
Avenida Presidente Masarik núm. 111, 2o. piso
Colonia Chapultepec Morales
C.P. 11570 México, D.F.
www.editorialplaneta.com.mx

Primera edición impresa en España: mayo de 2008
ISBN América: 978-84-08-08225-5

Primera edición impresa en México: junio de 2008
ISBN: 978-970-37-0809-3

Impreso en los talleres de Litográfica Ingramex, S.A. de C.V.
Centeno núm. 162, colonia Granjas Esmeralda, México, D.F.
Impreso en México – *Printed in Mexico*

I

LA ESPALDA DE TERESITA

1

Ya se hablaba del Poeta hacia fines de los años 40, por el 48 o el 49, quizá un poco antes, en la época de los radicales, de González Videla, de la Ley Maldita, en un Santiago donde todos nos encontrábamos en las cuatro o cinco manzanas del centro y en sus alrededores, en el Parque Forestal, en el cerro Santa Lucía, y donde se empezaba a representar en salas pequeñas el teatro de Jean-Paul Sartre, *Huis clos, Les mains sales*, o el *Calígula* de Albert Camus. Veíamos bajar al Poeta, ¿Alberto, Ernesto?, por la escalinata carcomida de la Escuela de Bellas Artes, poniendo el pie en cada escalón con una especie de lentitud cuidadosa, como si dudara antes de ponerlo, y mirando el paisaje por encima de las cabezas de los demás, ensimismado, distraído, ostentosamente ajeno a todo, con su gran cartapacio de dibujo debajo del brazo. Los poemas suyos solían aparecer en las revistas universitarias de entonces, en *Claridad*, en *Juventud*, en una que se llamaba *Nuevo Extremo, Extremo Sur* o algo por el estilo, e incluso en la revista *Pro Arte*, que se había mantenido durante algún tiempo y que había dado a conocer a poetas como T. S. Eliot, Ezra Pound, César Vallejo, entre muchos otros. A menudo, el poema en cuestión estaba ilustrado por algún dibujo suyo, por ejemplo, un autorretrato grotesco a lápiz o a tinta china: un personaje con su misma cara, con su melena ensortijada, pero con ojos desorbitados, con escamas, con largas extremidades, uñas en forma de garras en las manos y en los pies, además de una joroba naciente. Eran, para decirlo de una manera suave, autorretratos bestiales, seres vagamente parecidos a él, pero que salían de las alcantarillas o de las catacumbas. Y casi todos teníamos la sensación, en aquellos años, de que algunas de las personas que nos rodeaban habían salido del subsuelo. Era una intuición vaga, pero que le daba un tono al ambiente, a las conversaciones, incluso a las risotadas que estallaban de cuando en cuando.

El Poeta, como dijimos, miraba por encima de las muchachas y de los jovenzuelos sentados en las esquinas de las gradas, de los profesores de largos abrigos, bufandas colgantes, sombreros de fieltro, que hablaban sin parar de sus años en París antes de la guerra, de Pablo Picasso y del Pilo Yáñez, y después de bajar el último escalón, desembarcaba en la explanada de tierra y se internaba, sin saludar a nadie, sin fijarse en nadie, por los senderos del Parque.

En esos años tan lejanos, el Parque Forestal estaba mucho menos invadido que ahora por el tráfico, por el ruido, por la mugre, por las tarimas con orquestas atronadoras y payasos chillones. Era un espacio que habríamos podido llamar amable, aunque esto sea, quizá, una noción de la generación nuestra, un concepto sin destino. De hecho, había en el Forestal, o planeaba sobre él, una belleza no estridente, no agresiva, y cuya función parecía consistir en conectar el centro urbano con el río, con el espectáculo lejano de la cordillera, con el cielo y sus nubes, con todo lo que estaba más allá de lo rutinario y lo consabido. Nadie que haya visto caminar al Poeta por aquellos senderos, en aquellos márgenes del tiempo y de la geografía, podrá olvidar esa imagen. A veces nos reíamos, hablábamos de Charles Baudelaire en el Parque Forestal, el Baudelaire de las maravillosas nubes, y otras veces nos quedábamos callados, pensativos. El Poeta caminaba con relativa lentitud (cuidadosa lentitud, como ya hemos dicho), aunque con trancos largos, y de repente daba la impresión de que se escoraba, de que estaba a punto de desplomarse, y de que en el minuto decisivo hacía un esfuerzo enorme y se enderezaba, moviendo los dedos libres de una de las manos, marcando el ritmo de algo que sucedía adentro de su cabeza: una discusión consigo mismo, unos versos que germinaban, una argumentación que no había podido desarrollar en el momento oportuno y que ahora, cuando ya era tarde, adquiría una ilación brillante, una cadencia, un brío no previstos.

Se alejaba rápido el Poeta, ¿Ernesto, Eulalio?, como si el demonio le pisara los talones, de los grupos reunidos a la salida de la Escuela, pero después, en alguno de los senderos, en el encuentro de unos jazmines orientales con un triángulo de coníferas enanas, solía encontrarse con personas conocidas, conocidas y respetadas por él, o por lo menos aceptadas, y sentarse en un banco a conversar. Muchos se acuerdan de haberlo visto en animada charla, en acalorados intercambios, con Lucho Oyarzún, con Eduardo Anguita y alguno de los Humeres, con Alejandro Jodorowsky, que todavía manejaba un teatro de títeres en una casa de la calle Lira, con un poeta consumido por la tuberculosis, oriundo de San Bernardo, que estudiaba medicina y era muy aficionado a las bromas macabras, o con un músico alto, melenudo, de eterna boina negra, de cara demacrada, de apellido Toro, y que se declaraba seguidor de la Escuela de Viena, la de Arnold Schoenberg, Alban Berg y todos ellos.

Algunos de nosotros fuimos admitidos después, en el mismo Parque Forestal, en el club de los alemanes pobres de la calle Esmeralda, en cualquier otro lado, a tomar parte en esas conversaciones. No es fácil decir ahora, al cabo de los años, de qué se hablaba exactamente. Porque había historias privadas, pelambres, temas del momento, sorpresas del día, y al lado de todo eso se discutía sobre el pensamiento de Martín Heidegger, el ser, el para el ser, el ser para la muerte, y de repente aparecían junto a nosotros, sentados en el mismo banco, como viejos conocidos nuestros, personajes como Charles Swann, o Elstir, el pintor, o el Barón de Charlus, esto es, ficciones salidas directamente de las páginas de Marcel Proust, aparte de Acario Cotapos, y Pilo Yáñez, de nuevo, y Gabriela Ribadeneyra, artista inefable a quien habíamos bautizado como Madame Gaviota. Ya ven ustedes. Muchos se acordaban de un recital de Neruda en el Teatro Miraflores en el que había leído poemas de *Residencia en la tierra* desde atrás de una máscara del Oriente Lejano, pero el Neruda de ahora, el que se paseaba por Europa en calidad de héroe comunista, era otro, sin duda, para bien o para mal, y Oyarzún, con voz un poco engolada, defendía a Gabriela Mistral y recitaba poemas suyos de memoria, *Todas íbamos a ser reinas,* en tanto que Vicente Huidobro había regresado de París, por fin, y algunos contaban que traía en su equipaje el teléfono de Adolfo Hitler. Las conversaciones solían desembocar en sonoras carcajadas, en palmoteos y pataditas en el suelo, y cuando tenían lugar en los alemanes de la calle Esmeralda, alrededor de botellones de vino barato, había un final inevitable de ropa oscura, porque el gris mayor y el azul marino predominaban, por simbolistas o malditos que fueran sus usuarios, llena de círculos blancos de sal, en medio de los gritos y del humo, porque se suponía que la sal absorbía las manchas de vino tinto.

Parece que el primero de nosotros o uno de los primeros que conoció al Poeta fue el Chico Adriazola, Arturo Adriazola, a quien algunos, no se sabe por qué, conocían como el Pipo Adriazola. El Chico tenía una hermana igual o más baja de estatura que él, la Lorita, y los mayores se acordaban de su padre, también pequeñajo, casi enano, el Pichiruche Adriazola. El Pichiruche era un periodista de derecha, colaborador habitual de *El Diario Ilustrado*, y había participado en las primeras campañas políticas de don Arturo Alessandri Palma, el León, quien, en los años de que estamos hablando, los de la aparición del Poeta, todavía actuaba en el Senado de la República y solía pasear por el Parque Forestal con su bastón a la espalda, acompañado de alguna persona de respeto. Lo curioso es que el Chico, bautizado Arturo, al parecer, en homenaje al León de Tarapacá, en lugar de seguir la línea conservadora paterna, se había inscrito desde muy joven, poco después de la muerte repentina de su padre, en el Partido Comunista. Lo que ocurría es que otro hermano del Pichiruche, otro de los Adriazola, se había hecho comunista en los años de la guerra civil española, como le ocurrió a mucha gente de los medios de la prensa, de la universidad, de los círculos intelectuales, y había adoctrinado a su sobrino huérfano, quien, por lo demás, junto con su madre viuda y con su hermana, había quedado pobre como la rata y no tenía la menor razón para hacerse liberal manchesteriano o conservador.

¿Cómo conoció, pues, el Chico Adriazola al Poeta? Dicen que su hermana menor, la Lorita, que era igual de chica que él, pero bien proporcionada, de bonito pecho, bonitas pantorrillas, ojos agraciados, tincudos, llegó una noche de sábado, después de un baileteo en casa de una compañera de curso, sentada en el asiento de atrás de una bicicleta vieja que manejaba uno de los participantes en la fiesta. El Chico, encerrado en su dormitorio, dedicado a la contemplación de las moscas, no vio nada. Tampoco supo ni podía saber que su hermana menor había llegado en compañía del Poeta, de Ernesto, Heriberto, en persona. Pero escuchó voces, y después supo que la Lorita y el amigo suyo, el de la bicicleta, se habían encerrado en el living y habían puesto la Quinta Sinfonía de Beethoven, en interpretación de Arturo Toscanini y de la Orquesta Sinfónica de Nueva York, a todo lo que daba. El Chico esperó un rato, mordiéndose las uñas, temblando de ira, y en seguida salió del dormitorio en piyama, a pata pelada, y golpeó en los vidrios de la puerta del living.

—¡Dejen dormir! —gritó.

No hubo respuesta, pero los que estaban al otro lado bajaron el volumen de la vitrola.

—¡Qué despelote! —exclamó, o exclamaría, el Chico, que estaba con los pelos disparados, pálido, parecido a un gnomo furibundo. Se fue al repostero y le preguntó a la Bertina, la empleada, que escuchaba una comedia por la radio mientras zurcía un par de calcetines, que qué estarían haciendo esos dos encerrados en el living. La Bertina se encogió de hombros. La madre del Chico y de la Lorita, la viuda del Pichiruche Adriazola, no estaba en la casa. Se dedicaba a jugar al póker en compañía de gente más o menos extraña y solía llegar pasada la medianoche. Era una señora de mediana estatura, más alta que su difunto marido y que sus hijos, y se pintaba los labios de rojo oscuro y los ojos de color lila.

Llegaría tarde, en cualquier caso, su madre, y el Chico no sabría con quién se había encerrado su hermana en el living. Al día subsiguiente sí lo supo. Su hermana llegó a las nueve de la noche en compañía del Poeta, en el asiento de atrás de su bicicleta, y se lo presentó.

—¿Conoces? —preguntó, de mala gana, como si la presencia del Chico le molestara, y no agregó mayores datos.

—¡Hola! —dijo el Chico, haciéndose el indiferente, pero ya, con enorme sorpresa de su parte, con acelerados, violentos latidos del corazón, había reconocido al personaje que deambulaba al final de las mañanas por los senderos del Parque Forestal, el personaje más bien alto, medio escorado, de melena encrespada, del que se hablaba mucho, y cuyos poemas, ilustrados por sus propios dibujos, empezaban a circular por diversos lados.

—Hola —respondió el Poeta, y no hizo el menor ademán de estirarle la mano.

Había, de comer, una sopa de zanahoria, aguachenta, de las que preparaba la Bertina para salir de apuro, y arroz con espinaca, pero el Chico, atravesado, confundido, prefirió encerrarse en su dormitorio. Aunque lo disimulaba con mucho cuidado, el Chico también quería escribir poesía, o al menos ser periodista, como su padre, periodista de izquierda, eso sí, no de derecha, pero sus lecturas, en aquellos años, no llegaban tan lejos como las del Poeta y sus amigos: había leído versos de Amado Nervo, y los *Veinte poemas de amor* de Neruda, además del *Manifiesto Comunista*, de Marx y Engels, pero de Martín Heidegger no sabía una sola palabra, para no hablar del Barón de Charlus, de Acario Cotapos, de Rainer Maria Rilke. Si hubiera escuchado un par de versos de Rilke, habría comprendido que el mundo era muy diferente de lo que se imaginaba. Pero todavía, por mucho que hubiera ingresado al glorioso partido, se encontraba en sus años ingenuos, en los de su terca prehistoria. Las escamas todavía no se le habían empezado a caer de los ojos.

2

El Chico, una tarde, al día siguiente o subsiguiente de esa presentación poco agraciada, cerca de una semana después del episodio del living y de la Quinta Sinfonía, escuchó que el Poeta había llegado de nuevo de visita. Él estaba bostezando en su pieza, sentado en su mesa de trabajo y tratando de hincarle el diente a su manual de derecho procesal civil. Dejó el libro tirado, salió de su pieza y entró al living a lo que se diera, dispuesto a que lo echaran de mal modo, con cara de palo.

—A mí también me gusta la poesía —dijo de sopetón, con la voz algo tartamuda.

—¡Que te va a gustar la poesía a ti! —chilló la Lorita—. ¡Fresco 'e mierda!

El Poeta, para sorpresa de todos, es decir, del Chico y de la propia Lorita, la hizo callar. Lo hizo con un gesto elocuente de la mano derecha, sin despegarla de la altura del pantalón, y agregó en voz baja:

—¡Cállate!

Sacó, en seguida, unas hojas de cuaderno de adentro de un bolsillo.

—Les voy a leer algo —anunció, y se puso a leer unos versos recién escritos sin esperar nada más, sin mayores preámbulos.

El Chico Adriazola, más tarde, en el casino de la Escuela de Leyes, contaría que no sabía cómo explicar el poema. Era una cuestión que no se entendía en forma clara, pero que en parte se entendía: avanzaba de a poco, por un lado de las cosas, y después por otro lado, se desviaba, como si de repente hubiera perdido el rumbo, y ahora entraba, ¿a qué?, a un espacio, a un rincón en el fondo de un jardín, y había flores, largos pétalos amarillos, que temblaban debajo del sol, y lirios, azaleas, arbustos, matapiojos, más el ruido de un chorro de agua, y un pedazo de silla de lona.

—¿Un pedazo de silla de lona?

—Sí —explicaba el Chico—, un pedazo de silla de lona.

—¿Y qué pasaba?

—No pasaba nada, pero hacía un rato había pasado algo.

Sus amigos se miraban, hacían chocar los vasos, cambiaban de tema, y en el casino se escuchaban gritos, alaridos, risotadas.

De regreso en su dormitorio, el Chico trató de escribir un poema. Él también. Escribió un verso y en seguida lo tarjó. Después escribió otro, alineado debajo del primero, y lo volvió a tarjar. Parece que escribió un tercero, un cuarto, hasta un quinto verso. Al final tiró el lápiz contra la pared, a toda fuerza, como si quisiera reventarlo, y agarró el manual de derecho procesal civil, el que se usaba en el curso de don Ramiro Méndez Brañas, y lo aplastó contra el suelo. Poco le faltó para pisotearlo. El caso es que no podía dar con la atmósfera enigmática, con el tono extraño, medio confuso, pero atractivo, musical, de una música áspera, de los versos del Poeta.

—Es que a lo mejor no soy poeta, yo —se dijo el Chico, y la cara, pensativa, se le llenó de arrugas, como la de un monito Tití. Misiá Mina, su madre, llegó de su sesión de póker o de lo que fuera como a las dos de la mañana y tuvo

17

una feroz discusión con la Lorita. Parece que el Poeta, al sentirla llegar, sacar el llavero, abrir la puerta de calle, se hizo humo, pero ella, la Lorita, apenas tuvo tiempo de arreglarse un poco la ropa. Los cojines del sofá se veían tirados por el suelo, los discos de ese tiempo, de setenta y tantas revoluciones por minuto, fuera de sus fundas, los ceniceros llenos de puchos.

—Tu amigo es un bueno pa' na' —escuchaba el Chico—. Y tú, mocosa huevona, cuídate. Mira que...

Mira que... repetía el Chico, en su fuero interno, entre risueño y asustado: mira que... Supo, casi un año más tarde (pero siempre había tenido una sospecha), que la Lorita, su hermana menor, había partido una mañana a la calle Santo Domingo abajo, desde el callejón de Monjitas, cerca de la Escuela de Bellas Artes y del Parque Forestal, donde vivían, el callejón donde el Poeta, en aquellos años, dejaba su bicicleta encadenada contra un poste, y donde peleaban los gatos, y allá, en una clínica clandestina o algo por el estilo, se había hecho un raspaje.

El Poeta no apareció más a visitar a la Lorita, pero el Chico se lo empezó a encontrar en el Parque, en el Café Bosco, en la cervecería El Bohemio, situada en un subterráneo de la calle Huérfanos, en todos lados, y el Poeta, aparte de que nunca le mencionó a la Lorita para nada, le explicó que leer a Amado Nervo era una pérdida de tiempo, y que los famosos veinte poemas de amor de Neruda eran dulzones, latigudos, y que lo único bueno suyo eran *Las furias y las penas*.

—¿*Las furias*...?

—*y las penas*. ¿Y sabes, Chico, quién es Rimbaud? ¿Y has leído *Tierra baldía* y *Miércoles de Ceniza*?... ¡Chico pelotudo! ¡Anda corriendo a leer a Rimbaud, y consíguete a T. S. Eliot! No te aparezcas por aquí mientras no los hayas leído...

Los poetas desdentados que estaban sentados alrededor de su mesa se rieron a carcajadas, con gestos convulsivos. Uno de ellos levantó su vaso de pílsener:

—¡Ya sabís, Chico! —y le guiñó un ojo.

El Chico, esa misma noche, dicen, reincidió en sus intentos de escribir poesía, y el canasto de papeles de su dormitorio terminó lleno hasta el tope de versos tarjados. Aparte de eso, consiguió, por fin, con Eduardito Villaseca, un amigo rico que había conocido en la Escuela, que le prestaran un libro de poesías de Rimbaud en traducción al castellano. Eduardito también le llevó un ejemplar de la revista *Pro Arte*, que el Chico no había visto nunca, donde había una página completa dedicada a *Miércoles de ceniza*, de T. S. Eliot, en la traducción de un supuesto pariente suyo que residía en Chile.

Así eran las cosas en aquellos años, así eran los encuentros en un patio, en un casino, en un parque, las conversaciones, los mitos grupales, tribales. El viejo Pablo de Rokha, descaderado, descomunal, amargo, solía sentarse en un rincón de la cervecería subterránea El Bohemio, cargado de toneladas de papeles, de libracos, de lápices, y a veces alguien recibía plata y lo invitaba al Mercado Central a comerse un ciento de ostras, o un mariscal regado con vinos pipeños, y a despotricar contra Nerón, contra el Gordo Bonzo, uno de sus temas favoritos. Y el viejo, exaltado, se agarraba de los suspensores y sacaba su mejor batería, sus argumentos más lapidarios, decía que al Bonzo lo tiraban de cabeza y caía parado, porque era el rey de los acróbatas, de los oportunistas, de los logreros y mamones de toda la fauna que circulaba por ahí, y las emprendía, en seguida, después de chupar cada ostra y de empinar el codo, contra sus acólitos y sus bufones, contra el Chato Azócar y el Tomasito Lago, contra el Fuenzalida y el Orlandini y el Arce, pura pacotilla, todos ellos, y dejaba para el final a Vicentito

Huidobro, el hijo de su papacito y de su mamacita, y proclamaba con voz atronadora, aguardentosa:

—Mire, compañero: aquí estoy yo, ¡lleno de piojos!, y al otro lado están los maricones de Huidobro y Neruda.

Ésa era su síntesis final, y su doctrina, su visión del mundo, y levantaba el potrillo de color verdoso, lleno de pipeño, pura uva Italia, y tragaba con ira y con retorcida ternura, pensando en amaneceres del sur, de Coelemu hacia la costa, en tristes caldillos de papas comidos en alguna chingana de Nueva Imperial, en guitarreos en el fondo de un patio donde los braseros se apagaban, en quiltros hambrientos.

3

En el patio de la Escuela de Derecho, durante uno de los recreos de la mañana, el Chico Adriazola le habló del Poeta a Eduardito Villaseca.

—¿Conoces al Poeta? —preguntó Eduardito, y el Chico observó muy bien que había disimulado su asombro, pero que estaba asombrado, con todas sus antenas sobre aviso.

—Sí —respondió el Chico, y agregó, exagerando, pero consciente de que era el momento de exagerar—: Soy amigo suyo.

Eduardito guardó silencio. Dio la impresión de que husmeaba el aire, y de que percibía un vientecillo más o menos juguetón, un revoloteo nuevo, el anuncio de algo silbado desde alguna parte.

—¿Por qué no van a mi casa en la tarde —dijo—, como a las seis de la tarde?

A las seis de la tarde en punto, el Chico y el Poeta tocaron el timbre del caserón de Eduardito. Alguien, una sombra femenina que se adivinaba a través de cristales esmerilados, bajó por una larga escalinata y les abrió: era una mujer de color ceniza, entrecana, con un delantal negro y un cuello blanco almidonado. Y arriba de la escalinata, junto a una mesa de mármol, debajo de una pesada lámpara que parecía de basílica o de sepulcro, los esperaba

Eduardito. El Chico notó que estaba nervioso, con un tic a la orilla del ojo izquierdo y un ligero temblor en las manos, y que la presencia del Poeta lo dejaba sin habla. El Poeta, por su lado, miraba el vasto espacio del vestíbulo, la entrada de un salón en penumbra, con el perfil de cortinajes pesados, de grandes jarrones de porcelana china, de vitrales coloreados con figuras pastoriles de épocas pretéritas, y daba la impresión de hacerse preguntas de toda especie, y de articular respuestas atropelladas, confusas, aparte de tener ganas, quizá, quién sabe, de empuñar un grueso bastón, o un garrote de raíz de lingue, para emprenderlas contra todo, vitrales pastoriles y jarrones chinos, a garrotazos o a bastonazos. Eduardito, entonces, que probablemente esperaba una reacción parecida y cuyo ojo izquierdo ya temblaba menos, propuso que bebieran unos tragos de whisky.

—¡Whisky! —exclamó el Chico Adriazola.

—Whisky —confirmó Eduardito, impertérrito—. ¿No te gusta el whisky?

—No he tomado nunca en mi vida —dijo el Chico.

El Poeta, entonces, le palmoteó el hombro y casi lo desarmó. Miró, en seguida, a los ojos, con una pizca de burla, al hijo de los dueños de casa.

—Venga el whisky —dijo.

Supieron a los pocos minutos, los dos que llegaban de visita, que era una operación más bien complicada. Porque había que entrar al sector de la mansión ocupado por don Ramiro Villaseca, el dueño (que alguna gente conocía, supieron después, por el sobrenombre de Harpagón), y por su mujer, doña Victoria de tanto y tanto, a quien sus amigas llamaban Toyita y a veces Tolita, la Tolita de tanto y tanto. Pues bien, ahí, en esa parte sombría de la casa, a la salida del dormitorio de don Ramiro, en un recodo estratégico, había un armario de madera noble, oculto por cortinas verdes, siempre cerrado con doble llave, pero de cuyas llaves Eduardito había conseguido en un boliche cercano que le hicieran una copia. Cerró, entonces, todas las puertas que daban al vestíbulo, sacó un manojo de lo más profundo de un bolsillo y abrió con gran sigilo, mirando por encima de los hombros para todos lados, como si fuera un ladrón de su propia familia, de su propia herencia. Destapó, en seguida, el contenido de un botellón de veinte años de antigüedad, almacenado en la hilera del fondo, y colocó en su lugar una botella de whisky nacional, marca chancho, que se encontraba en la parte de adelante.

Al día siguiente, el Chico Adriazola sólo se acordaba del comienzo de todo el proceso, del trasvasije de licores en la oscuridad, porque había sido necesario, en realidad, pasar con gran cuidado el licor nacional a la botella importada, cuyo contenido había sido previamente trasladado a sendos vasos, y de la astuta colocación de esa botella llena de pergaminos en un fondo donde se suponía que las manazas de don Ramiro Villaseca, el Harpagón de la Alameda, no llegarían nunca, y después se acordaba, el Chico bienaventurado, de unos tableros forrados en raso oscuro y atiborrados de brillantes algo amarillos colocados en fila, manifestaciones de la riqueza secreta del dueño de la mansión, y tenía, junto con ese recuerdo algo extraño, un dolor que le partía la cabeza y un cototo grande en la parte de atrás del cráneo, una protuberancia que remataba en una herida sangrante.

—Es que de repente —le dijo el Poeta—, se te trabó la lengua, y los ojos se te pusieron vidriosos, y cuando salimos a la carrera, porque los viejos podían llegar de un momento a otro, te diste una vuelta rara, como muñeco que gira en banda, y te azotaste contra la baranda de fierro y de bronce de la escalinata de salida. Te azotaste con tanta fuerza, con un ruido terrible, como de tablas resecas resquebrajadas, que creímos, Eduardito y yo, que te habías matado.

Levantaron al Chico entre el Poeta y Eduardito, le sacudieron la ropa, le mojaron la cabeza en el baño de visitas, y después bajaron los escalones alfombrados, tropezando, bufando, llegaron a la calle, y el Chico, que iba pálido como un papel, se puso a vomitar debajo de uno de los plátanos orientales de la Alameda, a la altura del edificio de la Falange Nacional (menos mal que no había carabineros por ahí cerca), y Eduardito Villaseca divisó en ese momento, con terror, la máscara inconfundible del Hudson gris de su padre, que se acercaba desde el poniente, raudo, manejado por Filomeno, el chofer, con su cara protuberante y alargada, caballuna, y su gorra negra, y alcanzó a ver detrás de Filomeno, en la oscuridad del asiento trasero, a don Ramiro con su cara ancha, con su mirada de dominio, que parecía barrer la vastedad de la Alameda de Norte a Sur y de Oriente a Poniente, y junto a él, con un alto sombrero que tenía, en la negrura de ese fondo, hasta frutas y pájaros artificiales, a misiá Toya de tanto y tanto, es decir, Tolita, la Tolita, que era una señora de mirada triste, de expresión compungida, víctima de los arrebatos y los gritoneos de su marido, pero que iba a heredar, contaban, de su señor padre, que todavía estaba vivo, algo así como cinco fundos de la zona central de Chile, lo mejor del riñón agrícola chileno, hectáreas planas y regadas de migajón puro, de puro bizcochuelo.

Eduardito se escondió en la sombra de las rejas exteriores del edificio de la Falange Nacional, que tenía una esbelta y antigua palmera en el centro del patio, una palmera que había visto pasar el desfile de las tropas victoriosas en Yungay, al final de la guerra contra la Confederación Perú-Boliviana, encabezadas por el general Manuel Bulnes, y don Ramiro, quizá, desde la profundidad de su asiento, habrá divisado a un chicoco que vomitaba contra el tronco de un árbol y se habrá dicho que este país de salvajes no tenía remedio.

—Eduardito —le dijo el Poeta al Chico, por teléfono, al mediodía siguiente—, nos citó para hoy a las cinco de la tarde en el Parque Forestal.

—A mí se me parte la cabeza —protestó el Chico.

—Pero tienes que ir. Porque nos citó para leernos un poema suyo.

—¡Un poema!

—Sí —dijo el Poeta—. Un poema que acaba de escribir. Y no podemos defraudarlo. Para él es una cuestión de vida o muerte.

—¿Y si el poema es malo?

—¡Ah! —exclamó el Poeta—. Si el poema es malo... ¡Ojalá que no sea demasiado malo!

—¡Ojalá!

Hubo un silencio más o menos largo en el teléfono, y el Chico después le informó al Poeta que ya estaba leyendo *Miércoles de ceniza* de T. S. Eliot en la traducción de un tal Jorge Elliot y no sabía cuánto más.

—Es distinto de todo lo que había leído en mi vida —dijo el Chico.

—Es que tienes que ponerte al día —resopló el Poeta por el otro lado—. ¡Porque te faltan siglos!

¡Siglos!, repitió el Chico Adriazola para sus adentros, varias veces, ¡siglos!, y casi se le soltaron las lágrimas.

4

El Chico y el Poeta esperaron sentados en un banco, a la sombra frondosa de un castaño, entre castañas medio abiertas o reventadas repartidas por el suelo, entre pedruscos y hojas secas, cerca de la estatua de homenaje a Rubén Darío: un adolescente de bronce oscuro que toca una flauta de pan, una fuente de agua que corre, unos versos inscritos en una placa de mármol negro: *y el agua dice el alma de la fuente / en la voz de cristal que fluye d'ella...*

Eduardito llegó desde la calle Merced. Cruzó Monjitas con sumo cuidado, con una mano en el pecho, mirando para un lado y para otro, y no se sabía si tenía miedo de morir atropellado, o de leer sus versos, o de ambas cosas. Después entró al sendero con su paso típico, un poco arrastrado, y ellos notaron que venía con una mirada huidiza, entre nerviosa y ausente.

Se saludaron, dijeron algo sobre la tarde, sobre las castañas, sobre el flautista rubendariano, y Eduardito movió la cabeza, con un gesto resignado, como si la lectura fuera una condena que él mismo se había impuesto, y sacó el poema del bolsillo interior de la chaqueta: tres o cuatro hojas de cuaderno escritas con tinta negra por el derecho y el revés.

—Leo, entonces —dijo.

Estaba mirando en dirección a la calle Merced, a las buganvillas de la embajada norteamericana, a la orilla del río, pero dijo lo anterior, clavó la vista en sus papeles y se puso a leer. Leyó con un poco de apuro, sin toda la calma que se necesitaba, pero con buena dicción, con un temblor de la voz que apenas se advertía. Algunos opinaron más tarde, porque el rumor se difundió por la Escuela de Leyes y por sus alrededores, por la Fuente Alemana y hasta por algunos salones de los prostíbulos de la calle San Martín, que el poema no estaba mal, que tenía un lenguaje más o menos logrado, una escritura interesante, por así decirlo, producto, quizá, de las lecturas en inglés, en castellano, incluso en francés, que hacía Eduardito en noches interminables, en la soledad del tercer piso del caserón de su familia, frente a los caprichos arquitectónicos del cerro, a sus escalinatas ceremoniales, a vuelos de palomas y otros pajarracos en la oscuridad, aparte de alguna repentina pelea de borrachos en la distancia.

Eduardito terminó su lectura, y el Chico Adriazola, mirando al cielo a través de las ramas del castaño y de unos pimientos vecinos, musitó elogios más bien confusos, enrevesados, tartamudeando. El Poeta, por su lado, mientras el Chico decía sus cosas, movía la cabeza, se agarraba la barbilla, daba la impresión de que meditaba antes de adelantar una opinión. Al final, con una cara de asco que era bastante frecuente en él, con los labios gruesos medio torcidos, con el pecho hundido, optó por decir algo. Lo que esperaba Eduardito, en realidad, era el juicio de él, y una vez que el Poeta abrió la boca, el Chico se quedó callado de inmediato. Por uno de los senderos se divisaba a Manuelito el Tonto, personaje habitual del centro de la ciudad, entre bufón y mendigo, con su pierna coja y sus brazos paralizados, y hacia el sur había niñeras uniformadas al cuidado de tres o de cuatro niños cada una, y ancianas que parloteaban entre los niños y las niñeras.

—Mira, Eduardo —dijo el Poeta, estrujándose el mentón, colocando el peso del cuerpo en un solo pie, y fue digna de notarse la supresión del diminutivo—, tu poema no está mal. En algunos pasajes, tiene aristas, sonidos, detalles más o menos buenos. Parece escrito bajo la influencia de Pedro Salinas, de Jorge Guillén, de Luis Cernuda, de algunos de ellos. Poetas estimables, digamos —y se acarició la cara, y sonrió por lo bajo, como si él, en persona, con debido conocimiento de causa, no los estimara tanto como pretendía—. Pero —y este *pero* abrió todo un abanico de dudas, de reservas—, creo que le falta algo. Todavía no sé qué le falta, si quieres que te diga, pero algo le falta. Y el ritmo sufre las consecuencias. Está a punto de asomar por algún lado, el ritmo, y al final no asoma por ninguna parte. En buenas cuentas, como te dije, no está mal, pero me temo que sea un poema inútil. ¿Entendís?

Usábamos mucho en ese tiempo, el Poeta, el Chico Adriazola, una vez que avanzó en su lectura de T. S. Eliot y de César Vallejo, Alejandro, todos nosotros, la palabra *inútil.* Y calificar una pieza literaria de inútil, aunque se le concedieran todas las bondades de este mundo, era su condena más lapidaria. Ahora nos imaginamos que el Poeta dijo todo esto con la boca seca, en estado de casi desesperación, a sabiendas de que cada una de sus palabras era una puñalada, de que su discurso era un discurso asesino. Pensamos que Eduardito Villaseca, el hijo de don Ramiro y de doña Tolita de tanto y tanto, escuchó en silencio, con la vista clavada en el monumento a Rubén Darío, y que se guardó el poema, las tres o cuatro hojas de cuaderno escritas con tinta negra, en el bolsillo interior de la chaqueta. Se lo guardó, suponemos, con amargura disimulada, pero terrible, porque nadie podría describir la intensidad, la profundidad que tenían entonces aquellas amarguras, aquellas frustraciones. El Poeta, por cambiar de tema, los invitó a conocer la casa donde arrendaba una pieza desde que se había ido de la casa de sus padres, hacía poco tiempo.

—Es como el revés exacto de la casa tuya —le dijo a Eduardito.

—¿Tú crees que la casa tiene la culpa? —preguntó Eduardito.

—¿La culpa de qué?

—De que el poema sea tan inútil.

—Vamos a conocer —interrumpió, con voz un tanto impostada, el Chico—, la Casa de Dostoievsky, y después sacamos las conclusiones que haya que sacar.

En el camino entre el Parque Forestal y la famosa casa, el Poeta propuso que hicieran un aro en la cervecería subterránea El Bohemio, la de los encuentros de Fausto y Mefistófeles (según la versión particular de Teófilo Cid y el Chico Molina), pero siempre que se mantuvieran a prudente distancia del viejo de Rokha, que era muy capaz de estropearles la tarde con sus majaderías.

—De acuerdo —dijo el Chico—, pero, ¿quién paga?

Eduardito Villaseca se metió una mano al bolsillo del pantalón y sacó un billete arrugado de cien pesos.

—Yo pago —dijo.

Actuaba, Eduardito, como si no hubiera pasado nada, pero la verdad es que estaba pálido: en pocos minutos le habían salido ojeras, y ellos tuvieron la extraña impresión de que tragaba bilis por toneladas. Sentían, al mismo tiempo, que no podían hacer nada. El otro estaba cerca del suicidio, poco menos, pero a ellos, al Poeta y al Chico, la situación se les había escapado de las manos. No había nada que hacer. Aunque pareciera trivial, era trágica. Ellos habían asestado una puñalada certera, asesina, ¿sin proponérselo?, y ahora esperaban un derrumbe, un descalabro.

5

El descenso a la cervecería, haciendo un aro en el camino que consistió en dos pílsener por cabeza, seguido de un vago saludo al viejo bardo, que rumiaba sus venganzas en una mesa del fondo, les permitió encaminarse a la residencia misteriosa del Poeta un poco más animados. Se rieron del vetusto liróforo, de su jerga criolla salpicada de latinajos macarrónicos, y un rato más tarde divisaron las pilastras irregulares, inconfundibles. Lo que todos, en ese tiempo, llamábamos Casa de Dostoievsky, era un caserón de dos pisos en pleno centro de la ciudad, a media cuadra de la Alameda: un caserón que se había empezado a hundir en la tierra, cuyos muros habían sido pintados alguna vez de color ladrillo, y que ahora estaban llenos de rasmilladuras, de carteles rotos, de rayas, monos, anotaciones de toda especie, sin que faltaran los garabatos habituales, los conchas y los picos, aparte de alguna hoz y martillo y de uno que otro emblema falangista. Pocos años antes no habrían escaseado las esvásticas, pero ya eran los tiempos de la Falange Nacional, de González Videla y la Ley Maldita, del Padrecito Stalin, incluso de los primeros pasos del todavía joven Salvador Allende. Al Poeta le gustaba mostrar el edificio en estado de relativa ruina, en contraste con la residencia pequeño burguesa de sus padres en el barrio de Ñuñoa, y Eduardito, a pesar de que todavía no levantaba cabeza después de su lectura, se decía que había pasado por ahí muchas veces y que nunca se había fijado en esas paredes mancilladas, en esa galería chueca, en ese extraño pegote de adobe y de maderas gastadas. Era tan extraño, en efecto, que llegaba a murmurar, en su desconcierto, que era una invención, una visión provocada por unas manos movedizas, por unos labios aplastados, por unos pestañeos.

—Debe de ser el paraíso de los ratones —murmuró.

—Sí —dijo el Poeta—. Y, como escribió el viejo maestro, el paraíso del hipocondríaco.

Subió, entonces, Ernesto, Eulalio, con su paso balanceado, incierto, y avanzó por las tablas desiguales, crujientes, no demasiado seguras, de la galería exterior. Abajo, entre barrotes de madera, se divisaba el ajetreo de la calle Huérfanos, o el de la calle Monjitas (ya no existe una memoria segura sobre este particular), y a Eduardito le pareció que entraba por primera vez, guiado por el mejor de los guías, a uno de los laberintos de La Mandrágora, lo cual quizá demostraba que el poema, a pesar de todo, había tenido su premio. Es probable que el Chico, por su lado, en esta etapa temprana de su aprendizaje, aún no hubiera escuchado hablar siquiera de La Mandrágora, famosa entre cuatro mesas de café, entre siete personas, en el cuarto del fondo de la librería surrealista de la calle Miraflores. El caso es que el Poeta se detuvo al final de la galería, se metió la mano al bolsillo de la chaqueta raída, inflada, y sacó una llave larga, herrumbrosa. Le costó bastante acertar con la cerradura, y le costó más todavía abrir. Pero había una puerta desvencijada que cedió, al final, con algo así como un quejido, un lamento de la madera y de toda la casa, y quedó temblando.

Debía de ser el final de julio o el comienzo del mes de agosto, y el interior de la pieza del Poeta daba una impresión de frialdad, de impalpable humedad, de penumbra pegajosa, quizá por qué. ¿Significaría que los efluvios del Poeta se quedaban pegados en alguna parte, o que permanecían flotando en el ambiente de encierro? En uno de los muros, cuarteado, hundido hacia el lado del norte, los libracos, papeles, archivadores, cachivaches mugrientos, que incluían una tripa de goma de uso indefinido, pero que parecía servir para menesteres fecales, una tetera carcomida, una cabeza de muñeca de porcelana con diversos agujeros, tres o cuatro zapatos rotos, además de un indescriptible chaleco de fantasía que el Poeta se proponía utilizar en una obra de teatro, llegaban hasta el techo.

—Tu pieza está medio guateada —observó el Chico, de brazos cruzados, y el Poeta se encogió de hombros.

En el centro de la habitación, en lugar de libros y de objetos de carácter práctico, había algo que sólo se podía definir como escombros heterogéneos, materiales de demolición llegados de diversas partes. Se necesitaba caminar con cuidado para no pisar los desechos, o para no quedar con el pie agarrado en algún artefacto indefinido.

—Si tuviera que pedirte refugio —preguntó Eduardito Villaseca, que parecía divertido con ese ambiente tan diferente del suyo, seducido por la novedad, pero a la vez un poco asustado, incluso alarmado—, ¿dónde me tocaría dormir?

—Las ruinas se echan a un lado —replicó el Poeta, y dicen que lo dijo sin ninguna complacencia, más bien con molestia, como si hubiera deseado, en su fuero íntimo, recibir a sus amigos en el lujo, entre alfombras persas y anaqueles de madera inglesa, lo cual demostraba que tenía un lado miserabilista, el más visible, desde luego, y otro de dandy contrariado, de príncipe destronado. El Chico, a todo esto, se entretenía sacando papeles de los entierros que invadían el piso de tablas desiguales. Les echaba una mirada y los tiraba en cualquier parte, levantaba una zapatilla reventada, inmunda, con la punta de los dedos y la dejaba caer, hojeaba uno que otro libraco y lo abandonaba. Tenía una manera temblorosa, febril, de pasar las páginas, de poner objetos inservibles a la altura de los ojos, con la mano empuñada, y en seguida de abrir la mano. Descubrió, en una de ésas, un aparato metálico de uso desconocido, perfectamente incomprensible, y el Poeta, por encima del hombro, le dijo que era un Aleph.

—¿Un Aleph?

—Sí —confirmó el Poeta—. Un Aleph en versión chilensis, rancagüina, o quizá chillaneja, y en estado calamitoso.

Le dio una tremenda patada al Aleph y lo tiró lejos, con una sonajera de los mil demonios. Después les ofreció un vaso de agua de la llave, ya que otra cosa no les podía ofrecer, y empezó a explayarse. En el ala de la casa que él ocupaba, la del norte, que tenía más espacio que la otra, pero que estaba más hundida, había otros escritores y artistas, locos de talento, en general, aun cuando tampoco faltaban los locos desprovistos de todo talento. En la primera categoría, en la de los locos de talento, había un pintor, un tal Jesús Ortega, y este Jesús Ortega, Chus Ortega, no falsificaba cuadros en el sentido estricto del término. Lo que hacía era pintar la pintura de un pintor que no había existido nunca, un pintor cuya biografía inventaba junto con inventar su pintura, un tal Ronsard, homónimo del poeta renacentista, francés como él, pero de la segunda mitad del siglo XIX. El pintor Ronsard, oriundo de la provincia de Normandía, de sus verdes pastizales, de sus aguas originarias, se había embarcado en el puerto de Le Havre, rumbo a la recién colonizada Polinesia francesa, en compañía del joven oficial de marina y novelista Pierre Loti, ¡novelista y maricón!, vociferaba Chus, con los ojos encendidos y como humedecidos por el vino tinto de los atardeceres. Pero el pintor Ronsard, de nombre Charles, a diferencia de Loti, Pierre, había tocado puerto en Valparaíso y optado por no seguir viaje, extraviado en algún prostíbulo del cerro Cárcel, enamorado de alguna putilla porteña, vaya uno a saber, y poco después había llegado a Santiago trayendo, escondida en sus cartapacios, la asombrosa novedad de los primeros manchones de la pintura impresionista. Los primeros primeros, los de las semanas y meses que siguieron a su desembarco, eran manchas del puerto, impresiones crepusculares, mástiles y pájaros que se levantaban frente a un azul decreciente o a una luna medio borrada por las nubes: oros, esmeraldas, círculos rojizos, crestas de olas sacadas de la oscuridad por una pincelada blanca.

—Estos primeros Ronsard pintados en Chile sólo aparecen muy de cuando en cuando —explicó el Poeta—, y Chus, que conoce bien a su clientela, cobra por ellos el triple. Él sabe que si aparecieran a cada rato, se desvalorizarían. Y por eso nos anuncia con gran teatralidad, a los de la casa, a los que estamos en el secreto: va a aparecer un Ronsard de diciembre de 1883, ¡un primerísimo!, anterior en medio año a la publicación de *Azul* de Rubén Darío. Después abre una cortinilla roja en el fondo de su estudio y ahí se encuentra el maravilloso Ronsard de 1883, a medio pintar en su caballete.

Se suponía que Charles Ronsard, el compañero de viaje de Pierre Loti, no vendía nada en su tiempo, y en los días de su llegada a Valparaíso, a fines de 1883, menos que nada, pero ahora aparecen sus manchones en el fondo de un armario olvidado, detrás del catre de bronce de una tía bisabuela, y se venden como pan caliente.

Aparecían, es decir, se daban por aparecidos, el infatigable Chus Ortega se encargaba de hacerlos aparecer de algún modo siempre diferente, y la historia de su aparición pasaba a ser otro de sus inventos, y cada vez que la oferta de

Ronsards auténticos languidecía en el mercado criollo, Jesús, el pintor, se encerraba en su taller de la galería de atrás de la Casa de Dostoievsky, en la indispensable compañía de un botellón de pisco de 42 grados, y producía dos o tres manchas memorables —vagas ensenadas, oros en un crepúsculo marino pintados al estilo de Whistler, torres difuminadas de una capilla de campo, siluetas imprecisas de cóndores en un cajón de la precordillera—. Las producía en una sola sesión de trabajo, entre las tres de la tarde y las cuatro de la madrugada siguiente, con la ayuda del pisco de alta graduación, de unos cuantos jamones crudos, de un sobre lleno de charqui de caballo, de abundantes cafés amargos. Nos imaginamos a Eduardito Villaseca, con su chaqueta de tweed, sus zapatitos de gamuza, su pronunciación inglesa de Eton (Eton en la versión del Grange School), entrando a esa pieza y siendo presentado por el Poeta, por Armando, por Eulalio, a Jesús Chus Ortega, el Pintor. Vida de artista, diría para sí mismo, y no sabemos qué tentaciones sentiría, qué conclusiones verdaderas sacaría. Algunos pensaban que cortaría los cordones umbilicales que lo unían a la mansión de sus padres en la Alameda y otros sostenían que no los cortaría nunca, re nunca. ¡Ni cagando!, añadían.

—Y otra de las piezas —continuó el Poeta—, una de todavía más al fondo, más oscura, con vigas de color de humo, y que uno llega a pensar, al poco rato de estar adentro, que *son* de humo, y con una prolongación estrecha por un lado, una especie de sacado que remata en una portezuela baja y podría conducir a regiones infernales, es conocida como la pieza de Raskolnikov.

—¿La pieza de Raskolnikov?

—Sí, señores —confirmó el Poeta—. La pieza de Raskolnikov. Y nadie sabe por qué le pusieron así. La bautizaron en esa forma hace mucho tiempo, y parece que el primer ocupante fue un ruso que era sobrino carnal de Dostoievsky, un ruso auténtico que se quedó a vivir en Chile, que empezó a olvidarse del ruso y nunca llegó a aprender el castellano, y que murió en esa misma pieza treinta años más tarde, con un icono colgado a los pies del catre, entre los rezos de un pope barbudo que apareció por no se sabe dónde (¿por la portezuela del fondo?).

—¿Otro invento?

—¡No, señores! El sobrino de Dostoievsky, a diferencia del pintor Ronsard, no era ningún invento.

Les pareció, como era de suponer, al Chico Adriazola y a Eduardito Villaseca, y era una noción difundida en aquellos años, que había coincidencias interesantes entre los residentes de aquella casa destartalada y los nombres atribuidos a la residencia, ya que no sólo era nombrada como la Casa de Dostoievsky, sino también como la Casa de los Muertos, y empezaba a ser conocida también como la Casa del Pintor Ronsard, el precursor ignorado, extraviado en su camino a las islas.

Eran, para el Chico y Eduardito, para todos nosotros, descubrimientos extraordinarios, procesos de apertura de la mente. Andar a la siga del Poeta, por el centro de la ciudad, por barrios periféricos y bajos fondos, por puebluchos polvorientos de los alrededores, adquiría el sentido de una iniciación, de una entrada en otra parte. O algo por el estilo. Por lo demás, la idea de iniciación, de visita preparada y guiada a universos diferentes, era muy propia de aquellos años, y podríamos añadir que la demostración de erudiciones heterogéneas y universales tomaba dimensiones de manía colectiva. Queríamos entrar a cada rato en otros mundos de la geografía, del conocimiento, de todo. Después de años, el Chico, aunque ya estaba en las últimas, y Eduardito, que había seguido su destino evidente y manifiesto, todavía se acordaban de que el Poeta, después de hablar de una misteriosa *mise en abime*, término que Eduardito entendió a medias y que dejó colgado al Chico, tomó cierta distancia en su pieza, a pesar de las limitaciones que le imponía el espacio, entre libracos, digamos, sopapas, calcetines rotos y alephes, e hizo un gesto de despedida, teatral y deliberadamente vago. El hecho es que ellos, al cabo del tiempo, recordaban su sombra en el momento en que se tendía en su camastro, en un anochecer ya avanzado, y en seguida se acordaban del gesto amplio, solemne, como de tribuno en su declinación, con que había levantado una manta tirillenta para cubrirse. ¡Adiós, amigos!, y habría podido añadir, quizá, ¡Adiós, regocijados amigos!, pero el Poeta, en su condición insigne de autodidacta, sabía de Rimbaud, de Baudelaire, de Rainer Maria Rilke y hasta de Hölderlin, pero como no había pasado de cuarto año de Humanidades, no sabía una palabra de Miguel de Cervantes.

6

Soy un hombre enfermo... Soy un hombre resentido...
No, no soy en absoluto un hombre agradable...
Creo que algo anda mal con mi hígado...
DOSTOIEVSKY, *Memorias del subsuelo*

El episodio de la lectura del poema de Eduardito, seguido de la visita a la Casa de Dostoievsky, ocurrió hacia mediados del mes de septiembre, cuando ya se empezaba a notar el calor de la primavera, sobre todo en los senderos del Forestal, entre arbustos florecidos y perfumados, revoloteo de mariposas, zumbidos de moscardones y abejorros. Después de la lectura y de los comentarios incómodos del Chico y del Poeta, Eduardito, sin decir nada, sin dar mayores explicaciones, desapareció del paisaje en forma brusca. Alguien contó que lo había visto entrar de refilón, abriéndose paso entre el gentío, a la clase de Derecho Procesal, la que dictaba don Ramiro Méndez Brañas ante más de trescientos alumnos, y después salir a la carrera, sin mirar ni saludar a nadie, pero fue una imagen no verificada, un rumor más bien incierto.

—Debe de estar pensando en pegarse un tiro —dijo el Chico una tarde, mientras el Poeta y él caminaban por el mismo sector del Parque, el del monumento de bronce a Rubén Darío, pero más cerca, ahora, del río Mapocho, mirando el agua de color de barro, que a veces arrastraba tablones de chozas de la orilla y hasta burros muertos, con las patas tiesas. Como los días se habían alargado, el sol, desde el poniente, pasando, se supone, por encima de los legendarios balcones de la calle Maruri, arrancaba uno que otro destello plateado a las aguas sucias.

—¡Estái huevón! —dijo el Poeta.

—No te creái —dijo el Chico, que ya había aprendido, a lo largo de ese año cargado de sucesos y de sorpresas, bastantes secretos de los poetas y de la poesía de este mundo—. Hay montones de poetas que se suicidan. Acuérdate de Essenin, de Alexander Block, de Maiakovsky, de un joven romántico inglés que se llamaba Chatterton.

—Pero ninguno de ellos se suicidó por falta de talento —replicó el Poeta.

—Unos se pueden suicidar por exceso de talento —dijo el Chico—, y otros por falta.

—Si los que no tienen talento se suicidaran —dijo el Poeta—, no quedaría títere con cabeza.

Parece que los dos amigos se detuvieron en su camino para reírse, y después siguieron a tranco largo, felices y contentos, inspirados por las luces crepusculares. A los dos o tres días, un viernes o un sábado en la noche, estaban sentados en el suelo del Club de Jazz de la calle Merced, con la espalda contra las paredes descascaradas, sedientos, porque andaban sin un peso. El socio que cuidaba la puerta, conocido por todos como el Guatón Valdivieso, y que estaba vestido con un pantalón de franela inglesa, zapatos con hebilla dorada y una camisa blanca impecable, se había hecho el leso y los había dejado pasar, pero nadie había sido capaz de invitarles una mísera cerveza. Movían la cabeza al ritmo de las baladas, los blues, los fragmentos que tocaba un grupo de saxofonistas, clarinetistas, trombonistas, que habían llegado a Chile contratados por la famosa orquesta de mambo de Pérez Prado, pero que eran, en realidad, jazzistas neoyorquinos de profesión, cuando, con gran asombro, con alegría y a la vez con inquietud, con perplejidad, vieron pagar su entrada, recibir del Guatón Valdivieso su boleto e ingresar al espacio estrecho del Club, con mirada huidiza, más pálido que de costumbre, ojeroso, visiblemente borracho, ¿a quién?, ¡a Eduardito Villaseca en persona!, al hijo de don Ricardo, de Harpagón, y de la Tolita, ni más ni menos. Se pusieron de pie y se dieron abrazos bulliciosos, con grandes palmotazos, que provocaron un gesto de reproche del voluminoso y elegante cuidador de la puerta y varias peticiones discretas de silencio de los asistentes. Según testimonios coincidentes, se notó que Eduardito estaba emocionado hasta la médula de los huesos, y que ellos, el Poeta y el Chico, también lo estaban. Para no perturbar la sesión, se hundieron en el suelo, se comunicaron por medio de signos y de movimientos de los labios, y Eduardito, que caminaba con un poco de dificultad, se dirigió al bar y pidió gin con gin en Gin Gordon, importado de Inglaterra, para los tres. Desde su sitio en el suelo, a la altura de las piernas de los oyentes, instalados en los taburetes del bar, o parados, o sentados en el suelo con las piernas cruzadas, levantaron los vasos y bebieron con emoción casi religiosa, compenetrados a fondo con la música, con las liturgias de la amistad, con la vida y con su belleza, por todo y a pesar de todo. Después de la segunda corrida, sin embargo, Eduardito se levantó a pagar, hizo un gesto vago de despedida desde el mesón y realizó de inmediato, sin la menor advertencia previa, otra de sus desapariciones. Era una demostración más de que el problema, el de su frustración literaria, el de su rabia no declarada, estaba muy lejos de estar resuelto. Más que lejos.

La segunda aparición de Eduardito, en esos días y semanas que siguieron a la desdichada, para decir lo menos, lectura de su poema, se produjo en uno de esos finales de mañana en el Parque Forestal. Fue un momento memorable, debido a la gente que se había reunido en forma plenamente accidental, sin que nadie se hubiera puesto de acuerdo, y a la conversación que se produjo. Y los testimonios coinciden en que Eduardito avanzó desde la sombra, desde el interior de uno de los prados, y se puso a escuchar reclinado en el grueso tronco de un pimiento, en un deliberado segundo plano. Sucedió que Lucho Oyarzún, el poeta Eduardo Anguita y uno de los hermanos Humeres, probablemente Roberto, se encontraron y se instalaron en un banco a descansar de sus tareas y a conversar un rato. Otras personas se agregaron, entre ellas, el Chico Adriazola y Ernesto, Enrique, Armando, el Poeta, y la conversación fue más animada, más heterogénea, más divertida que de costumbre. Algunos tomaron asiento en un banco cercano y la mayoría estaba de pie, en diferentes posturas, mientras Eduardito, como ya dijimos, miraba y trataba de escuchar desde la sombra de su pimiento, callado como tumba. Hoy no es demasiado difícil reconstruir la atmósfera de aquella conversación: los gestos exagerados de Oyarzún, profesor de filosofía más bien bohemio, de formación algo descuidada, por decirlo de algún modo, pero de salidas, de intuiciones brillantes; las caras de circunstancias, de risa, de asombro exagerado, del Poeta y del Chico; el silencio insondable de Eduardito Villaseca; las interrupciones tajantes de Anguita, proferidas con una voz entre arrastrada e impostada; además de las intervenciones capciosas de Roberto Humeres, si es que el tercer ocupante del banco era él, intervenciones subrayadas por la manera medio ladeada, entre descuidada y coqueta, de llevar su sombrero enhuinchado de color gris perla, pero no es tan fácil, en cambio, después de tantos años, de tantas décadas, recordar los temas precisos que fueron tocados. Se podría dejar caer el nombre de Marcel Proust sin demasiado riesgo de equivocarse, mencionar al Barón de Charlus, a Swann, a Madame Verdurin, a Charles du Bos en su diario, al Chico Molina y a la Cata Undurraga, pero nadie estaría en condiciones de entregar detalles

41

más concretos. Cuando terminaba el encuentro se produjo, sin embargo, un hecho nuevo. Un personaje de baja estatura, de movimientos rápidos y nerviosos, que caminaba por el sendero, rumbo al centro de la ciudad, se detuvo, saludó a Oyarzún, a Roberto Humeres, a Anguita, declaró que se alegraba de saludar, también, a los jóvenes representantes del parnaso chileno, y anunció que todo el grupo estaba invitado, ¡calurosamente invitado!, a la gran fiesta anual de la Escuela de Danza, que tendría lugar el sábado en la noche de la semana subsiguiente. El personaje hizo una venia general, que no careció de un toque farsesco, al abigarrado grupo, y siguió su camino. Alguien explicó entonces, no sabemos si Humeres o Anguita, que se trataba de Jorge Cáceres o Caviedes, bailarín él mismo, coreógrafo, dibujante, diseñador, y, además de todo eso, poeta, poeta surrealista, para más señas, y amigo inseparable del grupo de La Mandrágora. Algunos conocían sus plaquetas de poemas, siempre acompañadas de dibujos suyos, figurines espectrales, y otros se propusieron buscarlas en la librería El Cadáver Exquisito de la calle Miraflores, boliche regentado por Fernando Undurraga, alias La Cata, quien, además de escritor surrealistoide, era descendiente directo del capitán de navío Arturo Prat Chacón, héroe de la Guerra del Pacífico.

Exit Jorge Cáceres, entonces, como se dice en los dramas shakespeareanos, y la improvisada reunión alrededor del banco de Oyarzún, de Anguita, de Humeres, comenzó a disolverse. El Chico y el Poeta, movidos por la misma intuición, miraron al mismo tiempo en dirección a la sombra del pimiento y descubrieron que Eduardito Villaseca se había hecho humo.

—¡Pobre! —exclamó el Chico.

—La poesía —dijo el Poeta.

—Mejor dicho, la no poesía.

42

Se quedaron callados un rato y después emprendieron la marcha.

—Podríamos invitarlo a la fiesta de la Escuela de Danza —dijo el Chico—. Para ayudarlo a salir del hoyo.

—¡Buena idea! —exclamó el Poeta.

—Y para que nos pague los tragos —agregó el Chico.

—¡Chico cabrón! —exclamó el Poeta, y hundió los dedos nudosos entre sus cabellos ensortijados, se escoró por el flanco izquierdo hasta rozar los muros de una casa gótica, en la esquina de Merced con Lastarria, y después carraspeó con una especie de sorna.

—Le hacemos un gran favor —insistió el Chico—. No te rías.

El Chico tenía el número de Eduardito en una bola arrugada de papel que guardaba siempre en el fondo de un bolsillo. Entraron a una fuente de soda de la primera cuadra de la avenida Vicuña Mackenna y pidieron el teléfono. El Poeta marcó y en seguida, para no escuchar el griterío con fondo de música de bolero, se tapó el oído izquierdo. Hasta la cara de asco, de rechazo, se le borró un poco. Del otro lado salió una voz gangosa, de mala voluntad, y pensaron que Eduardito no se pondría nunca, pero al cabo de un par de minutos se puso, y dijo que la idea de asistir juntos a la fiesta de la Escuela de Danza le parecía fantástica. Así dijo: fantástica.

—Te divisamos debajo de un pimiento, al lado del monumento a Rubén Darío, y cuando te fuimos a buscar, habías desaparecido —le reprochó el Poeta.

—Es que estoy encerrado —explicó Eduardito—. Vivo como un anacoreta.

—¿Estudiando?

—Estudiando lo menos posible, y escribiendo como malo de la cabeza.

Después de colgar, el Poeta le contó esto último al Chico, y es probable que los dos tragaran saliva. Así eran las cosas entonces. Mejor dicho, así éramos. La fiesta iba a ser un viernes en la noche en la calle Huérfanos esquina de San Antonio, en un edificio en cuyo subterráneo había un antro sospechoso, conocido como El Infierno, y donde la Escuela de Danza, famosa por haber montado en el Teatro Municipal de Santiago los ballets modernos de Kurt Joss y también por su director y primer bailarín de origen húngaro, Zoltan Zo de Zotopalski o algo por el estilo, ocupaba el piso undécimo. Como se vería después, fue, aquella fiesta, la culminación de algo, aunque sería difícil precisar de qué. Marcó un punto elevado, un vértice y un cambio de rumbo. El Poeta descubrió a su Teresa Beatriz, a la musa de su vida, y en una primera etapa se escapó de ella. Fue una conducta extraña, desde luego, pero siempre hubo en la conducta del Poeta un fondo extraño, un componente oscuro, hasta perverso, que nunca terminaba de revelarse. Se pasó la vida entrando a un túnel, túnel amoroso, en algunos casos, celda uterina, espacio en sombra de la conciencia o de la semiconciencia, y escapando por alguna rendija. En cuanto a Eduardito, pareció que se liberaría para siempre del redil, sobre todo al final de aquello que sería una farra interminable y accidentada, pero, de hecho, en un proceso lleno de altibajos, de sorpresas, y donde, dicho sea de paso, la astucia de su padre, don Ramiro, Harpagón, quedó rotundamente demostrada, siguió, después de algunos titubeos, de avatares más bien previsibles, el camino inverso. Y en lo que se refiere al Chico, se quedó y se quedaría siempre donde estaba. Ya había asumido, en aquellas jornadas primaverales, su condición de espectador, de comentarista, de humorista generacional. Intentaba escribir poesía en algún rato perdido, al regreso de alguna trasnochada larga, pero al final arrugaba el papel, lo tiraba al canasto, miraba la luz del amanecer, que empezaba a perfilarse detrás de la cordillera, y se resignaba. Se quedaría, pues, clavado en su sitio, inmóvil, inmovilizado, y su fragilidad interna lo iría carcomiendo lentamente. Entre carcajadas bulliciosas. Entre depresiones no confesadas.

7

No es ocioso destacar, en esta etapa del relato, que los tres convocados llegaron al edificio de la calle Huérfanos esquina de San Antonio a la hora convenida, esto es, a las nueve y media en punto de la noche, y que cada uno llevaba sus mejores pilchas: el Poeta, una chaqueta de tweed que había tenido tiempos de esplendor, aun cuando ahora estaba un tanto chafada, bolsuda, con un bolsillo descosido; Eduardito, un traje azul marino cruzado, impecable, aparte de un mechón caído sobre la frente y de un clavel blanco en el ojal (era época de mechones caídos, de humo de cigarrillos, de desplantes a lo Humphrey Bogart, y los claveles en el ojal no faltaban), y el Chico, un traje a rayas, de funcionario público, que le quedaba grande (y que había pertenecido, probablemente, al Pichiruche Adriazola, su padre, quien, dentro de lo chicoco, había sido unos centímetros más alto que él). Detalle curioso, pero también muy de época, el Chico se había peinado a la gomina, y parecía que un agua engominada, viscosa, le chorreaba por el cuello. Teresa, la Teresita, el decisivo y duradero descubrimiento de aquella noche, que tenía una cultura literaria de colegio de monjas inglesas, cultura no tan pobre como se podría pensar, diría, después, que parecía, el Chico, un Lord Byron en miniatura, pero no nos adelantemos. Quizá convenga recordar, en cambio, que el uso de corbata, en aquellos días, todavía no había caído en su actual desprestigio, de manera que todos se presentaron, suponemos, de cuello y corbata, y los mechones ondulados, los peinados a la gomina y con partidura, no habían sido reemplazados aún por las quiscas selváticas, por las melenas en forma de escobillones invertidos, que suelen verse en estos tiempos.

—Pareces —dicen que le dijo el Poeta a Eduardito— personaje de las páginas del *Nuevo Zig-Zag*.

Si se lo dijo, puede que se lo haya dicho con envidia, después de observar a mujeres jóvenes, con fachas de bailarinas, con cabelleras sujetas por peinetones japoneses, que se tragaban a Eduardito con los ojos. El Poeta, a todo esto, con su chaqueta de tweed descosida, daba la sensación de haberse despeinado en lugar de peinarse, y su barba debía de estar cumpliendo una semana entera de no afeitado, pero llevaba una camisa alba y de largo cuello enroscado, terminado en punta, y eso le daba una apariencia de estampa romántica: ilustración de Aloysius Bertrand, de Théophile Gautier, de algún miembro del círculo de las Hijas del Fuego. Las miradas de mujeres y hombres, en consecuencia, se clavaban primero en Eduardito y su clavel blanco, pero resbalaban de ahí al Poeta descuajeringado, melenudo, leonino, y terminaban por fijarse en el extraño personaje, entre escudero, bufón, enano, que caminaba entre los otros dos, peinado a la gomina, de traje a rayas y con la chaqueta hasta las rodillas.

Los tres cruzaron el umbral de la Escuela de Danza y quedaron con la boca abierta. ¿Por qué?, preguntarán ustedes, y podríamos dar una respuesta aproximada: por la amplitud del espacio, por la luz y la música, por el movimiento general, por las tenidas, los peinados, las caras de la concurrencia. Habían salido del ascensor, habían invocado con algo de timidez la invitación del poeta y bailarín Jorge Cáceres, y habían sido admitidos sin la menor reserva, entre

47

genuflexiones y sonrisas, a un mundo que no sabían, que ni siquiera sospechaban que existiera en la misma ciudad, a pocos metros de distancia de ellos. Porque parecía que los poetas tenían una tendencia vocacional a vegetar en rincones oscuros, sórdidos, entre húmedos y polvorientos. Y ahí, en cambio, en aquella altura, dominaba una sensación de ingravidez y hasta de encantamiento, porque todos eran bailarines, hasta los mozos, y andaban, todos, en zapatos livianos, de tela, como zapatillas de baile, blancos, algunos, pero también amarillos, rojos, negros, y todos tenían largas cabelleras que flotaban en la luz, y movimientos acompasados, pausados, acompañados con gestos de manos alargadas, gestos que prolongaban, justamente, el movimiento, que subrayaban el ritmo, y con flexiones gráciles, aéreas, de la cintura, de los cuellos, de las piernas.

—¿Dónde cresta hemos venido a caer? —preguntó el Chico Adriazola, y nos parece, ahora, al cabo de tantos años, que la pregunta del Chico tuvo una serie de matices: alarma, sorpresa, encantamiento.

El Poeta se encogió de hombros. Porque el Poeta, por lo visto, había adquirido hacía rato el hábito de ingresar en parajes por el estilo, rincones de la ciudad gris, cochambrosa, tocados por alguna forma de magia. Eduardito, a todo esto, miraba para los cuatro puntos cardinales y se reía. Era una risa un poco nerviosa, casi estúpida, pero demostraba que estaba fascinado, y que se decía a sí mismo, probablemente, que los recintos de su caserón familiar de la Alameda, con sus penumbras y sus colecciones, sus piedras duras y sus animalillos esculpidos, sus pesadas lámparas funerarias, eran una alpargata vieja, una cueva siniestra, al lado de esta sala. Las mujeres, en vestidos vaporosos, tenían cinturas de avispa y mejillas y ojos de porcelana, como si se tratara de muñecas a escala humana, y el Chico, después, contaría que calzaban zapatillas recortadas, destinadas a bailar en punta, y que llevaban amarras de seda que subían hasta los tobillos y realzaban la maravillosa curva de las pantorrillas, sugiriendo la apenas escondida línea de los muslos.

—¿Amarras de seda?

—¡Amarras de seda! —confirmaría el Chico, moviendo las manos delante de los ojos de algún estudiante de provincia, de algún aspirante a empleado público, de algún periodista desdentado y de voz aguardentosa.

Eduardito, a pesar de su repliegue amargo, manejaba todavía un poco de plata. Pagó, entonces, un par de corridas de pisco sour dobles: copones que se llamaban catedrales, rellenos hasta los bordes, chorreantes de espuma. A partir del segundo, de la segunda catedral, los tres amigos empezaron a sentirse mejor: el mismo Eduardito, a pesar de que no estaba acostumbrado a esos ambientes, y el Poeta, que sí los había conocido, pero que no tenía un peso en el bolsillo, y que miraba a las bailarinas aladas con una especie de rabia, con un sentimiento muy semejante al rencor, y el Chico, a quien el alcohol le llenaba la cabeza de sueños disparatados, medio delirantes, que lo hacían creerse menos chico de lo que era.

Ocurrió, entonces, que Eduardito se encontró con una niña que conocía, por lo visto, desde hacía largo tiempo: una joven de buen porte, elegante, de cara despejada, mirada vivaz, pelo castaño con uno que otro reflejo dorado: una maravilla de cabeza, de pelo, de pecho, de cintura, y unas piernas que sólo se adivinaban, porque tenía un vestido largo, de lanilla plisada grisácea, pero el vestido se entreabría de vez en cuando y dejaba divisar unos pies estupendos, calzados con zapatos de espléndidos tirantes plateados, y unos tobillos perfectos. Eduardito hizo las presentaciones del caso, sin pronunciar los apellidos de la chica con claridad, como se usa en Chile, por lo cual se supo que se llamaba Teresa Echazarreta o Echavarrieta Guzmán o Vidal o algo por el estilo (la Teresa Beatriz o Teresita acerca de la cual ya hemos adelantado algo), y el Chico Adriazola tuvo la inmediata impresión de que el Poeta, Ernesto, Armando, Enrique, encandilado, se encarrujaba, se llenaba de arrugas, como un monito detrás de su jaula, y se ponía tartamudo. Fue, desde luego, una reacción primera, breve, pero que el Poeta no pudo superar, como si la belleza, la elegancia, la mirada segura de la joven que acababan de presentarle, fueran superiores a sus fuerzas. Un minuto después, sin embargo, ante el asombro de todos, como si hubiera tenido una reacción que podríamos llamar eléctrica, pedía a gritos una tercera catedral, se la zampaba al seco y sacaba a la bella Teresa a la pista de baile. Habría que dejar constancia, aquí, para la historia del Poeta y hasta de la poesía, que ella, Teresa Beatriz, no opuso la menor resistencia. Por el contrario, aceptó la invitación con una sonrisa que podía derretir a cualquiera y que, de hecho, los derritió a todos (nos derritió a todos), y dejó al Chico y a Eduardito verdes de envidia.

La fiesta de la Escuela de Danza, entretanto, se acercaba o había llegado ya a su momento culminante. Había una música atronadora, nunca antes escuchada en la somnolienta ciudad, al menos por ellos, y se veía una pista repleta de parejas que evolucionaban y hasta volaban, inspiradas, con pasos y figuras que habíamos visto alguna vez desde la galería del Teatro Municipal, y muchos comprendieron que Eulalio, Armando, Ernesto, el Poeta de la casa misteriosa, conectada en alguna forma con las callejuelas petersburguesas de Fiodor Dostoievsky, se había propuesto estar a la altura de las circunstancias. De hecho, lo conseguía plenamente, puesto que bailaba en el centro de aquella pista, separado de la insuperable Teresita, o tomándola de repente de la cintura con manos que sudaban, y lo hacía con movimientos febriles, desarticulados, descoyuntados, pero graciosos, como si representara el papel de un personaje de *El castillo* de Franz Kafka, o de *La colonia penitenciaria*, un Agrimensor que llegaba de otra parte, de no se sabía dónde, con cara de pregunta, o un detenido, un colono con un número en la espalda, y la verdad, la estricta verdad, era que Teresa Echazarreta Guzmán o Vidal, ante la sorpresa colectiva y los celos mal disimulados de muchos, no se notaba en lo más mínimo disgustada.

—¡Poeta cabrón! —cuentan que exclamó Eduardito, apretando los dientes, y el Chico no tuvo más remedio que abrir la boca de par en par, mostrando hasta la epiglotis, y reírse con una risa muda, con algo así como un estremecimiento interno, muy suyo. Se había formado un pequeño grupo alrededor de la pareja, y en la culminación de las cabriolas y las descoyuntadas contorsiones del Poeta contaron que hubo aplausos, ¡insoportables aplausos!, y hasta un par de ¡bravos! que no se sabía de dónde salían.

—Tomemos otro pisco, mejor —propuso el Chico, quizá con amargura, o con un esfuerzo de elegancia estoica, y Eduardito, más pálido que lo normal, con su mechón caído y su clavel blanco ya un poco ajado, se metió de nuevo la mano al bolsillo. El Poeta, entretanto, finalizada su exhibición, tomaba a la Teresita Echazarreta de los hombros, con la mayor soltura, como si ya se hubiera adueñado del terreno, y ella, por su parte, le invitaba un trago, una coca-cola, decía, pero tú, si quieres, le añades un poco de whisky.

Al final, les invitó coca-cola con whisky a los tres, y el mozo de la Escuela de Danza que servía los tragos, bailando detrás del mesón, haciendo morisquetas y bromas, les sirvió raciones generosas, de más de medio vaso cada una. Al poco rato, el casco de gomina que llevaba el Chico Adriazola se le había empezado a soltar, como a desplumar, y de repente comprobaron que Eduardito Villaseca, que tenía la lengua trabada desde hacía un buen rato, se había emborrachado como cuba. Cuando contamos todo esto, ya no sabemos si ocurría por el año cincuenta y dos o cincuenta y tres. Eran, probablemente, los comienzos del gobierno constitucional (ya que el anterior había sido de facto), de Carlos Ibáñez del Campo, el Paco Ibáñez, y en esa época la ciudad de Santiago era otra: una urbe más pequeña, de casas y caserones chatos, donde los edificios modernos podían contarse con los dedos de la mano, y donde, en el minuto menos pensado, se encontraba uno en la galería de los alemanes pobres de la calle Esmeralda, al lado de un busto de Wolfgang Amadeus Mozart en yeso y tapado de escupos, con el sombrero enhuinchado de algún parroquiano hundido en la frente y bigotes pintados con corcho quemado, o en un piso número once o número doce de la calle Huérfanos, rodeado de sílfides en las puntas de los pies, de cisnes de cuello negro y corbata de humita, de cazadores furtivos, o, por último, en una cervecería subterránea de la calle Merced o Monjitas o quizá José Miguel de la Barra, adornada en los muros con cabezas de venados de enroscados cuernos y ojos salidos de las órbitas, pero donde nunca se presentaría el Doctor Fausto en persona, y menos su famoso interlocutor, Mefisto o Mefistófeles.

Los testimonios, en cualquier caso, coinciden en un episodio curioso, casi heroico. El Chico, de repente, a pesar de todos los pesares, vale decir, del tamaño, de la inseguridad, de la falta de talento para la poesía, se zampó el concho de su whisky con coca-cola de un solo viaje, sin pestañear. Anduvo, en seguida, algunos pasos, sacando pecho, y se paró, impertérrito, frente a la bailarina principal de la famosa Escuela de Danza, una mujer pálida como el papel, de ojos pintados de lila y azabache, pestañas desproporcionadas, facha soberbia, que lo doblaba en estatura. Se paró sin más, diminuto y heroico, Lord Byron en miniatura (como le gustaría decir en los años que siguieron a la inefable Teresita Echazarreta), pestañeando como un azogado. Hizo una reverencia ceremoniosa, echando el botín izquierdo para atrás, y le propuso que bailaran.

—Bailemos, princesa —dicen que dijo, y ahora no sabemos si lo más asombroso fue la reverencia cortesana o el extraordinario piropo. El caso es que la primera bailarina, sin la menor vacilación, musitó: ¡Encantada!, y se lanzó a la pista de un salto aéreo, como si saliera en vuelo de los cortinajes laterales de un escenario.

El sorprendente Chico también dio un saltito, e hizo en seguida toda clase de evoluciones improvisadas, con una audacia que ni siquiera él mismo, probablemente, se conocía. Porque así eran las cosas, en aquellos años, y cada noche traía su sorpresa. Lo que se sabe todavía, lo que muchos recuerdan como si fuera hoy, es que la sobrenatural *prima ballerina*, al fin del baile, con una sonrisa y un gesto encantadores, exclamó en voz alta, para que todo el mundo oyera:

—*Il est magnifique!* Tiene condiciones estupendas.

En otras palabras, el Chico Adriazola, alias el Pipo Adriazola, también había triunfado en toda la línea. Pero el triunfo suyo, claro está, había sido más efímero, más transitorio, más imposible, en cierta manera, que el triunfo del Poeta. El único que no lo pudo saber y celebrar fue Eduardito: estaba con los ojos aún más vidriosos que antes, apoyado en el mesón a duras penas, a punto de desplomarse, y un hilo de baba se le deslizaba por la comisura de los labios. El Chico y el Poeta llegaron a temer que lo expulsaran del recinto esplendoroso, donde la fiesta continuaba en su apogeo y donde ya se anunciaba la aparición del Maestro de Baile, pero la gente, en realidad, desfilaba por el lado suyo y se limitaba a reírse y a mostrarlo con el dedo, haciéndole el quite. Ellos supieron, después, que había mostrado unos billetes en el momento de comprarse una copa y que una pandilla de jóvenes de aspecto tirillento, no se sabía si poetas, bailarines o electricistas, le habían sacado varias corridas de trago y lo había dejado planchado.

—*Porca miseria!*

De todos modos, a pesar de los jóvenes bolseros, de uno que otro filisteo infiltrado, de algún viejo maricón y medio borracho que andaba tratando de sobajear y de agarrar algo, el Poeta y el Chico (no Eduardito, porque estaba fuera de juego), tenían la sensación de encontrarse en un mundo superior, en un Olimpo santiaguino que hasta entonces habían ignorado. El que más se divertía era el Chico, el más impresionado por lo novedoso de la situación, y de cuando en cuando, en el colmo de su euforia, daba una zapateta en el aire, contemplado con simpatía y hasta con un dejo de ternura, desde el otro extremo de la pista, por la deslumbrante *prima ballerina*. En una de ésas, Teresa Echazarreta o Echavarrieta se desprendió del tumulto que se apretujaba en la pista de baile, como quien sale del mar, deslumbrante, un poco sofocada, con las mejillas rojas.

—Bailemos —le propuso el Chico, porque ahora, después de su baile con la bailarina estrella, se sentía capaz de todo.

—Con una condición —dicen que respondió Teresa.

—¿Cuál? —preguntó el Chico, un poco asustado.

—Que no me pongas las manos en los botones de atrás del vestido. Porque tu amigo —agregó, mirando al Poeta con algo de burla y una vaga ternura—, el bailarín loco, me pasó por ahí sus dedos gordos, traspirados, y me los tiene deshechos.

Para ser tan elegante, la bella Teresa tenía una curiosa manera de hablar: entre niña de las monjas, de las mejores familias, y huasa de campo. Se puso de espalda, para que el

Chico y el Poeta vieran, y todos comprobaron (pudimos comprobar) que Eulalio, Armando, Ernesto, en su ardor, vale decir, en su torpeza ardiente, le había desintegrado cinco o seis de los botones de su vestido gris, que se levantaban como hollejos de uva y mostraban el forro blanco, mancillado.

El Chico aseguró, con una reverencia graciosa, que no tocaría esos botones por nada del mundo, y bailó con la delicada, incomparable Teresita, un tango, *Cambalache*, haciendo las piruetas, los giros, los cortes más diversos. Regresaron de la pista y el Poeta abrió la boca en forma francamente anormal, como si estuviera dispuesto a tragarse los botones de la espalda de la joven uno por uno. No sabemos si lo hizo por celos, por despecho o por alguna otra cosa, por algún motivo confuso. Teresa Beatriz, entretanto, les daba la espalda, la de los botoncitos estropeados, y aplaudía como loca, junto al resto de la concurrencia, porque en ese instante preciso hacía su aparición el Maestro de Baile, Zoltan Zo de Zotopalski o algo parecido, un eslavo alto, de hermosa cabellera y rasgos faciales que parecían esculpidos a cuchillo, de capa negra que flotaba a su espalda, descendiente, según algunas versiones, de un príncipe magiar que había sido decapitado, y según otras, del Conde Drácula en persona.

8

Cuando por fin salieron a la calle, el Chico Adriazola tuvo la impresión de que con el aire fresco, fuera del ambiente artificial que dominada en el undécimo piso, Eduardito se había repuesto un poco, y de que el Poeta, en cambio, envenenado por dentro, estaba mal. No daba una impresión de mareo, de ebriedad, de pérdida de los sentidos, pero sí de loca, desaforada impaciencia, de rabia descontrolada, como si la Teresita Echazarreta Guzmán o Vidal lo hubiera trastornado, y como si Jorge Cáceres o Caviedes, bailarín y poeta surrealista, amigo de la gente de La Mandrágora, y el maestro húngaro, o quizá croata o rumano, Zoltan Zo de Zotopalski, o de Solovetski, o algo parecido, lo tuvieran hasta los reverendos cojones.

—Parece que la coca-cola te hizo mal —le dijo el Chico—, a pesar de la gotita de whisky.

Él, entonces, se puso a girar sobre sí mismo, al comienzo despacio, como si iniciara un movimiento deportivo, militar, no se sabía qué, y en seguida más rápido, como un poseso, con los puños cerrados. Después cerró los ojos, girando a más velocidad, inclinándose hacia un costado, ante la perplejidad del Chico y la sonrisa embobada de Eduardito, y uno de sus puños cayó pesadamente sobre una ventana baja, cerrada a machote (en la época de esa fiesta, en la calle Huérfanos al llegar al cerro Santa Lucía, había gente que todavía dormía en casas de un piso, en dormitorios profundos cuyas ventanas daban a la calle). El caso es que los vidrios de la ventana reventaron en mil pedazos, y se escucharon gritos en el dormitorio y hasta en los patios del fondo, acompañados de ladridos de perros y del canto vigoroso de un gallo seguido de otro gallo. El Poeta quedó con el puño herido, con una astilla de vidrio clavada. El Chico Adriazola le sacó la astilla con el mayor cuidado y le miró el puño contra la luz de un farol para ver si se le habría clavado alguna otra. Lo hizo con ternura, con solicitud casi maternal, mientras Eduardito, ahora, más oreado, observaba con una mezcla de asombro y de vaga alegría.

—Es la Teresita —murmuró el Poeta, casi llorando.

Eduardito Villaseca seguía con la boca abierta, como si todo lo que ocurría y escuchaba le pareciera completamente desusado, y el Chico, desconcertado, soltaba el puño magullado y algo ensangrentado del Poeta, ¿Enrique, Armando, Eulalio?, cuando escucharon un feroz pitazo, un sonido estridente que rasgó la noche, y divisaron, a unos sesenta metros de distancia, en la mitad de la calle, en una ligera niebla que se había levantado, a una pareja de carabineros que corría en demanda de ellos.

Lo que dicen que hizo el Chico, entonces, su reacción inmediata, fue completamente diferente de lo que hicieron el Poeta y Eduardito. Fue, para ser más preciso, el reverso exacto de lo que hicieron ellos, y consistió en correr a todo lo que le daban las piernas, pero en sentido contrario, es decir, en dirección a la pareja de carabineros, en lugar de hacerlo en contra, movimiento que le permitió al Chico escurrirse por entre los dos policías, que corrían con la mirada fija en los que escapaban, con los ojos salidos de las órbitas y los palos de luma empuñados, listos para caer en las espaldas de los revoltosos (no sabemos si en aquellos años inaugurales se hablaba ya de subversivos). Pasó, pues, el Chico Adriazola entre la pareja de guardianes de la ley (como se decía entonces y se sigue diciendo), amparado en la oscuridad neblinosa y en su baja estatura, y algunos contaron más tarde, en diversos mesones y tertulias, que había pasado por debajo de las piernas de los pacos, lo cual no era más que un chiste o una caricatura. Pasó, pues, el Chico, alias el Pipo, y desapareció en las sombras nocturnas, escuchando el ruido de las botas que corrían en la dirección contraria, pensando en las caras obtusas de los representantes del orden clavadas en las grupas de sus dos amigos, los cuales, por razones fáciles de comprender, huían, huirían, de pésima manera, acezando, tropezando, ayudándose con la mayor torpeza, torciéndose tobillos (y se supo, más tarde, que el Poeta, en su huida, se había torcido, precisamente, el tobillo izquierdo), babeando (si no güitreando, como se decía y todavía se dice, cantando la canción del güitre), de modo que pronto, como se corrió la voz al día siguiente en los parajes del Forestal, en los boliches del final de la mañana de domingo, fueron detenidos, sin alcanzar a sentir en sus espaldas las caricias del palo de luma, porque eran la imagen viva de la derrota, del derrumbe humano, y llevados a la comisaría más cercana, una que se encontraba y todavía se encuentra en la calle Santo Domingo al llegar a la esquina de Enrique Mac Iver. Ahí, como también se llegó a saber bastante pronto, el Poeta, deprimido, abrumado, con cara de funeral, entre cetrino y verdoso, con el labio inferior, negroide, según algunas malas lenguas, morado y caído, se confesó frente al oficial de guardia como el único culpable, puesto que su acompañante, dijo, Eduardo Villaseca, hijo de don Ramiro Villaseca, no había tenido nada que ver en los hechos que se le imputaban, gesto de hidalguía del Poeta que fue celebrado en los más diversos recintos y tugurios del barrio bajo de la ciudad y de algunos sectores de la Comuna de Ñuñoa. A consecuencia de su confesión, demostración de su espíritu de colaboración con la justicia, obtuvo permiso, el Poeta, para esperar en un patio del fondo, al aire libre, ya que de otro modo habría tenido que ser encerrado con doble llave en una celda donde había un hacinamiento de cuchilleros y borrachines del lumpen, y se le permitió, parece, hablar unas palabras con Eduardito. Según las versiones más confiables, el Poeta le pidió a Eduardito que fuera a despertar a su padre, don Eulalio Enrique Clausen, que vivía en una calle atravesada de Ñuñoa, no lejos de la avenida Los Leones, y le dio, de paso, la llave herrumbrosa de su pieza en el caserón destartalado del centro, en el vecindario de Raskolnikov y del pintor que había inventado a Ronsard, el otro pintor. Desde ahí, según los relatos más autorizados, fue llevado en una furgoneta enrejada, junto a delincuentes piojentos, de cataduras peligrosas, a la Cárcel Pública de calle General Mackenna.

La causa contra el Poeta, encabezada por su nombre civil completo, pero no son muchos los que han tenido ocasión de leer aquella carátula con sus propios ojos, quedó radicada en uno de los juzgados del crimen contiguos al edificio de la cárcel, y algunos creen que su detención se produjo un día sábado por la mañana, pero era una mañana de domingo, circunstancia que explica que los juzgados del crimen de menor y mayor cuantía estuvieran cerrados a piedra y lodo, y que, en consecuencia, las posibilidades del Poeta de salir en libertad antes de la mañana del lunes fueran escasas.

De manera que el Chico, después de su escapatoria, escuchó el ruido decreciente de las botas que corrían calle Huérfanos arriba, rumbo al cerro, y el estallido de uno que otro pitazo en la distancia, y sólo pudo imaginarse el resto, y más tarde confesó que se lo había imaginado con mala conciencia, a pesar de que en la acción del puñetazo, que había brotado de no se sabía qué capas geológicas de la conciencia del Poeta, o de su inconsciente, no había tenido arte ni parte.

Y más tarde se tuvo información, de fuentes más o menos seguras, de que a Eduardito Villaseca, hijo de don Ramiro Villaseca y de doña Toya de tanto y tanto, como era previsible, le habían mirado la ropa de buena calidad, los zapatos de charol, la corbata de seda, y lo habían tratado bien, o más o menos bien, a pesar de la cara de mareado que todavía tenía, mientras que al Poeta, más zarrapastroso que nunca a esa hora de la madrugada, y autor principal y confeso del atentado contra la propiedad, los carabitates de la comisaría de Santo Domingo lo habían tratado no tan bien, con uno que otro empellón y uno que otro garabato, a pesar de lo cual habían respetado la diferencia entre él y los piojentos y hampones de todas las noches.

9

Era, al comienzo, un gran patio encajonado entre muros altos, oscuro, lóbrego, un hoyo negro rodeado de cavernas enrejadas, hasta que despuntó una claridad encima de los techos, y esa claridad pasó de un color azul piedra a un azul celeste, iluminado desde lejos, desde atrás de las cumbres cordilleranas, desde el otro lado del mundo. Al cabo de un tiempo, los rayos del sol empezaron a lamer las alturas, a tocar las cornisas y a bajar después por muros descascarados, por ventanas redondas donde se apiñaban cabezas peladas al rape, entre barrotes, por galerías de luz verdosa, incierta, separadas del exterior por rejas tupidas. En las galerías también había presos apiñados, y algunos estiraban los brazos por entre los barrotes y movían las manos para pedir algo, pan, o plata, o lo que fuera, un minuto de atención, más que no fuera.

—Le aconsejo que se quede por aquí —le dijo un gendarme barrigudo, que tenía la gorra levantada por encima de la frente—, que no se meta p'allá. Y si le dan ganas de dormir, duerma en esa piezucha que está cerca de la entrada. Ahí tiene una frazada p'a abrigarse.

Con su cara de asco más acentuada que nunca, con la sensación incómoda de haberse manchado sin remisión, de estar meado por los gatos, cagado, el Poeta se acercó a la pieza que le había mostrado el gendarme. No se veía ninguna frazada, pero el gendarme gordo, respirando con dificultad, sudando en forma copiosa, a pesar de lo temprano de la hora, le indicó la parte alta de un armario.

En ese lugar había una manta apolillada, fétida, pero que serviría para cubrirse a la hora de dormir, y el gendarme, en seguida, le indicó un banco de madera donde un negro viejo, de barba entrecana, dormía sentado. La cabeza del viejo, con sus poros abiertos, del color del azabache, y sus canas enroscadas, se iba inclinando de a poco, acercándose al suelo de ladrillos irregulares, hasta que el hombre, con un resoplido brusco, despertaba y se enderezaba.

—No se vaya a acercar p'allá —insistió el gendarme, señalando la parte del patio que llevaba a las puertas enrejadas de las galerías.

—¿Por qué?

—Porque los presos se lo culean antes que usted alcance a decir pío. ¿Entiende?

—Entiendo —dijo el Poeta, y se preguntó si no sería mejor dormir en el banco, sentado como el negro viejo, cuyos ronquidos tropezaban, se atascaban, como si de repente se le cortara la respiración, o tendido en los ladrillos del suelo.

—Duerma en el suelo —le aconsejó el gendarme—. Porque si duerme sentado, como ese negro huevón, puede darse un tremendo costalazo. Desde que estoy aquí, he visto a montones de gente azotar la cabeza contra el piso —y daba la impresión, la vívida impresión, de haber estado ahí, en ese purgatorio santiaguino, desde hacía una eternidad.

Él siguió los consejos del gendarme. Descubrió que los ladrillos del suelo eran gastados, irregulares, duros, que estaban llenos de aristas filudas, y que al dormir molían los huesos. A pesar de eso, consiguió conciliar un sueño profundo. Después les contó a sus amigos que había soñado en el patio de la Cárcel Pública, en lo último de lo último, en el fondo de lo siniestro, con la Teresita Echazarreta, ¡qué belleza!, y que Teresa, Teresa Beatriz, la Teresita, le mostraba su espalda desnuda, martirizada, visible a través de los botones deshechos por sus dedos ansiosos, botones que sus labios sedientos, igualmente ansiosos, habían baboseado y mordisqueado, y en seguida, en lo mejor del sueño, veía y hasta podía tocar los encajes de los calzones de la Teresita, y él estaba en la gloria, los ladrillos filudos se habían transformado en almohadones de plumas, pero en ese preciso instante, cuando sus dedos empezaban a deslizarse por debajo de los encajes, las manos pochas del gendarme lo habían despertado dándole unos golpecitos.

—Lo buscan —dijo, con su voz ahogada.

—Voy —dijo el Poeta.

—No —respondió el gendarme—. No puede ir. No son horas de visita. Pero si espera un rato detrás del portón, puede saludar a su gente en el momento en que el portón se abre. Yo les voy a decir a ellos dónde tienen que ponerse para que se vean. Y si usted se entiende con ellos por señas, yo me hago el leso.

—De acuerdo —dijo el Poeta, que ya pensaba en la posibilidad de escribir un poema inspirado en el gendarme de piel rojiza, gordito, con la gorra de servicio levantada por encima de la frente cubierta de transpiración.

Después de esperar durante minutos que no pasaban nunca, el portón de fierro, enorme, se abrió con un chirrido, un lamento de materiales fatigados, y él alcanzó a divisar a su padre, Eulalio Enrique Clausen, con cara de sueño, preocupado, sin afeitar, y a Eduardito, Eduardo Villaseca, que todavía, por lo visto, no había podido recogerse en su casa de la Alameda, pálido, ojeroso, despeinado, con cara de alarma.

El Poeta calculó que Eduardito había subido a Ñuñoa, a

la dirección que le había alcanzado a dar en la comisaría de Santo Domingo, a despertar a su padre, y que habían bajado hasta la Cárcel Pública, en el barrio de Investigaciones, de las putas de la calle San Martín, de la Estación Mapocho, juntos. Lo más probable era que hubieran bajado en algún medio de transporte colectivo, en una liebre, quizá, ya que don Eulalio Enrique, arruinado en su juventud, empleado mediano del Ministerio de Obras Públicas, no era dueño de automóvil. Y se supone que ellos, por su parte, desde su perspectiva externa, divisaron al Poeta al otro lado del portón, cansado, desmelenado, mal agestado, con la ropa arrugada hasta un extremo indescriptible, con una manta apolillada, inmunda, puesta encima de los hombros, pero, a pesar de todo eso, igual a sí mismo, entero, con su expresión de asco universal y a la vez de burla, de broma, de tomadura de pelo, y se volvieron locos haciéndole señas.

Su padre pronunció unas palabras en silencio, colocándose las manos a ambos lados de la boca, y él, es decir, el Poeta, Eulalio, Armando, entendió. Estamos buscando al juez para que te saque de adentro, le quería decir su padre. Y en seguida levantó unos envoltorios donde había un par de sandwiches, parecía que pan de hallulla con mantequilla y chancho arrollado. El gendarme gordo, mirando los envoltorios con expresión de gula fingida, como diciendo: ¡qué rico!, ¡qué regalonería!, se los entregó diez o quince minutos más tarde, cuando el portón ya se había clausurado de un golpe, y él supo después que su padre había aceitado al gendarme gordinflón con una buena propina. ¡Pobre viejo! Había otros presos de cráneos rapados, de miradas verdaderamente hambrientas, que merodeaban ahora por ahí cerca, y él se tuvo que encerrar en una letrina maloliente, llena de enjambres de moscas, a comer las hallullas con abundante manteca y arrollado a lo huaso. Fue un banquete, un banquetazo, a pesar del olor a meado y a mierda, y después tomó agua de la llave hasta enguatarse. Pensaba, pensamos, en otros poetas encarcelados, en Oscar Wilde, obligado a trabajar en un torno en la cárcel de Reading, en Domingo Gómez Rojas, el mártir del año veinte, en un turco del que hablaba siempre Nerón Neruda, en Miguel Hernández.

—Que la luz de los astros te peine los cabellos —recitó, exaltado, riéndose un poco, pero sin desprecio, con cariño, de Gómez Rojas, levantando los brazos, observado sin la menor condescendencia por un par de presos. Aquí no se admiten poetas maricones, supuso que pensaban ellos, clavando en él miradas amenazantes, y sintió que era Oscar Wilde reencarnado, pero con un ligero añadido de Domingo Gómez Rojas, el poeta mártir, y, por qué no, de Ezra Pound en su jaula.

—¡Que Dios nos ampare! —murmuró, sonriendo, encogiéndose de hombros. El gendarme gordito estaba cerca del portón de fierro, con las manos cruzadas en la espalda, balanceándose sobre los pies. Le hizo una seña para que se acercara, porque él ya se había internado en la zona de peligro.

—¡Hágame caso, joven! —le sopló—. Por su bien se lo digo.

El juez competente no apareció por ningún lado durante ese interminable domingo, y él sólo pudo ser interrogado por un actuario de manguitas negras y obtener su libertad bajo fianza el día lunes al final de la mañana. Tuvo que llamar a su padre a su oficina del Ministerio de Obras Públicas para que se acercara al juzgado a pagar la fianza. Y cuando cruzó el portón de fierro, después de buscar al gendarme barrigudo para despedirse como correspondía (pero el gordito no se divisaba por ninguna parte), estaba muerto de sueño y de hambre, mortalmente fatigado, y con el puño, el del puñetazo en los vidrios, adolorido, amoratado, medio hinchado.

—¡Por imbécil! —le dijo a Eulalio Enrique Clausen, su padre—, porque, al fin y al cabo, ninguno de nosotros era Jean-Arthur Rimbaud, y ni siquiera Romeo Murga, o Romeo Murga a lo mejor sí...

—¿No se te habrá subido a la cabeza, más bien, Carlitos de Rokha? —preguntó su padre. Conocía bien a sus amigos, el viejo, y había leído poesía en alguna época de su vida, pero de autores diferentes, de autores como José Asunción Silva, Gustavo Adolfo Bécquer, Manuel Magallanes Moure, y no era malo para echar tallas sin aspereza, para las salidas socarronas, para los tironeos del codo. Llevó a su hijo, al reo recién excarcelado, a un bar del sector de los tribunales de justicia, y observó con un gesto irónico, aun cuando era, en el fondo, una mirada de complacencia paternal, cómo el joven delincuente (así dijo) devoraba unas empanadillas fritas, un suculento, desbordante chacarero en pan de marraqueta, dos pílsener bien heladas, una respetable porción de duraznos al jugo con helados de vainilla y crema. Después, bastante recuperados ambos, contentos, se subieron a una micro Estación Central-Vicuña Mackenna-Plaza Egaña, y el viejo empleado público se preocupó de que el hijo poeta, después de abrazar a su madre, de saludar a su hermana, de pellizcar en las mejillas a la cocinera gorda, Petronila, descansara en la pieza llena de afiches, de papeles pegados a la pared, de fotografías clavadas con chinches, de su infancia y su adolescencia. Eulalio Enrique, el papá, daba la impresión de estar chocho, de haber recuperado a su hijo, de que hubiera sido el hijo bíblico, el pródigo, que regresaba. Para eso, a fin de cuentas, había servido el incidente de la salida del baile de la Escuela de Danza, el de la ventana abofeteada. Para eso, y quizá para más que eso.

10

El Poeta durmió la noche del lunes, el día de su salida de la
Cárcel Pública de calle General Mackenna, en la casa de
sus padres, por allá por Ñuñoa arriba, una casita con unos
pocos metros cuadrados de jardín, un patio trasero descui-
dado, un perro grande, lanudo, cuya lana se había puesto
amarillenta con los años, y hasta dos o tres gallinas castella-
nas acompañadas por un gallo de aspecto arrogante, aunque anciano. Durmió en el dormitorio que años atrás había sido suyo, debajo de los afiches y los variados recortes
de su adolescencia, que su madre no había permitido que
nadie sacara. Era un altar, un animita de su adolescencia
difunta, y se suponía que su madre, de cuando en cuando,
le dirigía un rezo. Entre las estampas y los afiches, desteñidos, resquebrajados, él volvió a encontrarse con un grupo
de elefantes asomados a un abrevadero selvático, y un águi-
la imperial en vuelo, y un Carlitos Chaplín sentado en una
vereda y acompañado de un perro triste, y también, no sin
orgullo, no sin sentirse conmovido ante el adolescente que
había sido, con una imagen más bien sombría, intensa,
conmovedora, de Franz Kafka joven, con expresión de fragilidad y a la vez de terquedad, de persona tocada por el
hálito de la profecía, aparte de un retrato a lápiz de su madre, firmado por él con gran despliegue de rúbricas y hasta modestamente enmarcado, pero de mediocre calidad

como dibujo, tenía que admitirlo, ¿no se había dedicado a la poesía, en una familia de pintores por la línea materna, debido a que el genio de la pintura, a él, no le había tocado? La verdad es que las dudas acerca de su talento, de sus talentos, mejor dicho, lo asaltaban pocas veces, pero ahora, cuando acababa de escapar de la cárcel, de los piojos, de cosas todavía peores, parecía que la inseguridad, como remate de tantos tropiezos, asomaba la cabeza. Alcanzó a sentirse más o menos deprimido, pero una caricatura pegada junto al respaldo de la cama, encima del velador, con una chincheta, un recorte que se le había olvidado, lo hizo reírse de buena gana. Era un gordo grande (parecido, pensó ahora, al gendarme gordinflón de la Cárcel Pública), que le hacía una confidencia a un gordito más chico, un episodio de humor que no se podía definir, y al lado de los dos gordos había un recorte de la revista *Pro Arte,* un número del año 47 o 48, en tipografía estropeada y anacrónica, pegado con otra chincheta: un poema de César Vallejo que releyó con gusto, con emoción. Morirme en París, murmuró, con gravedad, con un sentimiento que lo traspasaba, y murmuró después: recuerdos del futuro, de un día que aún no había transcurrido. En seguida, pensó que dormir entre sábanas limpias, con la cabeza posada en edredones de plumas, y despertar a la mañana siguiente frente a la bandeja humeante del desayuno, era bastante mejor que dormir en un suelo de ladrillos disparejos, puntiagudos, junto a un negro viejo y enfermo.

Había pensado en todas esas cosas con perplejidad, con la boca abierta, rascándose la coronilla desgreñada, mientras tomaba su café con leche de la mañana, y después, como a las cinco de la tarde, a pesar de eso y de todo, había entrado al dormitorio de sus padres y había dicho, perfectamente decidido:

—Vengo a despedirme.

—¿Y por qué no te quedas? —preguntó su madre, con voz de súplica, una voz que él le había conocido desde que tenía uso de razón, pero que a menudo se le olvidaba. Su madre tenía una hermana que era profesora de piano y un hermano arquitecto y pintor de fines de semana, aparte de un abuelo que era un clásico de la pintura chilena, y se suponía que a él le venía el talento de artista por esos lados. Pero él hizo un movimiento vigoroso de negación con la cabeza, un movimiento inapelable.

—Porque no —dijo.

Ella, entonces, desolada, bajó la vista, a punto de soltar el llanto, y su padre, que observaba la escena con preocupación, le hizo un gesto a espaldas de ella para que no insistiera más en el punto, para que saliera sin mayores trámites. El Poeta besó a su madre en la frente y a su padre en la sien derecha.

—Haz lo que te dé la gana —dijo su padre—, pero no te olvides de que aquí tienes tu casa. Y tu familia.

—Adiós, mi viejo —murmuró él—, y gracias por pagarme la fianza.

Cuando cerró la puerta del dormitorio, se escuchaba el llanto silencioso de su madre, que nunca aprendía, que no escarmentaba. Él se dirigió a la cocina y le pegó una palmada en el trasero descaderado a la Petronila, la empleada que le habría servido los desayunos, que le habría lavado los calzoncillos, en caso de que se hubiera quedado a dormir ahí para siempre.

—¡Mocoso insolente! —exclamó la Petronila, y estiró un brazo descarnado para abrazarlo y darle un beso. Le pidió que se portara bien, que durmiera ocho horas diarias por lo menos, que tomara una alimentación sana, y que no se emborrachara. Además, le dijo, dicen, porque sabía de qué hablaba, que tuviera mucho cuidado con los amigos con que se metía.

—Ande con gente buena —le dijo—, con gente católica, que vaya a misa.

Él se rió con algo de exageración y le dio un segundo
beso en las mejillas apergaminadas. Partió al antiguo dormitorio de su infancia y su adolescencia y sacó una mochila arrumbada en el fondo de un ropero: una mochila
de sus años de colegio, descolorida, rota en las costuras,
pero que podía servirle. Metió adentro la fotografía de la
manada de elefantes, el retrato de Franz Kafka de joven,
la caricatura de los dos gorditos, uno grande y otro más
chico, el poema de César Vallejo, *Piedra blanca sobre piedra
negra*, archiconocido, se dijo, pero siempre bello, emocio-
nante, además de unos calcetines de lana, una raqueta
belga de madera de una marca poco conocida y una radio
de velador en desuso, del año de la pera, pero cuyo dise-
ño de una vanguardia pasada de moda le gustaba, y que
podía, por lo demás, tener algún arreglo. Se subió a un
trolley que bajaba por Bilbao, cargando con la mochila, la
radio y la raqueta de tenis, miró las casas que desfilaban
frente a las ventanillas, con tranquila alegría, después de
su descenso a los infiernos carcelarios, y se bajó en el paradero de la Pérgola de las Flores. Ahí se acordó de que le
había pasado las llaves a Eduardito en la comisaría de la
calle Santo Domingo. Pero resultó que el pintor Ortega
estaba en su taller, en plena creación de un crepúsculo
cordillerano de Charles Ronsard, y él siempre le guardaba, por precaución, una llave de reserva. El Poeta entró,
pues, a su pieza, cerró la puerta, y tuvo la sensación de
que había contribuido con la más perfecta inconsciencia
a aumentar el indescriptible cachureo encerrado entre
esas cuatro paredes. Porque el contenido de su mochila
se sumaría ahora al caos general, y ¿quién le mandaba
traer una raqueta inútil, cuando hacía por lo menos ocho
años que no pegaba un raquetazo, y una radio que había

dejado de escuchar en su adolescencia, al final de una larga pleuresía? Se sintió agobiado, y después advirtió que en el baño, encima de la repisa rota, había una escobilla de dientes que no era suya. Eduardito, pensó, y calculó que Eduardito, acostumbrado a espacios más holgados, no habría podido aguantar diez minutos en ese encierro y habría salido a vagabundear, a tomar aire, o ya habría vuelto, quizá, a su redil de lujo. ¡Pobre Eduardito!, se dijo, porque jamás habría pensado que el pobre era él. Y la verdad es que no lo era. Porque podía encerrarse, encender la luz del velador y escribir una poesía maestra en su cuaderno escolar, mientras que Eduardito, el pobre Eduardito...

Tiró la radio vieja y la raqueta de tenis de madera, llena de rasmilladuras, a un rincón donde la acumulación del cachureo era relativamente menor. Si Eduardito regresaba a la pieza, la cosa podría ponerse seria, pero era poco probable que regresara. Se habría olvidado de su escobilla de dientes y se compraría otra, total... Después sacó un par de chinches del cajón de su velador, donde los chinches o chinchetas nunca faltaban, junto a alguna bala de acero, por ejemplo, a argollas rotas de cortinas desaparecidas, a la mitad de una muela que se le había caído hacía poco, a otros objetos no menos heterogéneos, y pegó en un espacio de la pared un poco menos atiborrado la fotografía del joven Kafka. Tiró al suelo el recorte de los elefantes en su abrevadero, y dejó el poema de César Vallejo encima de la cama desarreglada. *Me moriré en París con aguacero*, recitó, *un día del cual tengo ya el recuerdo*, y junto con recitar se volvió a rascar la coronilla. ¿Por qué? ¿Porque el talento del otro le provocaba una reacción de perplejidad? Recordó el título enigmático del poema, alusivo, indirecto, caprichoso, pedregoso. Buen título, se dijo, y avanzó el labio inferior, pensando que el genio de la poesía era el genio del verbo, de las palabras, que llegaba como un rayo y nunca se sabía de dónde llegaba, y volvió a rascarse la coronilla en desorden, intrigado, hasta cierto punto angustiado.

Dicen, esto es, dijeron bastante tiempo después, y nunca se supo dónde lo dijeron, ni cuándo, ni quiénes, que esa misma tarde, después de la salida de la cárcel, de su breve paso por la casa de sus padres y del regreso a su pieza en la Casa de Dostoievsky, comenzó a escribir uno de sus mejores poemas, a lápiz de mina, en un cuaderno a rayas en el que ya quedaba muy poco espacio, tendido de lado sobre el camastro, entre las manchas de café y las de semen, y que el frío lo empujó a recoger del suelo su abrigo raído y a ponérselo. El abrigo tirado en el suelo no era otro que el abrigo ideal, vale decir, inexistente, o apenas existente, reducido a la condición de tela de cebolla, de que hablaba Rimbaud en uno de sus versos. Parece que siguió escribiendo tirado en la cama, de abrigo puesto y hasta con el cuello subido, sirviéndose del lápiz de mina mocho y al que de cuando en cuando le pasaba la lengua. En seguida, agobiado, con los músculos de la espalda adoloridos, salió, cuentan, con el cuaderno y el lápiz en el bolsillo, a la noche, en busca de algún refugio humoso y caluroso, de los muchos que había en Santiago, y donde nunca faltaba un alma caritativa que le invitara un vaso de vino. Se supo que había subido con pasos cansinos, con las manos hundidas en los bolsillos del famoso abrigo, por la escalinata del Club de los Hijos de Tarapacá, situado en el segundo piso del Café Bosco, frente a la Pérgola de San Francisco, y que de repente se había detenido, estupefacto. ¿Por qué? Porque ocurría, ¡oh, coincidencia!, triste coincidencia, en verdad, que Eduardito Villaseca, su amigo, cabizbajo, pálido, derrotado, bajaba por la misma sucia escalinata, seguido por don Ramiro, su padre, por su hermano mayor, un gordote aficionado a las carreras de caballos y que trabajaba en la Bolsa de Comercio, por Filomeno, el chofer, con su cara huesuda, de caballo, precisamente, aunque no de carrera, y su expresión cínica, y por un joven de pelo negro engominado y con aspecto de tira de Investigaciones. Todo el cortejo, contaron, se detuvo, y nos podemos imaginar las caras de don Ramiro, del hermano mayor, del chofer, del joven tira, para no hablar de la cara de Eduardito.

—¡Perdóname! —dicen que le dijo Eduardito al Poeta (¿Ernesto, Eduardo, Armando?), y que se lo dijo con ojos llorosos.

—¿De qué? —preguntó el Poeta.

—No nos interrumpa —parece que dijo don Ramiro, Harpagón, trastornado de rabia.

—De todo —dijo Eduardito, y abrió los brazos. El Poeta y Eduardito, entonces, se confundieron en un abrazo emocionado, apretado, y alguien contó que el viejo se había puesto a aullar como un animal de la selva, mesándose los cabellos, pero fue una probable exageración, o un invento completo. Eduardito devolvió en ese momento, a vista y paciencia del furioso Harpagón, la llave herrumbrosa de la pieza de la Casa de Dostoievsky, después de lo cual el Poeta, de manos hundidas en los profundos y desgarrados bolsillos, se hizo a un lado, y el extraño cortejo siguió su camino de bajada. El Poeta sintió (suponemos) que algo le entraba hasta el fondo del pecho: una amargura, un inagotable rencor, un acero frío. En las mesas del Club de los Hijos de Tarapacá había un bullicio general, confuso, acompañado de copas que chocaban, de botellas que se descorchaban, de risas destempladas, de gritos, de alaridos, y el Chico Adriazola, el Pulga, de repente, estaba junto a él, mirando hacia arriba, tirándolo de la manga.

—Ya lo arreglaremos —decía.

—¿Qué cosa?

—Lo de Eduardito.

—No creo —replicaba él—. No tiene ni el menor arreglo —y movía la cabeza, desesperanzado, con los ojos inyectados en sangre, al borde mismo del llanto.

11

Después supimos mejor lo que le había sucedido a Eduardito. Esto es, tuvimos no poca información acerca de los pasos que había seguido después de separarse frente al portón principal de la cárcel, el día domingo por la mañana, de don Eulalio Enrique Clausen, el padre del Poeta, y nos pudimos imaginar dos cosas: cómo había llegado en la noche del martes o en la madrugada del miércoles, en busca de no se sabía qué, al segundo piso del Club de los Hijos de Tarapacá, y cómo había sido encontrado ahí, en aquel sitio improbable, en ese nudo entre los muchos nudos de la noche santiaguina, por don Ramiro Villaseca y su pequeño y extraño séquito de sabuesos y de virtuales carceleros. Fue un episodio histórico de aquellos años, un suceso que corrió por mentideros, timbas, tabernas y tugurios, por salones de dudosa reputación y también por algunos salones de las grandes familias. Pero vamos a tratar de ir por orden, de introducir en el relato un mínimo de coherencia.

Después de la entrega de los dos sandwiches de arrollado de huaso en pan de hallulla, adquiridos por don Eulalio Enrique en un boliche que se mantenía abierto toda la noche y que el gendarme gordinflón se había encargado de hacer llegar al joven e inexperto recluso, Eduardito se había despedido con un caluroso apretón de manos de este papá tan pacífico, tan bondadoso, tan sorprendente y diferente para él. Hasta ahí, su periplo de aquella noche y de aquella madrugada, su largo trayecto en una micro destartalada, en medio de una sonajera de vidrios sueltos, bajo la luz lívida del amanecer, en cumplimiento de la noble misión de ayudar a un poeta amigo a recuperar su libertad, había sido una experiencia extraordinaria, vivida por él en un estado de verdadera exaltación lírica, como una epifanía, para recurrir a un término de su amado James Joyce, pero después, mientras cruzaba el barrio de la Estación Mapocho y del final del Parque Forestal, sin dejar de tocar en un bolsillo la llave herrumbrosa de la pieza del Poeta en la Casa de Dostoievsky, llave que el Poeta le había pasado por si necesitaba un refugio, y mientras se internaba por la calle Mosqueto, a pocas cuadras de su casa de la Alameda, entre mujeres de todas las edades y las condiciones, viejas, niñas, dueñas de casa, empleadas domésticas, cubiertas con velos y que corrían a la misa de las nueve y media de la iglesia de la Merced, se sentía dominado por la angustia, por un reflujo terrible. Prefiero un millón de veces, se decía, la pieza cochambrosa del Poeta, con sus libros carcomidos, sus máquinas oxidadas, sus zapatones impares, malolientes, a la mansión de la Alameda, cuyas reglas, cuyas prohibiciones, le parecían peores, de repente, que las de la Cárcel Pública de General Mackenna a la que se acababa de asomar, y se dijo que jamás había hecho la relación entre ambos recintos, la casa paterna y la cárcel, pero que ahora sí la hacía, sí, mamá, aunque no te guste, y si hubiera sido un poco más consecuente (dirían después algunos), se habría ido en ese mismo momento a refugiar en la pieza del Poeta, que para eso, precisamente, le había prestado la llave, y no más tarde y a destiempo, pero el destiempo tuvo su compensación, como también se verá, y los comentarios, en este aspecto, fueron risueños, sin que les faltara algún matiz de envidia.

Caminó, pues, con una sensación más o menos parecida a la del condenado que camina al patíbulo, hasta la plaza Vicuña Mackenna, donde ya se divisaba al viejecito de siempre, un señor de apellido Vial o Vidal, de sombrero pajizo, canturreando con su demencia senil inofensiva y dándole migas de pan a las palomas. Contempló una vez más la estatua de don Benjamín, pierna arriba, rodeado de una que otra figura alegórica, de alguna musa inspiradora de bronce, y desde ahí, mientras avanzaba con mucha menos decisión, entre rumores callejeros que iban en aumento, magnolios perfumados, ramas de alerces o pimientos que se balanceaban ligeramente, divisó con horror, con el corazón desbocado, a su padre en bata, reclinado en el balcón de fuera de su dormitorio, con el mentón apoyado en los poderosos puños, mirando la calle, barriendo la amplia avenida con la vista, como quien dice, deteniendo esa mirada en las plataformas descubiertas de los tranvías, en la gente que se bajaba de carros, de micros, de góndolas, y atravesaba la Alameda, en los suplementeros de las primeras ediciones de la prensa matinal, en alguna beata anciana, en camino a su misa, hasta que sus ojos perforadores detectaron a su hijo, a Eduardito, mucho más pálido que de costumbre, más ojeroso, de mechón caído, nervioso, algo sucio, con paso no del todo firme, probablemente, muy probablemente, se diría el viejo, borracho, borracho como cuba.

El viejo (el temible Harpagón) descargó un tremendo puñetazo en el balcón donde estaba apoyado y se metió para adentro.

—Llegó este imbécil —murmuró en voz alta—, este miserable —o murmuró algo por el estilo, o no murmuró nada, y le gritó alguna cosa, también por el estilo, a la mamá de Eduardito, a misiá Toya de tanto y tanto, la Tolita, que yacía en su camastro, en el fondo de su dormitorio en penumbra, debajo de un gran crucifijo colonial, con cara de cera, con expresión de *mater dolorosa*, y misiá Toya de tanto y tanto se irguió, entonces, aterrada, y le suplicó, juntando las manos:

—¡Por favor, Ramiro! ¡Meno, por favor! (porque se llamaba Ramiro Filomeno, como Filomeno, el chofer). ¡No lo mates! ¡No te acrimines con él! ¡Mira que es un pobre niño! ¡Un angelito despistado!

El viejo, Ramiro Filomeno Villaseca, en pantuflas, en bata cruzada sobre la panza y piyama a rayas verticales, se mordía las coyunturas de los dedos de la mano izquierda y vociferaba, lacre, con las venas del cuello hinchadas:

—¡Angelitos! ¡Vénganme a mí con angelitos!

Sintió, don Ramiro, con su oído vigilante, el clic ligero de la cerradura de la puerta de calle, seguido de las pisadas cautelosas de su hijo en la escalera alfombrada que conducía hasta el vestíbulo, y lanzó un sonido informe, algo como un gruñido de jabalí o de alguna otra bestia. Eduardito se detuvo, con la sangre helada. Él mismo tenía la impresión (contó después), de que podía desplomarse en cualquier momento, rodar escaleras abajo. Y hacerse trizas, como la ventana de hacía unas horas, la de la casa de un piso de la calle Huérfanos. ¡Sí, mamita!

El viejo, a todo esto (Harpagón, o Shylock, o lo que ustedes quieran), se acercó, agarró a Eduardito de la camisa, con su mano ancha, férrea, y le ordenó que le echara el aliento en la nariz.

—A ver, ¡échame el aliento! —chilló, y concluyó, antes de que Eduardito hubiera tenido tiempo de echárselo, que había bebido toda la noche.

—¡Borracho! —vociferó—, ¡chinganero!, ¡buena pieza!, de la misma ralea que los hermanitos de tu madre (porque tenía mal concepto de la familia de misiá Tolita, y

78

sus dos hermanos eran entre pijes y huasos colchagüinos buenos para la fiesta) —y le preguntó, en seguida, que cuánta plata le había sobrado.

Eduardito, aterrado, y tomado de sorpresa, además, por la pregunta, se metió las manos a los bolsillos.

—¡Rimbaud! —dicen que alcanzó a murmurar, o algo parecido.

—¿Qué dijiste? —preguntó don Ramiro.

—Nada.

—¡Cómo que nada!

Después de ese breve intercambio, don Ramiro Filomeno Villaseca, el anciano Harpagón, de acuerdo con algunos, Shylock, según otros, no consideró necesario hacer mayores indagaciones. Echó la mano derecha para atrás, con expresión de loco furioso, con los pelos disparados, con la bata a medio abrir y el bulto de las verijas visible adentro del piyama, y le pegó una cachetada a Eduardito que lo hizo rodar por las gradas. No le pegó con el puño cerrado, porque si lo hubiera hecho, habría sido capaz de matarlo. Aun cuando ganas, quizá, no le faltaron. Conviene saber, por otra parte, que en su juventud había practicado el boxeo, y que en sus años maduros, en alguna secretaría electoral, le había tocado asestar uno que otro derechazo. La cabeza frágil, pálida, de Eduardito, con sus ojeras, con su mechón lírico, azotó contra los resguardos de fierro de la escalinata, pero parece que no perdió del todo el conocimiento. Quedó, contaron, viendo estrellas, lloroso y furioso, pero consciente. Su madre, misiá Toya de tanto y tanto, la Tolita, había salido de su dormitorio, sujetándose la bata con manos temblorosas, e imploraba piedad, auxilio, socorro, anegada en llanto, hincándose en el suelo, juntando las manos.

—¡No me lo mates! —parece que chillaba—. ¡Por el amor de Dios!

Según los diversos testimonios, que circularon durante semanas y, como ya dijimos, en los ambientes más heterogéneos, Eduardito se levantó con no poca dificultad, con ojos vidriosos, sin mirar a nadie. Se arregló la ropa como pudo, incluyendo el nudo de la corbata, mirado con atención por don Ramiro, quien, parece, había pasado de la rabia al desconcierto, a una expresión como de perplejidad, y subió a su dormitorio del piso de arriba con pasos que habían recuperado parte de su elegancia, a pesar de que todavía vacilaban. ¿De dónde salía esa incierta elegancia, se preguntaban algunos: de la lectura, de la flacura, del Grange School, de las epifanías joyceanas? Comentaron que al subir las escaleras estrechas (porque el acceso al segundo piso, que no era de visitas, carecía de los adornos y lujos del primero), humillado, abrumado, sentía el aliento febril del viejo en la nuca, y temía que su mano pesada volviera a levantarse a su espalda y a derribarlo, pero prefería seguir subiendo, como alma en pena, sin mirar para atrás, como persona que se desplaza en algunos de los círculos infernales.

—Ese aliento —comentó alguien—, aquella mano, lo van a perseguir toda la vida, hasta cuando el viejo esté muerto y enterrado.

Y es muy posible que así haya sido. De todos modos, mientras él subía, la Mariquita Cifuentes, la cocinera, que ya llevaba años en la casa, se asomó a la puerta del repostero, limpiándose las manos en el delantal, y lo miró con fijeza, inexpresiva, al menos a primera vista, pero compadecida, conmovida, ansiosa de ayudarlo, ¡al angelito! Porque pareció, por un momento, que el viejo podría saltar escaleras arriba, como un escarabajo gigante, y atacarlo de nuevo, a pesar de que doña Toya no cesaba en sus esfuerzos, en sus ruegos para apaciguarlo. Durante su penosa ascensión, él, Eduardito, encontró de repente los ojos de la Mariquita, y ella le hizo un gesto disimulado: suba corriendo, niño, pareció decirle, y desaparezca, ¡no sea pánfilo!

Horas más tarde, después de dejarlo dormir un buen rato, la Mariquita le llevó al dormitorio un tazón de café con leche, de los tazones toscos, generosos, de loza de Penco, que usaba el personal de servicio, y unas tostadas de pan de marraqueta con harta mantequilla, y un pocillo lleno de manjar blanco hasta los bordes.

—¿No quiere también, Eduardito, mijito, un huevito revuelto? —preguntó, mientras entreabría las cortinas del dormitorio.

—No, Mariquita —murmuró él—, estoy muy bien así. Estoy como en mis mejores tiempos —añadió, y se rió. Parecía una alusión a otra cosa, y no sabemos si la Mariquita la dejó pasar o no la dejó pasar. Transcurrió un buen rato, y él, después de tomar su desayuno, se volvió a hundir entre las sábanas tibias. La Mariquita Cifuentes retiró la bandeja, cerró un poco más las cortinas y se sentó en el borde de la cama. Los que la conocían decían que era rara, medio tocada, que tenía lunas, y ahora, en la penumbra del dormitorio, estaba así, en uno de sus momentos especiales, con los ojos capotudos.

—Sus papás —dijo—, salieron a la misa de una de la Veracruz, y después van a ir al Portal a comprar pasteles.

Eduardito movió las piernas debajo de las sábanas, mirando para otro lado. Ella, en cambio, le clavaba los ojos con una expresión rara. Después de un rato, se puso las manos en los botones del delantal, a la altura del pecho.

—¿Quiere que le muestre algo? —dicen que preguntó, y Eduardito, parece, no contestó nada. Era un delantal azul desteñido, arrugado, con manchas de grasa. La Mariquita, entonces, sin hacer más preguntas, se abrió los botones. Sus pechos gordos desbordaban de un sostén de color carne. Tenía piel aceitunada y pezones grandes, oscuros, extendidos. Se acercó y le dio un chupón a Eduardito en la boca: un beso ansioso y salivoso. En seguida se desnudó entera y se metió en la cama. Tuvo que explicarle un poco las cosas, decirle que se moviera, mijito, así, ahora, más despacito, así, bien adentrito.

—Papito —contó después Eduardito que le había dicho, como decían las putas de la calle San Martín, pero a San Martín había ido en los últimos años del colegio, con algunos compañeros de curso, y había bailado con las putas, y se había acariciado (sin besarse en la boca), y había llegado a tener un orgasmo cuando ellas le habían metido la mano por adentro de los calzoncillos, pero no había hecho nada más. Con la Mariquita, en cambio, contó (en el casino de la Escuela, en los alemanes pobres, en muchas partes), hizo el amor de veras, y mientras lo hacía, dijo, miraba las escalinatas del cerro, las columnas, las enredaderas, los pájaros que se escapaban a otras partes, al monumento de don Benjamín, a las claraboyas de la Biblioteca Nacional, y pensaba: ¡qué raro!, me complicaba esto de seguir siendo virgen, y ahora, de repente, estoy dejando de ser virgen, tengo que correr a contárselo al Poeta, pero ni siquiera sé si habrá salido ya de la cárcel, ¡qué fin de semana más largo, qué sucesos más extraordinarios! Tampoco sabía que las mujeres se podían quejar y suspirar, y hasta gritar en esa forma, como si se hubieran vuelto locas de remate. Le habían contado un montón de detalles, pero a nadie se le había ocurrido contarle eso.

—Me voy p'abajo —dijo la Mariquita, después, vistiéndose—, porque sus papás ya deben de estar al llegar, y usted, mijito, vaya al baño y lávese su piquito.

Salió la Mariquita Cifuentes y se produjo un silencio extraño, como de otra parte, de otro planeta. Eduardito pensó que debía escribir un poema, pero le faltaba el primer verso. Si no me arranco de aquí, pensó, estoy perdido: nunca más voy a poder escribir, ni salir a la calle, ni hablar con mis amigos. Tomó, entonces, la llave de la pieza del Poeta, y el último de sus cuadernos, y el mejor de sus lápices, y la escobilla de dientes. En ese momento misiá Toya de tanto y tanto, la Tolita, lo llamó a gritos desde el vestíbulo y le dijo que bajara. Cuando bajó, después de vestirse a la carrera, ella le acarició el pelo y le dijo que le había traído unos pasteles del Portal, para que se olvidara del mal rato de la mañana.

—¡Mal rato! —exclamó él, entre dientes.

Almorzaron sin hablar de nada en especial, y don Ramiro no lo miró nunca a los ojos, no se sabía si por estar furioso o por estar perplejo, intranquilo. En la noche, Eduardito se encerró en su dormitorio y la Mariquita Cifuentes le subió un caldo con un huevo. Al día siguiente fue a la Escuela de Derecho y regresó después de la segunda clase, la de Derecho Procesal. Regresó a una casa silenciosa, de la que sus padres habían salido. Recogió, entonces, de nuevo, perfectamente decidido, la llave de la pieza del Poeta en la Casa de Dostoievsky, y el último de sus cuadernos, y el mejor de sus lápices, y la escobilla de dientes. No necesitaba llevar lectura. En la pieza del Poeta se iba a atosigar de lectura, y después, a lo mejor, tendría ocasión de explorar la pieza de Raskolnikov. Salió de la mansión de la Alameda en la punta de los pies, con su equipaje mínimo, escondido en un cartapacio, y un chaleco de repuesto. Escogió el chaleco más viejo, para que la cofradía de los poetas del barrio de Brasil y de Matucana, de la Quinta Normal, de la plaza Egaña para arriba, no lo mirara entre ojos. Pensó que debería escribir un poema de despedida, el de su final, el de su comienzo, y aunque no tenía nada de claro el primer verso, notaba ya un vago rumor, un ritmo, palabras que todavía no salían del limbo de las palabras.

Le habría gustado mucho llevarle al Poeta, a Armando,

Eulalio, Ernesto, uno de los pasteles del Portal, de esos que había probado al final del almuerzo del domingo, aun cuando su padre, Harpagón, desviaba los ojos de una manera sistemática mientras comía, y eso, a él, le producía un efecto molesto en la boca del estómago. Pero no se podía tener todo en la vida, pensó: la gloria, y además de la gloria, los pasteles. Por el contrario, había que atreverse, y si era necesario, dijo, hablando solo por la Alameda, pasar hambre. Además, por si las moscas, había inventado un plan: irse a encerrar en la Casa de Dostoievsky, y después, en las horas muertas, cuando hubiera poco riesgo de que sus padres levantaran el teléfono, llamar a la Mariquita y pedirle ayuda, sanguchitos, lo que fuera. Exilio y astucia, se dijo, recordando a (su amado) James Joyce: *exile and cunning*. Y ahora, después de los sucesos del final de la mañana del día anterior (los de ese memorable domingo en la mañana), no le faltaba una Molly Bloom. No le faltaba ni le faltaría. No le faltaría una Molly Bloom de ahora en adelante, murmuró, y lo repitió para que no se le olvidara. Porque por ahí podía comenzar su poema de la despedida.

12

Después de ver bajar el cortejo lúgubre de Eduardito y de sus carceleros, el Poeta, como ya nos habían contado, entró al salón principal del Club de los Hijos de Tarapacá. Entró consternado, con el ánimo por los suelos, arropado en las ruinas deshilachadas de su abrigo (el abrigo inexistente, el de Jean-Arthur Rimbaud), seguido del infaltable Chico Adriazola, que llevaba una cara no menos marcada por la congoja, aunque dentro, por así decirlo, de la proporción, de la esfera suya. Después contaron que al subir desde el descanso donde se había abrazado con Eduardito y llegar al último peldaño, el Poeta encontró un gato negro, herido en un ojo, y lo lanzó lejos, maullando como un condenado, de una sola patada. En cualquier caso, alguien les hizo una seña desde una mesa y ellos se abrieron camino, entre los gritos, el humo, el ruido de los cachos. Se sentaron sin desabrigarse, haciendo un vago saludo general, y procedieron a beber sin mayores preámbulos un vaso de vino tinto que les ofrecían. Vino, por supuesto, de lija, de siete tiritones. Según versiones que circularon por ahí, el Poeta empinó su primer vaso con una mano tembleque, alterado por el episodio que acababa de presenciar en la escalinata y no menos alterado por el maullido estridente del gato tuerto, y después agarró un pedazo de pan que todavía quedaba en una panera, lo partió en dos, con movimientos, contaron algunos, todavía más temblorosos, lo untó en un tazón de pebre de aspecto turbio, donde no habría sido raro que flotara una mosca o una barata, y se lo echó al buche. El Chico Adriazola, en la proporción suya (y no podía ser de otra manera), hizo después exactamente lo mismo: agarró el pan que había sobrado, con mano que también temblaba, lo untó y se lo tragó.

El que presidía la mesa desde donde los habían llamado era Teófilo Cid, uno de los fundadores del grupo surrealista de La Mandrágora, un cincuentón, o quizá sesentón, corpulento, de cara ancha, lívida, como borrada, y ojos capotudos, de globos tirados a amarillos, y el que estaba a su lado derecho, como si fuera su evangelista, su apóstol favorito, era Helio Rodríguez, más conocido, debido a su presencia activa en todos los eventos poéticos y poético sociales habidos y por haber, y a su humor siempre afable, a su cortesía de antigua estirpe, como el Tigre Mundano. Había otra gente, poetas menores y aspirantes a poetas, periodistas hablantines y borrachines, un lustrabotas, el Chico Márquez, con su caja de lustrar zapatos, donde siempre guardaba una abundante reserva de condones, no se sabía si para la venta o para su uso personal, además de un dibujante turnio, callado como tumba, pero capaz de dibujar con precisión absoluta las patas de un mosquito. Podríamos decir, ahora, que los nombres de estos personajes secundarios, con la sola excepción del Chico Márquez, quien, aparte de lustrabotas de profesión, era pintor aficionado, no fueron debidamente registrados por la crónica de los sucesos. Teófilo Cid hablaba con lentitud, en un tono de maestro inspirado, de liróforo celeste (para citar ya saben ustedes a quién), haciendo ademanes como de bendecir el humo, y el Chico Adriazola se dedicó a intercalar frases enigmáticas que nadie sabía si eran chistosas, a pesar de que algunos las celebraban. También se sabe, por otro lado, que el Poeta, Ernesto, Alberto, Archibaldo, contó con lujo de detalles su experiencia de residente en la Cárcel Pública durante un interminable fin de semana, y que sacó de los bolsillos unos dibujos de la prisión y de sus pobladores, cabecitas negras apiñadas detrás de barrotes, figuras que se desplazaban por el interminable fondo de un patio, alturas sombrías en contraste con las primeras luces del amanecer, esbozos que había hecho de memoria en la tarde del día lunes, mientras todavía no abandonaba el dormitorio familiar de su infancia y de su adolescencia, el de los elefantes en el abrevadero. Y se sabe que más tarde, como para celebrar el enjundioso relato, Teófilo y Helio, el Tigre, pidieron otras botellas de vino tinto y otras paneras repletas y acompañadas de sus respectivos pebres.

—¡Caracho! —exclamó el Chico Adriazola, transportado por el entusiasmo, al ver aparecer una verdadera pirámide de marraquetas y un pebre donde el cilantro, la cebolla, el ajo flotaban, y el Poeta comentó entonces, a propósito de nada, el curioso título del poema de César Vallejo, *Piedra blanca sobre piedra negra,* título que se le había olvidado por completo y que después, entre los papeles enterrados en el dormitorio de su adolescencia, había recuperado.

—¡Títulos! —dicen que espetó, entonces, Teófilo, levantando una uña negra y ganchuda, carcomida por los hongos, y parece que pasaron de inmediato, a esa hora ya avanzada, a jugar a lo que bautizaron como el juego de los títulos. Alguien decía cualquier cosa, en el espacio ya medio deshabitado, en el sombrío segundo piso, donde había quedado en descubierto una pintura mural del Chico Márquez, un perro deforme en medio de un pastizal entre marrón y verdoso, y otro, antes de que terminara la frase, gritaba a voz en cuello: ¡título! Por ejemplo, Cristóbal Castellón, el Laucha Castellón, poeta lárico (lírico y lárico, al menos en sus intenciones), decía: a la altura de Lautaro, porque estaba tratando de relatar una visita a Jorge Teillier, el maestro sin tribuna, el rey sin corona, el inventor indiscutido de la poesía lárica, cuya capital no era otra que Lautaro, su región de origen, y el Chico Adriazola se ponía de pie, secundado por el dedo puntiagudo, por la uña ganchuda de Teófilo, y vociferaba, levantando la mano derecha empuñada: ¡título! Los demás, entonces, se trataban de imaginar lo que sería ese libro improbable, aunque lárico, sin duda, y de título cacofónico, perturbado por las rimas interiores: *A la altura de Lautaro*.

Se supo en seguida que el Poeta, a la salida del Club de los Hijos de Tarapacá, en horas en que la luz del sol empezaba a despuntar detrás de la cordillera, recibió algunos folletos del Ejército de Salvación, materiales de índole espiritual distribuidos por un trío de mujeres uniformadas y que esperaban, severas, sin desprenderse de sus gorras de filetes verdes, al pie de los escalones gastados, mancillados, a las almas en pena y de muy improbable conversión de los que bajaban. Al Chico no le habían ofrecido nada, probablemente a causa de su tamaño, pero pidió uno de los folletos, lo obtuvo y celebró su título, relacionado con la salvación del alma, con grandes aspavientos. El Poeta, entonces, en un boliche cercano, compró dos y hasta tres periódicos del día, además de dos manzanas, todo lo cual tendría que contribuir al proceso de acumulación vertiginosa que se producía en su pieza de la Casa de Dostoievsky. Y mientras Teófilo, el Tigre Mundano y los otros, los innominados, se dispersaban por la vereda del sur de la Alameda, bajo una luz todavía lechosa, el Laucha Castellón, observado con sorna por el Chico Adriazola, le regaló al Poeta, con cierta solemnidad, con explicaciones y autoelogios que más bien sobraban, uno de sus libros, y prometió pasar al final de esa jornada por su pieza y regalarle otro.

—¡Ahí sí que te jodiste! —exclamó el Chico.

—¡No te meta'i, enano 'e mierda! —replicó el poeta lárico.

El libro que acababa de regalar era grueso, de formato grande, dotado de ilustraciones en tinta negra que chorreaban por los costados, imágenes tremebundas, escenarios donde parecía que la fealdad universal se daba cita.

Mamita, dicen que musitó el Poeta, ¿por qué crestas?, y no se supo muy bien qué quería indicar con esas palabras.

—¿Qué dices? —preguntó el Chico Adriazola.

—Nada —replicó el Poeta.

Sin hablar más, se despidieron frente a la casa de los muros descascarados, los que en tiempos mejores habían sido de color ladrillo. Al entrar a su pieza, el Poeta tiró el libro lárico a uno de los montones de escombros de los rincones. Mamita, volvió a murmurar, y se puso a dormir encima del camastro, en medio de la ropa de cama desordenada, sin sacarse el abrigo raído ni los zapatos, sin sacar siquiera del bolsillo del abrigo el cuaderno escolar con sus poemas recientes y con el que había empezado a pergeñar esa misma tarde.

13

El Poeta despertó con golpes cada vez más fuertes y seguidos en su puerta, desorientado, sin saber cuánto rato había dormido, sin saber siquiera, en un comienzo, dónde estaba. Le dolían los huesos, y tenía la sensación imprecisa de haber perdido algo en alguna parte. Resultó que los golpes eran del Laucha Castellón, ¡de quién iban a ser! El Laucha venía con otro libro de gran formato, de colores horribles en la tapa.

—Es el libro que te prometí anoche —dijo el Laucha—, el que me faltaba entregarte. ¿No quieres que te lo lea?

—No —dijo el Poeta—. Por ningún motivo. Carezco de atención auditiva.

—¿Cómo?

—Lo que oíste.

Le arrancó el libraco de las manos y empujó al Laucha fuera de la pieza.

—Déjame dedicártelo, por lo menos.

—No —replicó el Poeta—. Otro día —y le cerró la puerta en las narices.

Hubo un silencio largo al otro lado. El Poeta alcanzó a leer dos versos desaliñados, pomposos y nulos, y miró con atención la ilustración de la tapa: un árbol de ramajes dramáticos y el perfil, en la distancia, en un paisaje desolado, de un burro flaco.

—¡Qué horror! —murmuró, sin importarle un pepino que el lárico escuchara desde el otro lado de la puerta. Hubo pasos, entonces, que se alejaron por la galería, inciertos, y él habría deseado que se los tragara la tierra. Tiró el libro a uno de los rincones más cochambrosos del cuarto y se sacudió las manos. ¡Cuánta infelicidad!, pensó. ¡Cuánta miseria! La idea de que se había equivocado de profesión, acompañada por una idea segunda, la del suicidio, le rondaron un rato por la mente, pero las desechó pronto. En la tarde, que ya era el anochecer del miércoles, pasó a visitarlo el Chico. El Chico golpeó a la puerta, entró, se metió las manos a los bolsillos y mostró unos billetes colorados (¿se acuerdan ustedes de los congrios, los billetes de cien pesos, que en aquellos años todavía valían?).

—Vendí un álbum de sellos que perteneció a mi padre —dijo el Chico—, que era un fanático de la filatelia, y te vine a invitar.

—¿A mí?

—Sí. A ti.

—¿Y por qué?

—Para compensarte de tu *saison en enfer* en la cárcel.

El Poeta, con sus pelos disparados, vagamente mefistofélicos, esbozó una sonrisa casi tierna. El Chico Adriazola, y podemos pensar ahora, a la distancia, que razón no le faltaba, porque era, el Chico (el hijo del Pichiruche Adriazola, filatélico, según acabamos de saber, además de articulista conservador), débil y fuerte, marginal y mirón, había llegado a la conclusión de que el Poeta tenía un lado loco, delirante, y un lado trancado, reprimido, retorcido. Un dibujante noctámbulo, alguien a quien solían encontrar al final de las noches, en los amaneceres lívidos, en el Café Iris, en la Alameda más abajo, en la vereda norte, le dibujó la cara en forma de nudo ciego, con los labios trompudos, las orejas, la nariz, como partes del nudo, y al Chico le parecía que el dibujo no estaba del todo mal. Hablaron de Rimbaud, de la prosa de Rosamel del Valle, de la ignorancia supina de Hernán Díaz Arrieta (a pesar de que el Chico apenas salía de la ignorancia suya, pero su capacidad de asimilación rápida era sin duda notable), de otras cosas. Después, cuando ya había oscurecido, hicieron a un lado algunos papeles, una colección de postales enviadas desde Europa por el abuelo rico del Poeta, el dueño de acciones salitreras que no había sabido vender a tiempo, además de fotografías viejas y nuevas, archivadores descosidos, objetos variados, y consiguieron abrir la puerta.

—Un día de éstos te vas a quedar sepultado adentro —comentó el Chico.

La noche, en cualquier caso, con presagios malos o buenos, estaba tibia, decididamente primaveral, espléndida.

—Las primaveras vienen y se van —canturreó el Poeta—, pero no sabemos hasta cuándo.

—¿Y las reinas de las primaveras?

—Las reinas también. Pero, ¿dónde estará la reina de esta primavera?

—¿Dónde estará mi andina y dulce Rita —cantó el Chico, observado con aire de sospecha por un carabinero—, de junco y pachulí?

—¿Y qué será de mi Teresita —respondió el Poeta—, con sus botones martirizados?

Cuando pasaban frente al boliche de la esquina, el que señalaba el desvío al oriente y al sur, a la región de la Pérgola de las Flores y de la iglesia de San Francisco, el Poeta propuso que entraran y que llamaran por teléfono a Eduardito.

—Parece —dijo el Chico—, que Harpagón le dio una pateadura que casi lo manda al hospital. Y que por eso se escapó de la casa.

—Por eso mismo —respondió el Poeta.

Eduardito contestó el teléfono en voz baja, ahogada, como si estuviera hablando debajo de las sábanas de su cama. Al parecer, sus padres se habían recogido temprano y el cabrón de su hermano mayor, el Hediondo, había partido no se sabía a dónde.

—¿Puedes venir?

—Creo que sí —contestó—, pero no tengo un peso.

—No importa. Ahora te invitamos nosotros.

Tampoco tenía la llave de la casa, pero creía que se la podría conseguir con la Mariquita Cifuentes. En cuanto a Filomeno, su cancerbero, participante activo en su cacería y su recuperación, se había sentado a vigilar en una silla de paja del repostero, pero al poco rato, con su cara de caballo de palo, cabeceaba.

—Te esperamos en el Bosco —dijo el Poeta—, en la mesa de los mandragóricos.

Eduardito llegó al Bosco, que quedaba a dos pasos de la mansión de la Alameda, cerca de una hora más tarde. Llegó con expresión de conspirador, de clandestino, con el cuello de la chaqueta subido, pálido, con ojos algo desorbitados, y recibió bulliciosos abrazos del Poeta, del Chico, del poeta Teófilo Cid, de algunos otros. Se piensa que algunos ni siquiera sabían a quién abrazaban, ni por qué, pero de todos modos lo abrazaban.

—No puedo tomar un solo trago —anunció Eduardito—. Me pillarían por el tufo.

—Lo mejor, entonces —sentenció Teófilo, el jefe indiscutido de La Mandrágora, el sucesor de Vicente, el corresponsal intermitente de André y de Elisa Breton—, sería fumar opio.

—¿Opio?

—Sí —contestó Teófilo—. Opio. Conozco un fumadero por aquí cerca.

El Chico, asustado, dijo que él no estaba para esos trotes, que sus pulmones, etcétera, y hasta mi estatura, agregó, mirando, compungido, las puntas de sus zapatos, pero Teófilo, Eduardito y el Poeta se pusieron de pie, decididos, y el Poeta agarró al Chico de un brazo y lo llevó a la rastra.

Subieron por una escalera estrecha, al final de la calle Bandera, en las cercanías del Mercado Central, de la Piojera, de esos rumbos, y entraron a una pieza en penumbra donde flotaba un olor raro, pasoso, y había varios colchones de dudosa limpieza desperdigados en el suelo. Teófilo, experimentado en estas lides, se tendió con parsimonia en uno de los colchones, y los demás hicieron lo mismo. Entró un empleado, un moreno de mala cara, calvo como una bola de billar, con unos paños doblados en el antebrazo izquierdo, y cobró el precio de las cuatro dosis. Salió y regresó al poco rato con cuatro pipas encendidas.

—Fumen despacio —advirtió, con voz quebrada—, sin asorocharse, y si necesitan algo, agua o lo que sea, me llaman. La sesión dura dos horas. Si desean seguir, tienen que pagar de nuevo.

—A ver si sueño con la Teresita —dijo el Poeta.

No soñó exactamente con la Teresita, pero sí con los botones forrados en tela gris, que giraban sobre sí mismos y se desintegraban, y con una parte de la espalda de la Teresita, pero trataba de alcanzarla, de tocarla, de acariciarla, y no podía.

—¿Conoces el libro de Thomas de Quincey? —preguntó, con ojos amarillos salidos de las órbitas, con toneladas de caspa en los hombros de la chaqueta raída, Teófilo.

—¿De quién?

—Thomas de Quincey —replicó Teófilo, con su voz atragantada, enredada en alguna cavidad, en alguna estalactita interna—, y los *Paraísos Artificiales*, *Les Paradis artificiels*, ¡los de Charles Baudelaire!

Eduardito soñaba con la ventana del baño de su casa: él

sentado en el excusado, mirando las nubes que desfilaban por encima, como si el techo estuviera abierto, y el Chico Adriazola con escenas inconfesables, con las piernas abiertas de la Lorita, su hermana menor. Después le daba risa y le pedía que se pusiera de guata para mirarle el poto. ¿Cómo?, preguntaba ella, entre risueña y enojada, y él... En cuanto a Teófilo, no se supo, no se podía saber con qué soñaba, pero representaba, en cualquier caso, en versión criolla, digamos, la tradición del opio, la de Thomas de Quincey y Charles Baudelaire, y parece que había cambiado cartas al respecto con André Breton, epístolas escritas en un francés de manual, de crestomatía, y contó después, cuando bajaban por las escaleras estrechas, malolientes, numerosos episodios de opio de la literatura latinoamericana. Neruda, aseguró, había fumado opio en Marsella, antes de embarcarse a sus consulados del Extremo Oriente, de acuerdo con el testimonio de Álvaro Hinojosa, y después había fumado alguna vez en Rangún. Más de alguna vez, como él mismo lo había narrado. No se sabía si la metafísica cubierta de amapolas tenía algo que ver con esa experiencia, pero todos sabíamos, en cambio, que se había despedido para siempre, en medio de los bombardeos del Madrid sitiado por las tropas nacionales, de aquella metafísica. Y Juan Emar, o Pilo Yáñez, durante un viaje suyo al Perú, había sido invitado por Abraham Valdelomar, el cuentista y poeta, el autor de *El caballero Carmelo*, a un fumadero de Lima. Parece que Valdelomar le había contado una historia de una princesa inca y que Pilo, porque todavía era Pilo Yáñez, no era, todavía, Juan Emar, había pasado años tratando de escribirla.

Teófilo seguía con su relato por los adoquines de la calle Puente y de la plaza de Armas, hablando, de repente, con voz inspirada, en ritmo, casi, de canto gregoriano, del caso de Teresa Wilms, la bella, la escandalosa, mientras se alejaban del lugar regentado por el calvo de los paños tibios, y el Poeta, en un intermedio, le dijo a Eduardito que podía quedarse a dormir en su pieza.

—Para que Harpagón no te muela los huesos.

Pero llegaron a la casa de los muros descascarados, los que alguna vez habían sido de color ladrillo, la de Dostoievsky, la de la pieza de Raskolnikov, la del pintor imaginario Charles Ronsard, y resultó que Filomeno, el chofer de don Ramiro, con su cara de palo, su nariz larga, su expresión impertérrita, estaba esperando en la vereda. Se había dormido en la silla de paja, pero había despertado con un sacudón brusco y había corrido a la noche a buscarlo.

—Vamos a la casa, Eduardito —dijo, y ni siquiera se dio el trabajo de mirar a sus acompañantes.

—Te van a sacar la contumelia —anunció el Poeta (con una palabra de ese tiempo, hoy día olvidada).

—No le van a hacer nada, señor —interrumpió Filomeno—. Don Ramiro me pidió a mí que llevara de vuelta a Eduardito. Y me ordenó que lo hiciera con buenos modos.

—¿No irán a mandarme a las minas del norte?

—No —aseguró Filomeno—. Le tienen vista una oficina de abogado para que comience a trabajar. Y hasta le tienen vista una novia. ¿Qué más quiere? ¿Cuándo se va a cansar de regodearse?

—Bien —dicen que dijo Eduardito, entregando la oreja, colocando el cuello para que le pusieran el yugo, y parece que se despidió de cada uno, en la calle espectral, con un abrazo largo, fuerte, emocionado. Tenía la sensación clara de que nunca iba a ver a sus amigos de nuevo, de que nunca iba a pisar de nuevo el Bosco, ni el Club de los Hijos de Tarapacá, ni menos el fumadero de opio clandestino de cerca de la Piojera, de que toda esa etapa, toda esa vida y esa posibilidad de vida, ¿esa poesía?, se terminaban, y hacía un tremendo esfuerzo para evitarlo, pero las lágrimas le asomaban a los ojos.

—¡Adiós! —dijeron ellos, en el amanecer todavía oscuro, y la sensación de final, de página que se doblaba, fue intensa. *Exit, Eduardito*, podrían haber agregado. Después, cuando se acercaban a la mansión de la Alameda, dicen que Eduardito le preguntó de nuevo a Filomeno si su papá le iba a pegar. Porque si le pegaba, él se iría de la casa para siempre, ¡para siempre jamás!, aunque tuviera que dormir debajo de los puentes del Mapocho.

—No —respondió Filomeno—. Le digo que no le va a pegar. Que le tiene trabajo en una oficina de abogado. Y novia. Pero si vuelve a sublevarse, me tinca que el caballero lo va a encerrar en el subterráneo, encadenado a los muros.

—¿Para toda la vida?

—Mucho me temo que sí —habría respondido Filomeno.

14

> Pero tú sabes, Sonia, que los techos bajos y las
> piezas estrechas oprimen el alma y el espíritu.
> DOSTOIEVSKY, *Crimen y castigo*

Debía de haber llegado como a las cinco o seis de la madrugada y despertó antes de las ocho. En lugar de adormecerlo, el efecto retardado del opio lo había hecho despertar en forma brusca, enteramente lúcido, pero con ojeras enormes, con los ojos hundidos en las órbitas, medio febriles. Se puso a buscar un poema que había perdido debajo de sus entierros de papeles: unos versos que tenían que ver con el alarido de un gallo, con su cresta roja temblorosa, con plumas grasientas, con el desesperante, delirante insomnio. En lugar del poema, encontró, entre otras cosas, dos títulos de las acciones salitreras de su abuelo, uno por veinticinco acciones y otro por ciento treinta y siete, títulos que la decadencia del salitre, el ingreso en el mercado mundial de los nitratos artificiales, habían transformado en simples papeles amarillos, rayados, manchados de café y de vino, partes de la acumulación caótica general que se había producido en los veinte o treinta metros cuadrados de su dormitorio.

—¡Bah! —exclamó el Poeta. ¡Bah!, exclamaste, exasperado, martirizado, con las terminaciones de los nervios peligrosamente peladas.

En la búsqueda, una de las rumas de cachivaches, de articulaciones metálicas, de escombros variados, se desmoronó con terrible estrépito. Él, sintiendo que el corazón se le podía salir por la boca, contempló la verdadera barricada que había ido a bloquear la puerta. Eran los dolores del opio, se dijo, los sarcófagos, los torrentes de barro, los cocodrilos que se asomaban. Pensó que el suelo, la base, el humus de su existencia, habían entrado en un proceso de peligrosa actividad. ¿Cómo salir ahora?, se habría preguntado el Doliente, el Protestante, sin emprender un trabajo de excavación, de condenado a galeras, de forzado. Para no tener que decidir nada, se hundió en las sábanas revueltas y tibias, qué mejor, y volviste a dormir un par de horas. Después, con las campanadas cercanas de la iglesia de San Francisco, cuando ya se escuchaban pasos en la escalera crujiente, de peldaños desnivelados, carcomidos, se preparó un café, de un paquete de café molido, rancio, que se limitó a mezclar con agua caliente, y le dio un par de mordiscos feroces, de hambriento, de miserable, a la manzana que todavía le quedaba desde la madrugada anterior y que, con el paso de un día entero, se había arrugado, hundido, puesto blandengue, igual, pensó, que la piel de las pacientes canutas uniformadas, las que vendían *El grito de guerra* a la salida del Bosco y del Club de los Hijos de Tarapacá. ¡Las pobres, abnegadas canutas!, y casi, por efecto de las terminaciones nerviosas que se le habían descascarado, por resaca, por lástima, por lo que fuera, soltó el llanto.

—Me como tu piel de un solo tarascón —gruñó, entonces—. ¡Toma!

Después caviló, mordisqueó la punta de la uña de su dedo índice, diciéndose que ninguno de esos objetos, esos escombros, esos cachivaches, esos resortes salidos, y ni siquiera los borradores de poemas, ¡ni siquiera!, versos corregidos y vueltos a corregir, que al final de la página se caían contra la esquina, como si se desmayaran, flatulencias, borborismos, gorgorismos, valían nada. La radio de velador, la que se había traído de la casa de Ñuñoa, desde

99

luego, con sus perillas blancas que imitaban el marfil, con la tela apolillada que recubría el círculo del altavoz, donde una noche había escuchado, en su infancia, en medio de los alaridos de una pelea que tenía lugar en la cocina, el *Bolero* a toda orquesta, con su crescendo infinito, de Maurice Ravel, había enmudecido hacía largo rato. Y los protagonistas de la pelea, por otra parte, la Anita Rosa, una empleada joven, y Lizardo, jardinero en la casa de al lado, que se había presentado en el repostero de la suya armado de un cuchillo de cocina, enloquecido por los celos, y él había visto huellas de sangre en la alfombra del vestíbulo, habían desaparecido en la noche de los tiempos. Y también se acordaba de los golpes de la raqueta de tenis de madera, de fabricación belga, de nombre flamenco, pero ahora parecía que resonaban contra un trapo mojado, y había por ahí una cancha de arcilla húmeda y una red que se había desplomado junto a una poza de agua, cerca de unos helechos.

—¡Fuera! —gritó el Poeta, gritaste, medio trastornado por el opio, por la falta de sueño, ¿por la poesía?, y si uno hubiera estado ahí, se habría sorprendido, porque el Poeta parecía presa de una agitación extraordinaria, que habría disimulado si hubiera estado en compañía de otros, de Eduardito, de la Teresita, del Chico Adriazola, del Tigre Mundano, del que fuera.

—¡Me voy! —masculló entonces—. *Je m'en vais. Adieu!*

Y recordó, con lágrimas ya no tan reprimidas, con un acento y una ronquera que ya no serían suyos: *je vais au ciel des plages sans fin*, playas infinitas. Cada vez que decía esas cosas, que las recitaba en voz alta, con el mayor desenfado, en los tiempos en que todavía vivía en la casa de Ñuñoa, su padre, con sus zapatos gastados, sonreía con benevolencia, y su madre, en cambio, más práctica, con mayor sentido de la realidad, de aquello, se dijo el Poeta, musitaste, que llaman la realidad, movía la cabeza con aire de preocupación, cómo pensando, qué será de este pajarito cuando sea grande.

—¡Pobre viejo! —se dijo el Poeta, pensando en su padre, en los tacos carcomidos de sus zapatos: su padre en piyama, descalzo, con un pucho a medio fumar colgando del labio inferior. Pero no había remedio. Y si algunos de los poemas enterrados debajo del cachureo se habían perdido, se habían perdido porque no valía la pena que se conservaran. De otro modo, su memoria los habría seleccionado en forma cuidadosa, su impecable memoria, y los habría rescatado. De manera que él podía partir, podías partir, libre como un pájaro, ¿en caída libre?, y los poemas de tu etapa inicial, los de tu prehistoria, o los de tu historia anterior al exilio en la Casa de Dostoievsky, exilio seguido de un éxodo, para decirlo con palabras diferentes, quedaban a buen recaudo, publicados en revistas de Chile y del extranjero y hasta reunidos por amigos y admiradores fieles en plaquetas, en hojas sueltas, en libros. ¿Qué más se podía pedir? ¿A qué gloria mayor podías aspirar, dime tú, Poeta, poeta maldito?

Pensó en abandonar entre los escombros el abrigo raído, como para acentuar el cambio de folio, el ingreso en la vida nueva, pero le tenía cariño, a pesar de los pesares, y en última instancia prefirió llevarlo, junto con una camisa blanca y un par de calzoncillos de repuesto, vestuario que colocó en una bolsa vieja de papel de un supermercado, de una ferretería mayorista, ya no recordaba de qué. Bagaje mínimo, murmuró, y es posible que hayas pensado en los que parten a meditar en el desierto, en los estilitas, en los que se alimentan de raíces y hasta de hormigas, de insectos. Puso en la bolsa, también, como era natural, su Rimbaud deshojado, en lengua original, suya era la imagen del abrigo inexistente y de las playas del cielo, y un volu-

men desencuadernado de Platón, el tirano, y sus dos Valle-
jos, *Trilce* y *Poemas humanos*. Consideró que poner a Neruda
habría sido perfectamente inútil, redundante, y que Gabriela, con sus indudables méritos, con sus historias de suicidas y sus paisajes cardenosos, era un peso excesivo. Y no
se olvidó de la máquina de afeitar, con la que se afeitaba
cada tres o cuatro días, descañonando la barba a duras penas, ni de la roñosa escobilla de dientes. No fuera que se
encontrara en algún lado, en alguna etapa de su peregrina-
je próximo, con la dulce Teresa. Y añadió, por si las moscas,
riéndose para sus adentros, un tornillo y un resorte venci-
do del Aleph. Por superstición, sin duda, por idolatría.

—*Adieu, mes amis!*

Puso la silla de paja que usaba de velador, la única que
había en toda su pieza, debajo de la ventana. Había decidido no llevar las llaves, dejarlas perdidas al fondo del cachureo, de los escombros. ¿Para qué? Para que no hubiera regreso, para hacer tabla rasa, para quemar las naves. Y como
la silla no tenía suficiente altura, colocó encima dos volú-
menes gruesos, de encuadernaciones rebuscadas y estro-
peadas, que habían pertenecido al abuelo del salitre, de Julio Verne. Y quiso poner, acto seguido, la bolsa con sus
pertenencias en la parte de afuera, del otro lado de su ventana, pero en ese momento se escucharon pasos en la galería.
El Poeta bajó la cabeza, ocultó la bolsa detrás de la ventana y
contuvo la respiración. Después dejó caer el lamentable pa-
quetón, el último de los equipajes, con sumo cuidado. En seguida, se instaló en el marco de la ventana a horcajadas, pasó
los pies y se deslizó hasta el piso del corredor.

Había poca gente en la calle y en la casa parecía que no
hubiera quedado nadie. Adiós, Ronsard, pensó, adiós, Raskolnikov, adiós, disparatados, conmovedores, alelados amigos. Tomó la bolsa de papel, que estaba más o menos pesada, llena a reventar, y bajó a la calle a buen ritmo, silbando

una melodía de moda (de la Piaf, de Lucho Gatica, de algún otro). Subió, en seguida, como si se le hubiera olvidado algo, le echó una mirada postrera, una mirada solitaria, a la ventana abierta de su pieza, y volvió a bajar. Por la vereda del frente pasaba una persona conocida, un viejuco de los tiempos de su padre, con el traje gris más o menos gastado, con los pantalones absurdamente cortos, por lo cual torció la cara y caminó con energía en la dirección contraria. Algo le dolía en el fondo del pecho, algo le molestaba y hasta le sangraba, pero a la vez estaba contento. ¡Sí que lo estabas! Respirabas con todos los pulmones, como un poseído, un iluminado, y de repente cantabas, y sentías que la ciudad entera y hasta la cordillera de los Andes, la bóveda celeste, los celajes acumulados en la distancia, las copas de los pimientos y los abedules del cerro Santa Lucía, eran tuyos. ¡Sólo tuyos!

II

DE TRÁNSITO

1

El Poeta pensó tomarse un tazón de café negro con harta azúcar en el boliche de la esquina, el que habían usado, él y el Chico Adriazola, para llamar por teléfono a Eduardito la noche anterior, pero optó por ahorrar, y además tomar café en esa esquina se había convertido en una costumbre, y ahora había decidido cambiar de costumbres, ¿comprenden ustedes? Siguió, entonces, su caminata a pie, a ritmo regular de marcha, rumbo al oriente de la ciudad, a la cordillera. ¿Hasta dónde podré llegar caminando, se preguntaba, hasta San Felipe, hasta Mendoza?, y se reía solo, como un orate tranquilo, sin que las miradas de los transeúntes le importaran un rábano. Había pasado de la excentricidad relativa, difusa, más o menos disimulada, a la excentricidad definitiva, total, y estaba muy bien así, salvo que tenía un poco de miedo de volverse loco. En la plaza Pedro de Valdivia, recién, después de una hora de caminata, se dio una largona. Esto es, colocó el abrigo viejo, el inexistente, el de Rimbaud, y la bolsa de compras con sus enseres, en un banco de madera, en señal de ocupación, y se permitió descansar un rato. Calculó que su aspecto extravagante, marginal, algo lumpen, o más de algo (y creemos que entonces todavía no se había puesto en circulación la palabra hippie), se había acentuado a lo largo de la mañana, y resolvió que a partir de ahora tendría que convivir con eso. Sacó del fondo de la bolsa y mordisqueó el resto ennegrecido, mísero, de su manzana. Tiró a un basurero el palito que sobraba, el que la había mantenido sujeta al manzano original, y continuó su viaje. No sólo había leído alguna vez el volumen descuadernado de Rimbaud, con ayuda de un diccionario de bolsillo, y los dos libros de César Vallejo, y los diálogos de Platón. También había leído con fruición, con emoción intensa, a Céline, a Louis-Ferdinand, que en los papeles civiles había tenido otro nombre, y era capaz de recitar párrafos enteros del *Voyage au bout de la nuit*. De hecho, solía recitarlos en el segundo piso del Club de los Hijos de Tarapacá, y Teófilo, el fundador de La Mandrágora, y el Poeta Molina, poeta sin poemas, además del Tigre Mundano y de algún otro, se emocionaban y levantaban los brazos. ¿Qué irán a decir, pensaba de repente, el Chico Adriazola y Eduardito, qué preguntas harán y se harán, qué conjeturas diversas? Cavilaba, se imaginaba sus reacciones, sus exclamaciones, y se reía, sin saber con exactitud por dónde vagabundeaba el Chico a esa hora, y sin comprender que Eduardito había sido llamado al orden en forma definitiva. En seguida, se miraba en escaparates de cristal, frente a zapaterías y relojerías, a tiendas de dulces, y hacía toda clase de morisquetas, mostraba los dientes amarillos, que le parecían dientes de caballo, la epiglotis húmeda. Al pasar el cruce de la avenida Tobalaba y del canal San Carlos, el camino se le empezó a hacer muy cuesta arriba. Sintió la tentación de soltar algo de lastre, pero ¿qué, cuál, Platón y sus simposios, sus cráteres, sus disquisiciones, la piedra negra de Vallejo sobre una piedra blanca, los calzoncillos de reserva? El corazón le palpitaba ahora con fuerza excesiva, le dolía, como si estuviera a punto de sufrir un colapso, y la respiración le faltaba. Pero ya estamos bastante cerca, se dijo, ánimo, viejito. Y cuando divisó en la distancia, en la altura, en los faldeos precordilleranos de La Reina Alta, los palos toscos de la empalizada de los terrenos del Antipoeta, tenía los pies hinchados, sangrantes, y los huesos adoloridos, y la espalda molida, pero el pecho le reventaba de contento. ¡Esto es vida!, exclamaba, y recitaba a voz en cuello:

Oh, saisons! Oh, chateaux!
Quelle âme est sans défauts!

Quelle âme est sans défauts!, repitió, sonriente, levantando el brazo derecho con la mano abierta, saliendo del interior de la casa de tablas con paso más bien lento, el Antipoeta, y le dio un fuerte abrazo, acompañado de sonoros palmoteos. El Antipoeta andaba de alpargatas blancas, llevaba un sombrero de hule todo arrugado, casi la caricatura de un sombrero, y se había colocado encima de los hombros una manta araucana vieja, grecas de color sangre y negro sobre fondo de lana en bruto. Lucía, en la cara, pelos largos, irregulares, hirsutos, como si se hubiera afeitado a tijeretazos, y debajo de la manta llevaba un grueso suéter chilote: a pesar de que ya había avanzado la primavera, pero de los cajones cordilleranos bajaba un viento que cortaba como cuchillo. El Poeta se dijo para sus adentros que la antipoesía era más friolenta que la poesía lírica, y halló que el asunto no carecía de cierta lógica.

—Vine a refugiarme aquí un rato —anunció.

—¡En tu casa estás, nomás! —replicó el Antipoeta.

—Es sólo por un rato.

—Por el rato que quieras —dijo el Antipoeta.

Había pasado el mediodía, debían de ser más de las dos de la tarde, y bebieron una taza de té puro con un gran pedazo de pan de marraqueta y dulce de membrillo. ¡Muy rico, de chuparse los bigotes!, y Ernesto, Armando, Eulalio, pensó que no había ninguna necesidad, después de todo, del alcoholismo, una taza de té en el filo de la tarde podía ser una bendición, y concluyó que había que encontrarse con un antipoeta auténtico para comprender estas verdades. A las tres de la tarde pasadas almorzaron una sopa de choritos, un caldo grueso, criaturero, fuertemente sazonado, que había sido el último deseo no sabemos si del Ñato Eloy o de algún otro criminal famoso, el último deseo antes de enfrentar el pelotón de fusilamiento, se entiende, y el Poeta, observado de soslayo por el Antipoeta, echó en su sopa grandes patacones de pebre. ¡Esto es vida!, parecía repetir, sobándose las manos. Se comentó después, algunos días más tarde, en círculos diversos de Santiago, entre gente como el poeta sin poemas, como los miembros de La Mandrágora, como Rodríguez Cifuentes, el Ínclito, y como el Tigre Mundano, que en el atardecer primaveral, bastante después de las ocho de la noche, frente a una mesa tosca, de gruesos maderos alineados, en los primeros lomajes de la precordillera, a la sombra de una frondosa higuera picoteada por pajarracos negros, los dos personajes todavía conversaban. Se supone que hablaron, como casi siempre, de la Gabriela, de los primeros versos de *Tala*, de Yin Yin, de Benjamín Subercaseaux, buen escritor, a veces, a pesar de lo pomposo y gagá, y de Neruda, de Pablito, como le gustaba llamarlo al Antipoeta, de Vicente Huidobro, a quien Pablo Picasso, según se ha sabido, llamaba Verdobro, por lo verde y por su eterna pelea con Pierre Reverdy, y de Lucho Oyarzún, de las hermanas Yáñez, del Pilo, su padre, que había derivado a Juan Emar, y de Alejandro, que en su época de titiritero había tenido a las Yáñez dedicadas a fabricarle los títeres a base de engrudo y de retazos sueltos, y que ahora, en París, en su fase de mimo, actuaba en el teatro de Marcel Marceau y le decía a medio mundo que era mucho mejor mimo que Marceau, además de mejor amante, ya que le había puesto el gorro con su mujer en llegando.

—¡No me digas! —exclamó el Antipoeta, y se tapó la boca con la mano derecha, en un gesto de asombro muy suyo, que parecía, por un lado, fingido, y que era, a pesar de todo, verdadero.

Estaba dedicado en los últimos tiempos, el Antipoeta (y al parecer lo decía a propósito de cuernos y de gorros), al estudio detenido de las obras de Charles Fourier, el utopista del siglo XIX, autor de una Teoría de los Cuatro Movimientos y de los Destinos Generales, pero dueño, también, de una muy interesante y menos conocida clasificación de los cornudos, así dijo el Antipoeta, y anunció, de pasada, de un modo indirectamente relacionado con aquella clasificación y no desvinculado de las noticias recientes de Alejandro, que había tomado la decisión de abandonar para siempre la etapa del verdor, en otras palabras, la del viejo verde, putañero, juguete de sus pasiones, para transformarse en un auténtico anacoreta.

—Aquí, en el Instituto de la Maleza —dijo, paseando los ojos entrecerrados por los pastizales incultos que rodeaban su casa—, se puede vivir muy bien como anacoreta.

Las luces de la ciudad, en la distancia, en el valle de Santiago, habían comenzado a encenderse, y el Antipoeta, pensativo, parecía decirse que los cuernos, si perseveraba en sus escarceos actuales, serían un futuro cercano e inevitable.

—Inevitable para todos —aseguró el Poeta, y los dos amigos soltaron la risa.

Sonó un teléfono por ahí, en el fondo de alguna parte, con un timbre apagado, y la joven empleada de las piezas, Doloriana de nombre, adquirida por el Antipoeta en calidad de empleada doméstica, de ama de casa, de compañera de cama, de todo, en una población callampa de las cercanías, llegó a decir, señalando con la cabeza al Poeta, a la visita, que «llaman al caballero».

—¡Qué raro! —exclamó Armando, Eulalio, y resultó que era su padre, don Eulalio, Eulalio Enrique Clausen, muy preocupado, porque ya corría por los senderos del Parque Forestal y por los boliches del barrio bajo el rumor de que había desaparecido sin dejar rastro. Y no faltaba alguno que agregara que había partido a la cordillera a suicidarse.

Él tranquilizó a don Eulalio, al benévolo don Eulalio, su padre, y le dijo que no estaba perdido ni mucho menos desaparecido, que estaba, por el contrario, perfectamente hallado.

—¡Más hallado que nunca, viejito! —y le mandó un beso a su madre, y en seguida, debajo de las hojas de la higuera que habían renacido hacía algunas semanas, que se habían puesto oscuras y que colgaban encima de ellos, hasta el punto de posarse en los hombros, con una especie de pesadez, y de meterse entre la piel y el cuello de la camisa, y empinándose para divisar los últimos resplandores encima de los cerros del poniente, los dos compañeros, el Poeta y el Antipoeta, se rieron a carcajadas de la preocupación paterna, tan típica del bueno de don Eulalio, y de las habladurías santiaguinas. No se supo, a decir verdad, de qué se reían tanto, pero se rieron, y esa risa marcó uno de los hitos de aquella tarde, que fue memorable, al menos para el Poeta. El dueño de casa, a todo esto, el amigo mayor, el anti, con su abundante, enroscada, leonina cabellera de color blanco grisáceo, que hacía juego con las hebras chilotas del suéter, con las alpargatas blanquecinas y hasta con el hule arrugado del sombrero, consideró que había llegado el momento de abrir una botella de vino, como quien dice para celebrar, porque algo había que celebrar, sin la menor duda, aun cuando no se sabía con exactitud qué: ¿el abandono de la pieza de la Casa de Dostoievsky, la caminata al oriente, la separación, el encuentro de la poesía con la antipoesía?

—Digamos que es una celebración imaginaria —murmuró, afónico, en su inveterada, legendaria afonía, el Antipoeta.

—Imaginaria o no imaginaria —replicó el Poeta—, ¡salud! —y se puso de pie, porque la Doloriana había aparecido como por arte de magia con una botella de tinto abierta. Los amigos hicieron chocar vasos verdosos, de vidrio grueso, comprados en el Mercado de Chillán Viejo, detrás de una tienda de sacos y de otra de objetos de alcornoque, corchos de todas las formas y tamaños, monitos diversos, caballitos, figuritas. El vino, dijeron, estaba de mascarlo, y la idea de brindar, de celebrar, a la caída del crepúsculo, debajo de las hojas de higuera ásperas y a la vez aterciopeladas, era magnífica: un canto a la evasión y otro a la instalación, al descubrimiento.

2

Dejamos a los dos amigos conversando debajo de la higue-ra, frente a los vasos rebosantes de un vino casi negro, en la oscuridad que ya domina todo el vasto escenario, desde los lejanos cerros de la costa, de cuyas cumbres redondeadas desaparecieron hace rato los resplandores crepusculares, hasta los faldeos de los Andes, que se yerguen a la espalda misma de ellos, con sus quebradas que dan ronquidos apa-gados, casi inaudibles, y sus picachos donde el viento silba, pero sin que ellos alcancen a escuchar el silbido. El Poeta tuvo que pedirle al Antipoeta que le prestara un chaleco grueso, porque a esas alturas, y a pesar de la estación, el frío arreciaba, y después durmió en un cuarto más bien es-trecho, al abrigo de frazadas y de una manta doñiguana. El aire era limpio: los efluvios del barrio bajo, de los vinos de lija, de los vómitos, no llegaban por ningún lado. A la ma-ñana siguiente, el Antipoeta, bebiendo su tazón matinal de té puro y masticando gruesas tostadas untadas en dulce de alcayota, insistió en que se quedara todo lo que quisiera. Para él era un gusto, y más que eso, aunque el otro no se lo creyera: un orgullo.

—Sí —insistió, afónico, y extendió sus dos manos abier-tas, en un gesto vagamente eclesiástico—. Estás en tu casa. ¡Insisto!

Se supo en los mentideros del barrio bajo, y en un caserón de San Bernardo, y hasta en el gallinero del Teatro Municipal, anexo de la calle de los Puccini Puccini, que el Poeta había pasado varios días en la casa del Antipoeta y que en esos días precisos había escrito algunos de sus versos más recordados, sin excluir aquellos en que hablaba del «horroroso Chile», el nuestro y el de todos, aparte de que el Antipoeta anotó por ahí, a orillas de cuentas de la luz y de un par de revistas llegadas de Puerto Rico, haciendo uso de un lápiz recortado, reducido a su expresión más mínima, tres o cuatro artefactos y más de una docena de guatapiques, género ínfimo que acababa de inventar y que exigía formas de concisión antipoética dignas de una pulga saltarina o de una pata de mosquito. Después, un buen día, con algo de dinero que le había prestado el Antipoeta y con los modestos honorarios de una lectura de poemas suyos en la Municipalidad de Ñuñoa, el Poeta se despidió de su anfitrión en forma efusiva, con abrazos palmoteados, de mejillas pegadas, y con besos dobles y triples a la estupenda Doloriana, adquirida por el dueño de casa en una población marginal, como ya dijimos, pero nunca doblegada, y se dirigió en un bus a la región de Las Cruces, El Tabo, Isla Negra.

Pensó por un segundo en pasar por la casa de Ñuñoa a despedirse de sus padres, pero llegó a la rápida conclusión de que habría sido una claudicación peligrosa. No se sabía en qué telarañas y marañas podía quedar atrapado, qué trampas sutiles le podían tender, y nunca era bueno exponerse a las tentaciones. De manera que le escribió unas líneas de saludo a su padre, en una hoja arrancada de uno de sus dos o tres cuadernos, con un beso final para su madre, y la puso en un buzón de correo (en esa época todavía existían en Santiago los buzones de correo pintados de color amarillo). El Antipoeta le había prestado una mochila y le había insistido en que conservara el chaleco de lana gruesa, por si el frío de la costa apretaba.

Caminando por las calles sin pavimentar de Isla Negra, el Poeta, por razones no confesadas y ni siquiera aceptadas, asumidas, conscientes, se sentía extrañamente incómodo. Como si estuviera fuera de sus cabales. Era una sensación moral, pero que se manifestaba en forma física. Una picazón rara le recorría todo el cuerpo, y sentía un malestar que le subía del estómago y le encogía el pecho. Algunos conocidos suyos, residentes en la zona, lo atribuyeron de inmediato, entre risas, a la sombra abarcadora y más bien pesada, en verdad aplastante, del Poeta Oficial, vate vate, chocolate, cantaron, en una parodia de gusto discutible, pero él lo negó en forma furiosa, rotunda.

—¡Qué Nerón ni qué ocho cuartos! —exclamó, rojo, con los ojos salidos de las órbitas, mojándose los labios con un vino de pésima calidad, y sus conocidos, gente de El Tabo, de El Quisco, de Algarrobo, ¿Nerón?, preguntaban, y se reían con ganas, moviendo la cabeza. ¡Nerón Neruda! remedaban: ¡Nerón Neruda!

Vivió un tiempo en casa de un escultor especializado en el trabajo del fierro, hombre de yunques, de brasas, de instrumentos eléctricos que producían ruidos propiamente infernales, amigo suyo de los tiempos de la Escuela de Bellas Artes. El escultor había sido casado, había tenido un par de hijos y había vivido durante años en París, pero ahora daba la impresión de que todo eso había quedado atrás para siempre: la mujer, los hijos, el París del barrio de Montparnasse, el de la rue Vavin, para ser más preciso, y de que sólo existían los cochayuyos de Isla Negra, de El Tabo, de El Quisco, las ventoleras de los faldeos de Punta de Tralca, y los fierros retorcidos. Después, cansado de la conversación más bien majadera del escultor y de sus vinos mediocres y demasiado prolongados, con ayuda del préstamo del Antipoeta y de unos magros honorarios de poemas publicados en una revista de alguna parte de América Central, pagó el arriendo de una pieza en una casa de campesinos, construcción precaria, de adobe, techumbre de coirón y piso de tierra apisonada, situada en una ladera de inclinación pronunciada, rocosa, expuesta a los ventarrones marinos que soplaban desde los mares de más al norte.

—Como ves —le comentó a otro poeta, el poeta Tobías, que tenía su residencia en las inmediaciones de El Quisco—, el parquet de mi nueva casa es de gran lujo —comentario que fue motivo de risas y cuchufletas diversas, y en la noche, en el galpón de tablas lleno de cerámicas de narizotas toscas y de papeles pegados a las paredes en que habitaba Tobías, entre gente llegada de El Tabo y hasta de Las Cruces, artistas y no artistas, jóvenes desdentados, un santón vestido de rojo de la cabeza a los pies, pretexto para uno que otro brindis.

A las pocas semanas, sin embargo, la ventolera de las cercanías de Punta de Tralca, la que azotaba sin misericordia la casa de los campesinos donde había arrendado una pieza, la que había hecho que a las araucarias y los laureles de las cercanías les salieran jorobas, le agarró los nervios. Llegó a la conclusión de que ese viento de los demonios, incesante, machacador, tenía la culpa de que el campesino, pastor de burros, babeara, y de que la campesina tuviera insistentes pesadillas. Le confesó más tarde a Tobías, el mejor de sus amigos de esta etapa, que en la casa de Punta de Tralca, con su piso de tierra apisonada y su crujidera de tablas, de goznes, de calaminas, no había podido escribir una sola línea, a pesar de la soledad, del impresionante escenario, de las condiciones supuestamente favorables para escuchar el llamado de las musas.

—Fue demasiado —confesó—. ¡Demasiada naturaleza!

—Yo creo —murmuró Tobías—, que eres, aunque no te guste reconocerlo, poeta del asfalto. Tu poesía está llena de calles, de callejones, de perros flacos y maullidos de gatos, amén de otros animales domésticos, de mujeres nerviosas y pensiones de mala muerte.

—Puede que sí —respondió él, y movió los hombros con molestia, como si quisiera liberarse de un peso invisible, y puso, suponemos, una de sus caras de perplejidad, de incertidumbre, habituales.

Después del período de Punta de Tralca, el de un encuentro con la naturaleza que tuvo caracteres de desencuentro, las huellas de la biografía del Poeta se entrecruzan, se confunden, pierden sus contornos. Sucede con ellas lo que sucede con algunos ríos del norte de Chile, que bajan de la cordillera de los Andes, se hunden bajo las arenas y los pedregales del desierto y reaparecen, si es que reaparecen, a poca distancia de la desembocadura. Nos preguntamos si la desembocadura es el final, si la reaparición de aquellos ríos es como la mejoría de la muerte. Algunos creen que el Poeta, después de su encierro en la casa de los campesinos, se hundió en el alcoholismo, y otros sostienen, sin pruebas convincentes, que acudió con frecuencia al segundo piso de la calle Bandera arriba, el del fumadero de opio. Pero no faltan los que defienden una hipótesis enteramente opuesta: el Poeta dejó de presentarse en tugurios y mentideros del barrio bajo de Santiago porque adquirió amistades poderosas, providenciales, que habitaban, precisamente, en las zonas ricas del oriente de la ciudad, en lomajes suaves de Lo Curro o de La Dehesa, y llegó a cambiar de pelo, al menos en lo que a su aspecto exterior se refiere. Alguien, al parecer, lo vio pasar por Vitacura de casaca de ante azul marino, calzado con zapatos deportivos de buena marca, y otra persona, una hermana de otro, asegura haberlo encontrado en un matrimonio de sociedad, de traje oscuro, impecable camisa blanca, corbata de Hermès o de Dior, bebiendo champaña y manteniendo en vilo con su conversación a un grupo distinguido y heterogéneo de gomosos y gomosas (palabra antigua, pero expresiva, y que podríamos poner en circulación de nuevo).

Más de algún testigo, desde algo que se podría definir como media distancia, sugirió que la mano fina, discreta, de Teresa, ¡Teresa Beatriz!, podía encontrarse detrás de toda esta transformación. ¿Cómo? No conocemos los detalles, pero se sabe, por ejemplo, que el matrimonio en cuestión, aquel en que fue divisado en el centro de un grupo mundano y con una corbata de Hermès o de una firma parecida que flotaba al viento, era el de la hermana menor de Teresita, el de Amelia Marcelina Echazarreta, personaje que tendría influencia en una etapa posterior de la vida de él, influencia nociva, hasta cierto punto maligna, para más señas. Y de todo esto podríamos deducir que el flechazo de la fiesta de la Escuela de Danza, el amor insinuado aquella noche y no realizado, había llegado a otros niveles, a su más que probable consumación, en fechas más recientes. Nos imaginamos un encuentro casual con ella, con la inefable, en cualquier parte, en una exposición de pintura, en un concierto al aire libre, y una visita de la joven, ya casada, a los recintos privados del Poeta, los que ocupaba después de su huida de la Casa de Dostoievsky y de su paso por la propiedad precordillerana del Antipoeta. El cachureo, la acumulación de escombros, también habrá dominado esos espacios que nunca llegamos a conocer, ya que no podría ser de otra manera, y no nos cuesta suponer que Teresita mandaba a una empleada contratada por horas para que hiciera el aseo de la habitación de su (probable) amante, y que lo llevaba a Falabella o a los Almacenes Paris a que se comprara ropa. A pesar de las apariencias, no es una suposición exagerada. En una conversación nocturna del Bosco, del Club de los Hijos de Tarapacá, de la cervecería subterránea de la calle Huérfanos, alguien, un ensayista que podríamos llamar de tema libre, una persona del estilo de

Martín Cerda o de Juan Agustín Palazuelos, defendió con inusitada pasión la tesis de que los poetas chilenos eran todos cafiches, macarras, como se dice en España.

—¿Todos?

—¡Absolutamente todos!

—¿Y los ricos, los poetas como Vicente Huidobro?

—Huidobro caficheaba a su madre. ¿Han leído ustedes alguna de sus cartas de París?

El ensayista de tema libre pedía otra copa de vino tinto, la empinaba al seco y la golpeaba contra la mesa. Los demás contertulios simplemente se reían. El tiempo pasaba en forma rauda, entre chismes y disparates, en nombre de la literatura. Más allá, en una mesa del fondo atiborrada de modestas botellas de cerveza medio vacías, un grupo de jóvenes preparaba la revolución social. Eran los políticos del recinto, y su conversación contrastaba de manera curiosa con la de los poetas líricos, los ensayistas libres, los narradores que seguían a William Faulkner o a Franz Kafka. En aquellos días, nadie se fijaba en ese contraste, nadie le atribuía la menor importancia, pero cuando se produjeron jornadas decisivas, en las elecciones presidenciales de septiembre del año 1970, en las semanas y los meses dramáticos que siguieron, la relativa indiferencia política de los escritores, su verdadero autismo literario, servirían de fundamento para decires y para acusaciones que habrían podido volverse peligrosos. El Poeta, como es de suponer, no escapó de esa atmósfera de recelos, de sospechas, de inquisiciones subterráneas, sobre todo porque había ido a Cuba y hasta había residido allá durante un par de años. Pero no nos adelantemos. Sólo queremos subrayar un hecho: que en una mesa del fondo se hablaba de una cosa y en una mesa de la entrada de otra, pero a nadie se le había ocurrido todavía que fueran posiciones encontradas y hasta irreconciliables. El ensayista de tema libre, Martín Cerda o

Juan Agustín Palazuelos, el que ustedes quieran, caminaba al baño, y al pasar al lado de la mesa de los jóvenes conspiradores, los fundadores del MIR, los partidarios de la lucha armada, los que vociferaban que los comunistas de partido, promoscovitas, eran un lastre reaccionario, los saludaba con un gesto de simpatía, e incluso se daba un abrazo bien palmoteado con alguno. Las diferencias vendrían más tarde, y el agua, como ustedes saben, no llegaría al río, o llegaría, pero de muy diferente e imprevista manera, y por añadidura, convertida o al menos mezclada con sangre.

El Poeta, en cualquier caso, ya no se presentaba en esas tertulias, y uno podía adivinar sus encuentros clandestinos con la dulce Teresa, y los episodios de compra de ropa, y la difícil adaptación al uso de un cuello limpio y de una corbata de seda. Pero se sabe que Ernesto, Eulalio, Armando, con ayudas que no se conocen en forma exacta, pero gracias, también, a sus plaquetas de poemas, a un ensayo sobre Mallarmé y los pintores impresionistas publicado en la revista *Árbol de Letras,* a una traducción de *La bella pelirroja, La jolie rousse,* de Guillaume Apollinaire, publicada en la revista *Amaru* del Perú, consiguió una beca francesa o francochilena que no estaba mal en absoluto. Las noticias eran insuficientes, pero hubo malas lenguas que sostuvieron que la beca había sido conseguida por la Teresita Echazarreta misma, con el apoyo de amistades influyentes, y que no era más que el preludio de un encuentro amoroso en tierras extrañas. ¿Tan enamorada de su bardo, de su poeta lírico, estaba la bella, la adorable? La pregunta queda en suspenso. Y la respuesta determinaría algunas cosas, algunos aspectos evolutivos de la situación, y serviría para explicar algunas otras.

3

Se sabe, en cualquier forma, que el Poeta se embarcó un buen día en el aeropuerto de Pudahuel, en una clase turista, y que viajó por la mitad de Europa: por Lisboa, Madrid, Barcelona, el sur de Francia, el norte de Italia, Moscú, quizá, o Praga, hasta bajar por tren a la ciudad de Roma. Ahí alojó en el suelo, sobre tres cojines que no olían demasiado bien, envuelto en una frazada liviana, en la casa de un conocido chileno, amigo de un amigo suyo, que era fotógrafo, pintor, poeta y promotor cultural, profesión nueva y que tenía objetivos más bien indefinidos, de contornos confusos. El pintor, promotor, poeta y algunas cosas más, más joven que él, era persona amable, afectuosa, que se las arreglaba para sobrevivir, a pesar de que en ninguna de sus diversas profesiones había alcanzado niveles más o menos destacables. Y el Poeta, a todo esto, se hacía preguntas sobre el personaje, Armando Arbeláez de nombre, y sobre sí mismo, pensando que ya no era tan niño, que los años de la promesa ya habían pasado hacía rato, y que sólo había producido algunas plaquetas de poesía y tres o cuatro ensayos dispersos en revistas minoritarias, a pesar de que media docena de sus poemas empezaban a ser citados y comentados con pasión singular, a menudo en jergas ininteligibles, en círculos literarios que alguien habría podido considerar interesantes, aun cuando, para decir las cosas por su nombre, eran casi clandestinos y en algunos casos prácticamente inexistentes. Guiado por Arbeláez, a quien pronto incluyó en la categoría de amigo por derecho propio, no por reflejo de otras amistades, visitó iglesias de diversos barrios romanos y de los suburbios, se encontró a boca de jarro con mármoles asombrosos de Miguel Ángel y formó una larga cola para admirar los frescos de la Capilla Sixtina. Se quedó embobado, extasiado, frente a la proliferación de personajes en algunas pinturas de Tintoretto, figuras de un carnaval, de una procesión, de un ceremonial silencioso; caminó durante horas para encontrar obras del Caravaggio, y las contempló con la boca abierta, en un extremo de placer, pero con la vaga sensación de estar abrumado. Y en una plazoleta que no quedaba lejos del Palacio Farnese, acompañado de Arbeláez, de su mujer, de un periodista argentino emparejado con una mexicana, ¿actriz de teleseries baratas, periodista de provincia?, y de alguien más, comió una maravillosa ensalada a base de flores de cardo, seguida de una pasta, unos ravioles rellenos de espinaca, que le parecieron simplemente sublimes. ¡Esto es vida!, solía exclamar, de acuerdo con su costumbre, como exclamaba a cada rato en los tiempos de su huida de la Casa de Dostoievsky, ¡esto es belleza!, y tenía la perniciosa impresión de haber llegado al umbral de los cuarenta y cinco años y de haber perdido su tiempo en Chile, hasta entonces, en forma miserable. Una persona menos pesimista habría sentido que la vida, por fin, comenzaba, pero él sentía todo lo contrario: que se había terminado antes de tiempo, antes, para ser más preciso, de que realmente comenzara. Es decir, era, el Poeta, en su sentimiento más íntimo, y con pesar, con algo cercano a la desesperación, un fantasma, un muerto que de pronto se había puesto a caminar entre piedras históricas, cerca del sitio donde habían asesinado a Julio César, donde había meditado Marco Aurelio, donde se había sumergido en aguas termales el emperador Caracalla. Pensó en Teófilo Cid y en Braulio Arenas, y hasta pensó en el poeta lárico, el de las horribles portadas, y soltó la risa; en el Poeta Molina, poeta sin poemas, y se rió a carcajadas; en el pobre Chico Adriazola, el Pipo, para algunos, el hijo del Pequén o el Pichiruche, y le dieron ganas de llorar a mares. ¡Ah, Humanity!, exclamó en un momento determinado, como Bartleby, el escribiente de Herman Melville, a pesar de que su inglés no era de los mejores. Pero la circunstancia, el momento de su vida, lo hicieron pensar en el escribiente sentado en un patio, con la espalda contra un muro, inerte, en un estado parecido a la catatonia.

Resultó, al fin, que la beca francesa o franco-chilena no era gran cosa, pero parece que Teresa, la Teresita, en vísperas de su partida, en la confusión del hall del aeropuerto, le había metido un grueso fajo de billetes de cien dólares en el bolsillo, y él había percibido la maniobra con el rabillo del ojo y no había opuesto la menor resistencia. Era la vieja teoría de Martín Cerda o de Juan Agustín Palazuelos sorprendida en plena acción: la del irredento cafichismo de los poetas nacionales. En cualquier caso, dicen que los billetes de a cien dólares le sirvieron para llegar desde Roma, donde había vivido gratis en casa de Arbeláez, hasta París, y para hospedarse en un hotel de mala muerte en la rue des Carmes, hacia el final del Barrio Latino, en los faldeos de la Montaña de Santa Genoveva. Ahí compraba libros de segunda mano en pequeñas librerías que tenían sus cajas de saldos colocadas en la calle, obras de Alain Fournier, de Charles Nodier, de Marcel Schwob, incluso de Stéphane Mallarmé; veía películas antiguas en una sala de cine barata, de una estrechez extravagante, filmes de Murnau, de Von Sternberg, de Marcel Carné, sin excluir a Carlitos Chaplín, a Buster Keaton, ocasionalmente a John

Ford y hasta Orson Welles, y se alimentaba en los cafés del barrio de pizzas o de baguettes con mantequilla, con uno que otro pepinillo, con una lonja de jamón cuando quería darse un verdadero lujo. Cosa curiosa, en París, en el corazón del París bohemio e intelectual, se propuso suprimir el vino, que no sabía medir y que empezaba a producirle resacas monumentales, y lo consiguió sin demasiado esfuerzo. Y una mañana, parece, descubrió que el Poeta Oficial, Nerón Neruda, caminaba por la vereda del frente, en una de las calles de subida a la Montaña de Santa Genoveva, en compañía de dos o tres acólitos, y apuró el paso, con intensas palpitaciones de su corazón, para no tener que saludarlo. Después se lo contó a un pintor chileno de apellido Moncada y se rieron mucho con la anécdota: el poeta que evitaba al otro poeta, al consagrado, al vaca sagrada, a toda costa, y hasta con riesgo de su vida, es decir, de su vida poética y su vida biológica.

—¿Y qué piensas de Acario Cotapos? —le preguntó el pintor Moncada.

—¡Que es un payaso de mierda! —contestó el Poeta.

—Es uno de los mejores amigos del Poeta Oficial.

—¿Y qué?

—¿Y de Matta?

El Poeta puso la mejor, la más expresiva de sus caras de asco. No creía, dijo, que fuera necesario perder el tiempo ocupándose de Matta. Matta no era tema. No era ni siquiera metatema, gruñó, riéndose para sus adentros.

—¿No te parece? —le preguntó a Moncada, y Moncada, haciendo un gesto de perplejidad, abriendo las manos, sacando el labio inferior para afuera, le respondió que sí, que a lo mejor.

—¿No querís que te invite una copita de Beaujolais? —propuso Moncada, quizá para cambiar el tono de la conversación, demasiado excéntrica, de un pelambre demasiado acerado, y que no conducía, en su juicio interno, a ninguna parte.

—No —respondió el Poeta en forma rotunda—. ¿Sabís una cosa? Los poetas borrachines, desdentados, pasados a vino, y, además, ignorantes, pelotudos, porque no son capaces de leer nada, fuera de las porquerías que escriben ellos mismos, ¡me tienen hasta las recachas!

—Puede que tengas razón —murmuró, un tanto sorprendido por la pasión de la respuesta, el pintor Moncada.

—¡Tengo toda la razón! —exclamó el Poeta, exaltado, poniéndose de pie, cerrando los puños, clavando los ojos en el paisaje urbano, en los famosos techos de París, en la torre sobria y sólida de la iglesia de Saint Germain-des-Près—: No te quepa la menor duda.

4

Tampoco se conoce con exactitud la forma que tuvo el encuentro en París con Teresita. Fueron amores clandestinos en otra parte del mundo, pero adquirieron tal intensidad, al menos por parte de Teresa Echazarreta, que nadie ni nada pudo evitar que salieran a la superficie. Alguien divisó a la pareja, desde la vereda opuesta, en un café de una de las esquinas de la plaza de la Contrescarpe, tomada de la mano, sin entender que el mundo era mucho más pequeño de lo que parecía, y que los chilenos copuchentos se encontraban en todos los puntos cardinales. Otro escuchó este rumor y a su manera, con toda suerte de circunloquios hipócritas, lo confirmó. Le había parecido, dijo, divisarlos al fondo de un cine de arte y ensayo, en la oscuridad, estrechamente abrazados, y había comprobado que la Teresita, Teresa Echazarreta, hija de Fulano y mujer de Zutano, salía de la sala a toda prisa, mientras bajaban los créditos en la pantalla y las luces todavía no se encendían del todo. A partir de ahí, los chismes, los rumores, las especulaciones, adquirían una difusión imparable. Llegaron pronto a oídos del personal de la embajada y del propio embajador, en los salones de la planta noble de la avenida de la Motte-Picquet, y después, a través de intermediarios compasivos, solícitos, almas caritativas, fueron comunicados sin mayores ambigüedades al marido en persona, que se llamaba Pedro

José y tenía apellidos vinosos, Urmeneta, o Errázuriz, o Lezaeta Vicuña. En los oídos mismos del marido, a quien no se le movió un solo pelo. Y el marido, Pedro José, como quien no quería la cosa, averiguó con suma discreción, a través de choferes, de secretarias, de uno que otro artista muerto de hambre, la dirección del hotel donde se alojaba el Poeta. Si el adúltero hubiera sido persona de su círculo social, es probable que se hubiera sentido menos humillado, pero que fuera un bohemio, un plumífero del tres al cuatro, un venido a menos, y para colmo, un comunistoide, si es que no era un comunista de fila, con carné y todo, lo hacía arder de rabia, lo sacaba de quicio, le provocaba un furor homicida. Le pidió consejos a un amigo que también estaba de viaje, un Vildósola Montemayor, abogado conocido, hombre de variados recursos, y Vildósola Montemayor lo acompañó a una tienda especializada a comprar una pistola. Le recomendó la marca de la pistola, una Walther, un arma segura, y le dio un segundo consejo interesante: que le pusiera, por lo menos para el primer encuentro, balas de fogueo.

—Dales un susto, Pedrito José —le dijo—, pero no te acrimines. No te conviene para nada. Que pasen un susto, y que ella siente cabeza, o que te deje libre, y, desde luego, que no le tengas que pasar un solo peso.

—Lo que ocurre —respondió Pedro José, el marido de la Teresita— es que no estoy nada de acostumbrado a la libertad. Soy hombre de rediles, de familias, de rutinas, animal de costumbres, y el trastorno que me ha producido todo esto podría terminar conmigo. Si no fuera persona de principios, les pegaría un tiro a ellos y me pegaría otro yo mismo. Pero…

—Tranquilo —le dijo el otro, el abogado (el abogado indispensable, habría recitado, con voz gangosa, el Poeta, imitando el tono del otro poeta, del oficial), y le palmoteó la espalda, lo miró a los ojos con una especie de ternura, estuvo a punto de abrazarlo y besarlo, ¡a su desconcertado y angustiado amigo!

Se supo más tarde, en los días que siguieron a esta (supuesta, hipotética) conversación: que el Poeta y Teresita, la bella, se habían encerrado una tarde en el altillo del Hotel des Carmes. El altillo consistía en una habitación de unos doce metros cuadrados, con un techo que bajaba desde el muro principal y llegaba hasta una ventana estrecha que daba a la calle, de manera que sólo se podía estar de pie en el sector de la entrada, ocupado en gran parte por un camastro en eterno desorden, y para acercarse a la ventana y mirar lo que sucedía en la rue des Carmes era necesario ponerse de rodillas o caminar a gatas. En la habitación había una silla de palo donde se amontonaba la totalidad del ajuar del Poeta, un par de botellas de vino y algunos vasos detrás de la cama, unos sucios y otros limpios, además de libros y cuadernos dispersos en los sectores donde el techo en descenso impedía caminar en forma normal. Nos imaginamos a la perfección la primera impresión que tuvo la Teresita al entrar a ese recinto, el primer sobresalto, el asombro mezclado con la tristeza. Entendemos que se propuso sacar de ahí al Poeta más temprano que tarde, pero que guardó un silencio discreto, para no herirlo, para no estropear la intimidad de los encuentros iniciales. Porque estaban en París, al fin y al cabo, y los amores en ese camastro, que compensaban y en alguna forma desmentían años ya un poco largos de distancia física, de aparente imposibilidad, amores fogosos, enrevesados, desinhibidos, con el rectángulo de una ventana sobre los techos vecinos de la Montaña de Santa Genoveva, eran, a pesar del modesto escenario, absolutamente superiores, placer en estado puro, magia carnal (¿y espiritual?) incomparable.

Un día golpearon a la puerta en forma discreta y era el

encargado del hotel, un joven argelino de bigotes, que se había dado el trabajo de subir a la carrera hasta el séptimo piso, perdiendo el resuello, y parecía profundamente preocupado. Es un señor, dijo, un Monsieur, que pregunta por Madame, que alega ser su marido y pide que lo dejen subir.

—¿Y usted qué le dijo?

—Que aquí no ha venido ninguna Madame. Que está el señor solo, se lo aseguro, señor, y que duerme, puesto que anoche se acostó muy tarde. Pero no quedó muy convencido, y estuvo a punto de darme un empujón y subir a la carrera, sin anunciarse. Conseguí, al fin, no sé cómo, retenerlo abajo.

—Baje, corra, porque es muy capaz de subir, y dígale, por favor, que no me pudo ver, que yo dormía profundamente, y que aquí no ha entrado ninguna señora.

Teresita sacó su hermoso brazo desnudo de adentro de las sábanas, abrió su cartera de la mejor marca y sacó de adentro un billete de diez francos.

—Merci, Madame —dijo el argelino, inclinándose, y Eulalio, Armando, Ernesto, se preguntó que cuánto le costaría a Pedro José, el cónyugue legítimo, el jabalí cornúpeto, sobornar al norafricano de los bigotes. Diez francos más, o veinte, a lo sumo. Bajó el encargado, y él, arrastrándose por el suelo, echando a un lado una antología de poesía de René Char y un volumen de gran formato de Humberto Díaz Casanueva, se asomó a la calle con precauciones. Vio que Pedro José, de anteojos oscuros, a pesar de que era un día nublado, desde atrás de un auto estacionado, miraba hacia el último piso, y retiró la cabeza más que ligero.

—Tenemos que esperar encerrados aquí. Hasta que se aburra. ¿Tú crees que viene armado?

—No me extrañaría —dijo ella—, pero te aseguro que no se atreve a disparar. Es muy comodote, y cobardote. Y a la vez, muy presumido. Nunca se le pasó por la cabeza que yo le pudiera poner el gorro, y menos con una persona como tú, un poeta, un hombre sin fortuna. Estará pensando en su fracaso, en lo que dirá la gente del Club de Golf, en las risas a su espalda. Asistirá en estos días a las carreras de caballos de Longchamps, desde la mejor tribuna, entre botellones de Dom Perignon hundidos en hieleras bruñidas, y no dejará de pensar ni un solo minuto en su humillación, en su vergüenza, como si a los franceses les importara un rábano. ¡Pobrecito!

—Y tú —preguntó el Poeta—, ¿por qué lo haces? ¿Por venganza?

—No sé por qué lo hago. Pero no excluyo la hipótesis del amor. ¿Qué te parece?

La verdad es que el Poeta pasó un susto del carajo, y tres horas más tarde, cuando se suponía que Pedro José, el marido, el de los dos apellidos vinosos, se había cansado de vigilar, llamaron a un taxi y Teresita bajó sola, muerta de miedo, porque al fin le había bajado el miedo a ella también, no sabemos si por contagio, y entró al vehículo a la carrera, sin mirar para los lados. El Hotel des Carmes quedó cancelado, anulado para siempre como lugar de encuentro, y se dedicaron a buscar otro refugio, decididos a practicar la discreción más extrema, lo cual significaba que el Poeta no le podría mencionar ese lugar secreto a ninguno de sus amigos y amigotes, ni por broma.

Antes de que encontraran ese otro lugar, sin embargo, el Poeta escuchó pasos firmes, una tarde, y llamaron a su puerta con fuerza, sin la discreción del argelino encargado de la recepción, con golpes que amenazaban con derribarla y que hacían estremecerse los muros, los tabiques frágiles, las tablas gastadas de todo ese precario séptimo piso. Él se levantó, se abrochó el cinturón, se alisó el pelo y llegó a la rápida conclusión de que no le quedaba más alternativa que abrir. A lo mejor recibía un disparo en el pecho, y adiós, pampa mía, pero no era improbable que dispararan al aire, e incluso que no dispararan. Dobló la perilla redonda, de color café sucio, medio suelta, y se encontró con un hombre alterado, mofletudo, de pelo tirando a rubio, todavía joven, a quien nunca había tenido ocasión de mirar de cerca, y que no era otro que el marido, el papá de los hijos de Teresa (porque ya tenían dos hijos, uno de meses y otro de casi dos años), el agricultor de apellidos vinosos, Urmeneta, o Errázuriz, o Lezaeta Echegoyen, propietario de viñas importantes.

—¿Tú eres el poeta conchas de su madre?

Él no contestó. La pregunta, naturalmente, no se podía contestar. El argelino llamaba en forma desesperada a su citófono, ya que había un solo teléfono en la planta baja, y él levantó el auricular.

—*Tout va bien, Monsieur?*

—*Oui, Monsieur.*

—*Voulez vous qu'on appelle la police?*

—*Pas pour l'instant, Monsieur.*

—¿Qué le dijiste, mierda?

—Que no era necesario que llame a la policía, al menos por ahora.

—Te quiero decir una cosa, una sola cosa. Si vuelves a encontrarte con la Teresita, te mato de un solo tiro.

Lo dijo mientras sacaba la pistola Walther del bolsillo, con su cañón de acero reluciente, con su cacha encarrujada, con su bala probablemente pasada.

—¿Viste?

—Sí —dijo él—. No soy ciego.

—¡Pero yo te voy a dejar ciego, y sordo, y mudo! De un solo disparo. ¿Oíste, huevón?

—Oí perfectamente. Tampoco soy sordo.

—Se te van a quitar las ganas de reírte. ¡Para siempre!

Pedro José movió la pistola, le apuntó entre los dos ojos y en seguida apuntó al techo. Después volvió a bajarla, le apuntó a la cabeza y apretó el gatillo. Fue extraño escuchar el disparo y mirar el humo que salía de la boca del cañón. El Poeta tuvo la sensación de que el corazón, después de dar un salto brusco, se le había encogido. A la otra, pensó, me da un ataque.

—¡Viste, mierda! ¡Ya estai advertío!

Él sonrió con un rictus raro. Con ese vocabulario, pensó, es difícil que seduzca a la bella, a la inteligente y refinada. ¡Tremendamente difícil! Pedro José lo miró por última vez, le dio la espalda, apuntó de nuevo al techo, como si quisiera descargar su Walther, cuya segunda bala podía no ser de fogueo, y empezó el descenso por los escalones que crujían. Él lo escuchó llegar hasta el primer piso y salir a la calle. Se tiró al suelo, avanzó a gatas y siguió con la vista su espalda corpulenta, un poco encorvada. Decidió llamar de inmediato a Teresa, antes de que él llegara a su hotel.

—¿Qué pasó? —preguntó ella.

—Subió hasta mi piso y me amenazó con bastante grosería, a lo pije amatonado, a lo huaso colchagüino, y después me disparó una bala de fogueo, ¡el muy cabrón!, pero las cosas no pasaron de ahí.

—Y no van a pasar —dijo ella—, pero no conviene provocarlo. Si lo provocamos, podría volverse peligroso de veras.

Quedaron de juntarse en la mañana siguiente, a las once y media o doce, en algún lugar apartado de los circuitos habituales del turismo, en una *brasserie* de una de las cales adyacentes a la Place de la République. Tenían que estudiar la situación un poco más, con más detención, con el máximo de sangre fría, y tirar algunas líneas.

—Me conseguí —dijo ella, la inefable y decidida Teresa, al llegar a la cita—, la dirección de un hotel por horas. Parece que es un lugar muy discreto y muy bueno, por allá por el sizième arrondissement o por el huitième, en la rue Cardinale.

¿Con quién se la habrá conseguido?, se preguntó él, intrigado, pero tampoco había necesidad de cavilar tanto. La autonomía de vuelo de Teresa Echazarreta, su capacidad de decisión, su claridad intrínseca, de fondo, formaban parte de sus encantos. Posiblemente los mayores, los más irresistibles. Al menos para el Poeta. Él se acordaba de los pequeños botones enfilados, forrados en una tela gris, deshechos por la presión de sus dedos sudorosos, ansiosos, y se emocionaba. Casi gemía de emoción. ¡Teresita!, imploraba, y le daban ganas de caer de rodillas, con las manos juntas. ¡Hueón!, exclamaría el marido, porque ni siquiera era capaz de pronunciar bien esa palabra, y él se decía que Teresa, bella, inefable, de mano segura, prevalecería. ¡No había dónde perderse! El otro lanzaría pólvora al techo, al aire, al vacío, y él, el Poeta, por su parte, con no poca sorpresa, como si hubiera descubierto un territorio desconocido de su geografía personal, empezaría a creer que se había enamorado hasta las patas.

5

Terminó, pues, el viaje de placer, convertido por circunstancias amorosas en viaje de dolor, de celos, de cuasi homicidio, de Pedro José Urmeneta Echegoyen, Echevarría Irigoyen o lo que fuera, dos apellidos vinosos, en cualquier caso, con la bella Teresita Echazarreta (de parentela también vinosa), su mujer legítima, y llegó la hora de las despedidas. «Pasó la hora de las espigas», recitaba el Poeta, «llegó la hora de las mieses», porque los versos consabidos, leídos hacía más de veinte años, se habían puesto a repicar de nuevo, y porque le había escuchado decir al Antipoeta que la mejor poesía de Nerón Neruda, al fin y al cabo, era la de su extrema juventud, la de los crepúsculos, la de la mariposa que voloteaba entre enredaderas y balconajes, bajo soles de la calle Maruri. Fueron al hotel de la rue Cardinale, que no estaba en la rue Cardinale sino en la rue Cardinet, en las cercanías decimonónicas del Parc Monceau, e hicieron el amor con arrebato y con desolación, con un sentimiento parecido a la desesperación, con risas, como siempre, y alguna copa de champaña, pero acompañadas, las risas y el champaña, por un airecillo, por un soplo de drama.

—Me parece una escena de ópera, de ópera italiana, se entiende —dijo el Poeta, y ella levantó la cabeza, que estaba hundida en las sábanas, entre una cabellera de color castaño claro, casi de lino, y él comprobó, con asombro, con más de un poco de ansiedad, con susto, que tenía los bellos ojos húmedos. ¿Era, entonces, una despedida definitiva?

—No sé —dijo ella, cuyas lágrimas, ahora, caían en goterones gruesos y mojaban las sábanas de tono frutilla, de color de hotel galante—. Espero que no. Pero la verdad es que no sé nada.

Lo fue a visitar de nuevo al hotel de la rue des Carmes, puesto que ya ni siquiera importaba tanto que llegara el marido y que perforara el techo con un par de balazos, y después bebieron un café con leche en una mañana fría, frente a la plaza de la Montaña de Santa Genoveva, y él le dijo que Abelardo había predicado detrás de los muros medievales que todavía se levantaban en el camino de subida, a la sombra de cipreses que eran los mismos, y que había sido castrado por un piquete de matones contratados por la familia de Eloísa, o por los mismos hermanos de Eloísa.

—¿Tú crees que Pedro José podría pagar para que me castraran?

—Es muy posible —respondió Teresita, y lo besó en la boca con inusitada pasión, abrazándolo con fuerza, sin importarle que la descubriera algún chileno extraviado en aquella plaza, buscando, quizá, un desenlace que fuera irreversible. Al día siguiente Pedro José y Teresita subieron a un Air France que hacía escala en Río de Janeiro, São Paulo y Buenos Aires, y el día subsiguiente, a las doce de la noche, seis de la tarde hora de Santiago de Chile, sonó el teléfono del Hotel des Carmes. El argelino de los bigotes estaba advertido. Él, Ernesto, Armando, Enrique, paladeaba una copa de coñac y hojeaba un par de revistas literarias en una ínfima antesala. Leía un curioso ensayo acerca del estilo literario de San Ignacio de Loyola, una disquisición estructuralista, cuando sonó el teléfono: un llamado brusco, ronco, y el corazón casi le saltó fuera de la boca.

—Sí —farfulló, y no fue capaz de agregar nada, a pesar de que era él, se suponía, y no ella, el que debía manejar mejor el lenguaje—. ¿Cómo estás?

—¡Mal! —respondió ella.

—¿Mal?

—¡Pésimo! —insistió ella.

—¿Por qué?

—Porque no puedo vivir sin ti.

¡Qué frase!, pensó él, y pensaría ella, pero llegaba un momento en el que no se podía tener miedo de las palabras y de las frases. En que tenerles miedo carecía del menor sentido. Miedo a las palabras o a cualquier otra cosa. Y Abelardo, a propósito, no era un mal ejemplo: castrado y predicando en la noche de la Montaña de Santa Genoveva, en la noche oscura del alma.

—¡Eloísa mía! —exclamó.

—¡Abelardo! —respondió ella.

Se rieron en silencio y se dieron un beso a la distancia.

—Te vuelvo a llamar mañana o pasado —dijo Teresa—. El problema es encontrar la oportunidad, pero nunca deja de presentarse.

—Llama a la hora que quieras —dijo él—. Mantendré bien aceitado al argelino de los bigotitos.

—*C'est beau, l'amour!* —exclamó el argelino cuando él colgó el fono y salió de la cabina.

Era una frase de mínima solidaridad, pero el Poeta, por mínima que fuera, se sintió reconfortado. Le ofreció un coñac, y el argelino, que solía leer libros religiosos durante sus largas noches de recepcionista, dijo que su religión no se lo permitía, pero que esta vez, y por tratarse de una pareja *tellement gentille*, haría una excepción a su norma. ¡Alá, el Misericordioso, comprendería perfectamente!

Al cabo de tres o cuatro meses, los llamados empezaron a disminuir, debido a las circunstancias, explicaba la dulce

Teresa, y tenía la desagradable sensación, decía, de que la presencia de Pedro José era cada vez más insistente, más obstinada, más difícil de soportar. Le mandó, a pesar de eso, con el número de la rue des Carmes anotado en el sobre, largas cartas escritas a mano en un papel fibroso, de color crema, con una caligrafía inclinada, puntiaguda, de colegio de monjas, y él le aseguró que eran las mejores de la literatura femenina latinoamericana.

—No te lo creo —replicó ella por el teléfono, riéndose, pero se notó que el elogio le había gustado.

A todo esto, el Poeta había conocido en el fondo de un bar de la rue Delambre, en el humo y el bullicio del bar *Rose Bud* un sábado a medianoche, a una chilena de cara pálida, de aspecto enfermizo, de ojos hundidos en las órbitas, pintados de color lila, y la había llevado esa misma noche, es decir, en las primeras horas de la madrugada del domingo, ante la mirada reprobadora del argelino, a la habitación del altillo del séptimo piso. La chilena del *Rose Bud*, esa primera vez, sacó de adentro de un pañuelo de colores una caluga de haschich y una pequeña pipa y se puso a fumar. Ernesto, Heriberto, quiso abrirle un botón de la blusa, y ella, Viviana de Carlo (¿De Carlo? Sí, de Carlo), lo rechazó en forma tajante, airada.

—Después de fumar hasch —dijo—, hacer el amor es imposible.

—¿Imposible?

—Sí —dijo ella—. Deberías irlo sabiendo.

El Poeta echó de menos a la Teresita con un sentimiento vasto, que lo arrebataba. Era tan elegante, tan discreta, y a la vez tan carnal, tan poco cartuchona. La de Carlo, en cualquier caso, regresó al altillo tres o cuatro veces, y consintió, después de algunos forcejeos, en meterse a la cama. Tenía un cuerpo pálido, sin duda bonito, y reacciones extrañas. Por ejemplo, había momentos culminantes, próximos al orgasmo, en los que le bajaban, en lugar de quejidos de placer, de suspiros, ataques de risa histérica. El Poeta, después de cerrarle la puerta a la espalda con cierto alivio, garabateaba en sus cuadernos versos satíricos, historias de fantasmas, de cadáveres que se carcajeaban, pero se sentía insatisfecho, con ganas de expulsar a la de Carlo para siempre, con viento fresco, de sus refugios privados. En una de las ocasiones en que lidiaba con ella, con su histeria, con sus piernas lívidas, pero bien formadas, y que convergían en un pubis casi azulino de puro negro, llamó Teresa de Santiago. Él, complicado, le pidió al argelino por el citófono que dijera que estaba de viaje. No me gusta mentir, contestó por el citófono el argelino, agregando que la doctrina de Mahoma, la de Mahomed, no se lo permitía, pero de todos modos cumplió con el encargo.

—Es ella la que se cuela en el hotel —explicó al día siguiente, sintiéndose poco hombre, mascando una saliva desagradable, y el argelino comentó que la chilena, la tal de Carlo, no le gustaba nada. Tenía algo en la expresión, en los ojos hundidos, oblicuos, violáceos, que le molestaba mucho, que incluso le repugnaba: tenía cara de ser «une petite vicieuse», resumió.

—*Je m'y connais!* —agregó, y de inmediato cambió de tema.

En esos días, el Poeta conseguía sobrevivir en París gracias a trabajos ocasionales, traducciones rápidas al español, lecturas de noticias, comentarios de libros y de espectáculos diversos, en los programas en español de la ORTF, la radiotelevisión francesa. Teresa, en uno de sus llamados desde Santiago, le ofreció mandarle dinero, pero él respondió que ya tenía un trabajo muy conveniente, que no aceptaría esa plata por ningún motivo. Su asunto con la chilena, la que había conocido en el *Rose Bud*, le daba mala conciencia: no podía tolerar que Teresa, sin saberlo, contribuyera a mantener esos amores en forma indirecta. Una tarde cualquiera lo llevaron a una fiesta de aniversario en la embajada de Cuba, en un edificio de la época de Napoleón III o de un poco más tarde, en plena avenue Foch, y a las dos o tres semanas le publicaron un par de poemas inéditos y un ensayo sobre la poesía póstuma de Vicente Huidobro, *El regreso del poeta pródigo*, en la revista de Casa de las Américas. El agregado cultural cubano, que había sido caricaturista en la prensa habanera de épocas anteriores, era un gordo de buen humor, bueno para la fiesta, aficionado al whisky y, además de todo eso, a pesar de su gordura, bailarín eximio. Transmitía de una manera confusa, pero con eficacia, la idea de que la revolución era un fenómeno nuevo, alegre, juvenil, lleno de libertad, ajeno a las pesadillas estalinistas de tantas otras revoluciones del siglo xx. En una de ésas, el Poeta recibió una carta formal de la Dirección de la Casa de las Américas, firmada nada menos que por su directora, personaje histórico de la gesta revolucionaria. Le sugería que se presentara con sus poemas reunidos al premio anual de poesía que concedía la Casa y lo invitaba a viajar a Cuba y a trabajar durante tres o cuatro meses en la preparación de una edición de la poesía completa de Huidobro, con prólogo, selección y notas suyas. La carta en cuestión lo trataba dos o tres veces de compañero y terminaba diciendo: sería un honor para nosotros que usted, estimado compañero poeta, aceptara esta invitación. El Poeta se demoró muy poco rato en decidir que sí, que aceptaba con el mayor gusto, ¡de mil amores! Le darían el premio de poesía, más que seguro, consistente en unos buenos dólares, y podría poner un océano entero de separación entre él y Viviana de Carlo, su mantis religiosa, el vampiro que le estaba succionando la sangre y el seso. Además, se acercaba a la incomparable Teresita, aunque por caminos laterales, indirectos, desde grandes distancias ideológicas, para decirlo de algún modo. Pero todavía la deseaba y amaba con toda su alma. Sí, Teresa de mi vida, murmuró, conmovido, ¡Teresa Beatriz!, tendido sobre las tablas de la parte baja del altillo, con los brazos en cruz, contemplando la niebla que se deslizaba por los techos de enfrente, por los fragmentos de muros medievales, por las ramas de los cipreses que habían escuchado las enseñanzas de Abelardo. Te deseo y te amo, musitó, y aplastó su sexo contra las tablas del piso en un sobajeo absurdo, en un coito simulado con la madre tierra. Aunque nuestros amores sean un callejón sin salida, un despropósito, un imposible. Y se lamentaba de que Pedro José no le hubiera disparado con balas de verdad, a boca de jarro, y lo hubiera borrado del mapa. Pero, a pesar de la desesperación, era mejor estar vivo, y viajar a una tierra de sol, de palmeras, lejos del gris, de las piedras gastadas, de la insoportable pedantería de los gabachos de la ribera izquierda y de los metecos que los imitaban, de la infinita, difusa, extendida melancolía. Le entregó al agregado cultural cubano, el gordo sandunguero, una carta con la aceptación de la propuesta de la Casa, y se sobó las manos.

—Te aviso cuando lleguen tus pasajes —le dijo el agregado—, y nos tomamos una copichuela para celebrar.

—Me voy a Cuba —le avisó entonces a la de Carlo.

—¡Cabrón de mierda! —exclamó ella.

—Pero tengamos una pequeña despedida, de todos modos.

—¡Jamás! —replicó ella, y agregó, porque tenía un grupo de amigos madrileños y se había contagiado con sus modismos—: ¡Ándate al quinto coño!

Todo esto ocurría en una mesa de café de la plaza de la Montaña, la misma mesa donde había tomado un desayuno triste, también final, con Teresa Echazarreta. Pero la de Carlo, que pertenecía a otra especie humana y a otra mitología, le dio la espalda sin despedirse, como una erinia, una furia: partió con tranco firme calle abajo, con sus piernas algo lívidas, pero de pantorrillas fuertes, cruzó la calzada en línea oblicua, sin mirar hacia atrás ni una sola vez, y desapareció de su vista.

—Adiós, Viviana de Carlo —recitó el Poeta entre dientes, con una sensación profunda de alivio, y entró a un café a beber un calvá de despedida: despedida de la ciudad, de la juventud, de la vieja Europa, de casi todo. Porque ya se veía en el avión a Cuba. Ya se imaginaba caminando por arenas blancas, entre palmeras, por lomajes suaves, embarcado en una alfombra mágica, en un huidobriano parasubidas celeste.

6

Existen versiones diferentes, aventuradas, contradictorias en más de algún sentido, difíciles de comprobar y muchas veces difíciles de entender, acerca de su estada en Cuba, programada en un principio para tres meses y que terminó por prolongarse hasta un poco más de dos años, quizá tres años o tres años y medio. Le dieron el premio de poesía de la Casa, que ascendía entonces a la suma de dos mil dólares, cantidad que él nunca había visto junta, en un solo cheque, y que le pareció sideral. Y le entregaron para su uso, junto con el premio, o algunos meses más tarde, porque aquí los testimonios difieren, un departamento moderno, en el barrio de El Vedado, en un cuarto piso, con un ascensor que a veces funcionaba, con los muebles esenciales, algunos libros en mal estado y más bien poco interesantes, al menos para él, que había dejado el ocupante anterior, un sociólogo marxista ecuatoriano, y una máquina de escribir marca Underwood, antediluviana, de teclas altas, redondas y rodeadas de un borde metálico. En el respaldo de acero, encima de la marca de la máquina en caracteres dorados, había un cartel pegado con goma, sucio, escrito con letras saltadas y que rezaba: «Esta máquina de escribir pertenece al Comité Central del Partido Comunista de Cuba». Por añadidura, la Casa de las Américas publicó el libro premiado con prólogo de uno de los críticos cercanos a la Casa y a quien el régimen miraba con benevolencia: un texto donde se demostraba que el Poeta era un rebelde, un iconoclasta, actitudes que derivaban de su apasionado rechazo del orden burgués en que le había tocado formarse, y que sus versos, en forma todavía germinal, no carecían de atisbos y visiones de la sociedad del futuro, del humanismo socialista que se estaba construyendo en la isla. La tapa estaba decorada con grandes caracteres de color amarillo rabioso y el papel era de mala calidad, debido al bloqueo, le explicaron los compañeros, y eso hacía que la tinta muchas veces saliera corrida. En cualquier caso, el Poeta, en una fugaz relectura que hizo en la calle, doblando una esquina, haciéndole el quite a unos niños que jugaban con una pelota de trapo, tuvo la inmediata impresión de que los poemas resistían airosos las letras de imprenta y hasta crecían, secretos y fuertes, en la sombra de las páginas interiores y en los finales, en los cierres, antes del vacío vertiginoso de las páginas en blanco. Los elogios empezaron a lloverle en la misma noche de la presentación, después de algunas corridas de mojitos o de ron Carta Blanca a la roca, e intuyó que algunos grupos juveniles, muchachos desarrapados y de mirada intensa, chicas de piel mate y cuyos escotes profundos permitían vislumbrar el botón de los pezones, se habían propuesto convertir la lírica suya en consigna, en punto de referencia, en refugio y objeto de culto. Se acercó a una joven alta, de bonitos ojos, de estructura ósea fuerte, que estaba parada junto a una columna, apoyada con gracia en el hombro derecho, de piernas cruzadas, y la joven le sonrió. Él se dijo que era una sonrisa decidida, franca, y que su mensaje no era en absoluto ambiguo.

—¿Cómo te llamas? —preguntó.

—María Dolores —respondió ella.

—¿Tienes algún teléfono?

—En mi trabajo. Pero sería mejor que me des el tuyo.

—¿Y me vas a llamar?

—Sí —prometió ella—, te voy a llamar —y él decidió que había que confiar en la gente, que había que esperar con esperanza. Le dio, pues, el teléfono de su departamento, o el de su oficina en la Casa, el detalle no es seguro, y regresó a conversar con los grupos juveniles que parecían dispuestos a convertirse en seguidores suyos, a elevarlo a sus altares personales.

En ese tiempo o en una época posterior, los chilenos de paso, a su regreso a Santiago, hablaban de las frecuentes fiestas en el destartalado departamento del Poeta, desordenadas, más o menos imprevisibles en su desarrollo, caóticas, con gente que iba llegando a lo largo de la noche, gente amiga, gente conocida y gente, de pronto, completamente desconocida, e incluso, en más de una ocasión, armada de pesados pistolones, y contaban que la Underwood del Comité Central presidía las reuniones desde algún rincón, a la altura de los zapatos, de las sandalias, de los pies desnudos de las desaforadas parejas. Si alguien se diera el trabajo de preguntar, le podríamos responder que María Dolores no participó nunca en aquellas fiestas, que sus sandalias finas, sus tobillos perfectos, nunca danzaron en los alrededores de la Underwood de propiedad del partido. No había llamado por teléfono en las semanas que siguieron al encuentro, a pesar de su promesa, pero el Poeta estaba seguro de que llamaría algún día. Aunque parezca curioso, al Poeta le gustaba mucho, de una manera que implicaba cierto nivel de intriga, de enigma, que ella, la interesante, la sugerente, la silenciosa María Dolores, no se mezclara en esos bailoteos, en la chimuchina, en las bulliciosas e incoherentes borracheras de los amaneceres. Siempre, y sobre todo entre los llegados a última hora, había alguien que anotaba, en un balconcillo o adentro del baño, y que anotaba, sobre todo, en la mente, que tomaba debida nota mental de un gesto cómplice, de una frase tendenciosa, de algún chiste de connotación política, y para él era muy atractiva la idea de reservar algo, de mantener a alguien a prudente distancia, libre de contaminación. Escribió un poema sobre esta materia, versos marcados por los rones del amanecer, y durmió soñando con la chica, desnudándola en sueños, masturbándose al ritmo remoto, pero firme, de las olas en las piedras de la orilla.

Parece que una mañana sonó el teléfono en su velador. Sonó, suponemos, con inusitada estridencia, mientras él, con la boca entreabierta y húmeda, roncaba. Con dolor de cabeza, con gusto a medalla, con nervios alterados, el Poeta alargaría el brazo de mala gana y levantaría el fono. A lo mejor es María Dolores, se dijo (se diría), y resultó que Teresa, la de siempre, la inconfundible, llamaba desde Chile un poco tarde, porque la noticia había llegado hasta allá con bastante retraso, para felicitarlo por su flamante premio de poesía. Es increíble, pensó él, y repitió en voz alta la palabra Teresa, Teresita, Teresita, Teresa Beatriz, varias veces.

—Me encantaría ir —dijo ella—. Pero Pedro José no me dejaría por nada de este mundo. Sería motivo inmediato de divorcio.

—¿Y por qué no te divorcias?

—¿Tú te juntarías conmigo?

—¡Volando! —exclamó el Poeta, descartando en fracciones de segundo a María Dolores, relegándola al desván de las imaginaciones inútiles—. Me juntaría contigo en este mismo segundo.

—¿Y los niños?

—Los traes —respondió el Poeta, pero la verdad es que

146

no había pensado en los niños. Los niños, la verdad, se le habían borrado de la memoria. No se acordaba para nada de que Teresita, la inefable, la musa inspiradora, tenía niños, y tampoco se le había pasado por la mente preguntar si María Dolores, la silenciosa, el enigma viviente y ambulante, también los tenía.

—Me podría escapar —dijo Teresa, con una voz pensativa, cargada de emoción, matizada—, pero tendría que renunciar a ellos, y junto con ellos, a casi todo.

—¿Y?

Suponemos que Teresa cambió de tema: le pidió que se cuidara mucho, que si necesitaba algo, llamara, que si viajaba a Chile, no dejara de avisarle con anticipación.

Colgaron, y Armando, Eulalio, que dormía desnudo a causa del calor, se quedó cabizbajo, con la mirada más turbia, más enrarecida que antes. Había una gran imagen del Che Guevara de boina en el muro de un edificio de las cercanías, con el lema consabido, Patria o Muerte, y las torres urbanas, despintadas, deslavadas por la sal del océano, brillaban bajo un sol inclemente. Hacía un par de noches, acompañado de un escritor uruguayo de paso y de un profesor chileno de Concepción, había recorrido bares y boliches de La Habana nocturna. Todavía tocaba el piano Bola de Sebo, a quien los habaneros llamaban simplemente Bola, en un lugar que no estaba lejos del Hotel Nacional, y en otro café, o cabaret, o lo que fuera, se habían encontrado con un señor burgués de los tiempos anteriores y con su chofer, un mulatón corpulento, dos que andaban siempre juntos, bebiendo rones o cervezas, lo que se ofreciera, pero que habían perdido hacía rato el automóvil, de manera que el pretexto profesional de su relación ya no existía, y en su lugar se había levantado una amistad no profesional, simplemente humana y, de alguna manera, resignada, adaptada a todas las pérdidas, las anteriores y las que podrían sobrevenir. Y en una esquina de la Rampa, a la salida de un cine, se toparon con Pepe Rodríguez Feo, crítico literario de la época de la revista *Orígenes,* y con el poeta Heberto Padilla, cuyo libro *Fuera de juego* había ganado un premio concedido por un jurado internacional y había entrado de inmediato en dificultades.

—Por la sencilla razón, chico —declaró Rodríguez Feo, con ironía—, de que no se puede estar en el interior de la Revolución y estar, a la vez, fuera de juego. ¡Más claro echarle agua!

Hubo exclamaciones, comentarios, bromas, y de repente bajaron la voz porque un hombre joven, de pelo corto, de camisa blanca, se había acercado con disimulo y escuchaba todo con la mayor atención, haciéndose el distraído, de manos en los bolsillos, mirando con aparente indiferencia hacia el final de la calle.

—¿Y Neruda? —preguntó Padilla, en una maniobra obvia para cambiar de tema—. ¿Qué pasa con Neruda?

—¿Qué quieres que pase? —preguntó el Poeta.

—Es un genio vegetal —dijo Padilla, frotando el pulgar contra el índice y el dedo del medio de la mano derecha, retorciendo los labios, poniendo cara de rechazo—, un genio instintivo, producto del barro primigenio. —Y se puso a recitar y a parodiar a Neruda con voz impostada, clavando los ojos en el joven que se había acercado a escucharlos—: Los grandes zapallos del verano escuchan, y las patatas lloran, y las mariposas revolotean entre los aeroplanos del calor, y los matapiojos se sostienen en el aire como simples matapiojos...

Todos se rieron, mientras el joven de camisa blanca se alejaba unos pasos y se ponía a mirar las carteleras del cine. Padilla contó que había cerveza en un subterráneo que conocía muy bien, no muy lejos de ahí, y partieron a beber la última de la noche. Al día subsiguiente, después de colgar el teléfono con Teresita, el Poeta recordaba conversaciones deshilvanadas, imprudentes, por momentos disparatadas, delirantes, y se sonreía. Se preparó una taza de café y devoró tajadas de un salchichón que le habían traído de Madrid. Se lo habían traído el Antipoeta y un músico atonal, también chileno, con quienes había estado en su breve paso por La Habana y que después habían seguido viaje a México y a los Estados Unidos. ¡Cuánto habría dado él por tener a la dulce Teresita, la inefable Teresa Beatriz, en La Habana, en su departamento de El Vedado, en su terraza agrietada y abierta a la brisa del Caribe, pero era, tenía que admitirlo, una aspiración sin destino, un deseo condenado de antemano! Condenado por la Historia, habría dicho el poeta Heberto Padilla, así, con mayúscula, con gesto grandilocuente, con voz engolada, teatral. Después de beber aquella cerveza en un subterráneo, antes de irse a dormir a las cuatro y tantos de la madrugada, Padilla les había contado el caso de un checo, ingeniero civil o algo por el estilo, que había llegado a Cuba a fines de la década de los cuarenta, huyendo del comunismo en Checoslovaquia. Cuando los guerrilleros de Fidel Castro llegaron a La Habana en los primeros días de enero de 1959, el checo, sin hacerse la más mínima ilusión, desesperado, enloquecido, se puso a confeccionar una lista de hierbas alimenticias que existían en la isla.

—Esta lista —les dijo el checo un buen día— vale oro. Ya se acordarán de mí. Casi todas las hierbas pueden cultivarse en una terraza, en un balcón, en un macetero, en un rincón cualquiera. Y todas son comestibles, ¡no se olviden! —dicho lo cual, escapó de Cuba a los pocos días, a toda carrera, como si el diablo le pisara los talones.

—¡La Historia! —volvió a exclamar Padilla, encendiendo un Montecristo número uno y dándolo vuelta en los labios humedecidos, aspirando el humo con voluptuosidad casi grandiosa, expulsándolo, creando una atmósfera de baño turco, levantando la mano del puro con los dedos bien abiertos, con movimientos imperiales.

7

Desapareció María Dolores en los sueños confusos de las madrugadas, entre el retumbar lejano de las olas en el malecón habanero, y casi de inmediato reapareció. Ese llamado por teléfono que había postergado, que por momentos parecía que no llegaría nunca, se produjo en el transcurso del mismo día en el que Teresita había llamado desde Chile a primera hora de la mañana. Dicen que el Poeta descolgó, que no reconoció la voz femenina, cálida, más bien baja, durante la primera fracción de segundo, y que en seguida la reconoció sin sombra de duda.

—¡María Dolores!

—Sí —dijo ella.

—¿Dónde podemos encontrarnos?

—Donde quieras. ¿Te parece bien al comienzo de la rampa, al lado del cine, a las diez de la noche?

Él se dijo que ahí existía la mayor concentración de gente de la Seguridad del Estado de toda la isla, a juzgar, por lo menos, por lo que había sucedido en el encuentro con Heberto Padilla y con Pepe Rodríguez Feo, pero, de todas maneras, respondió que sí, que ahí estaría sin falta, ¡a las diez de la noche en punto! No se olvidaba del llamado de Teresa Echazarreta hacía pocas horas y tenía un sentimiento incómodo, pesado, de traición, de engaño, de jugar a dos bandas, pero él estaba solo, botado en La Habana, en un estado de abandono miserable, y Teresita se encontraba a miles de kilómetros de distancia, y casada, con su marido y con sus niños, y María Dolores, y la voz cálida de María Dolores, y sus ojos oscuros, y sus largas piernas cruzadas… Corrió, pues, a reunirse con ella, a pesar de su sentimiento de culpa, un sentimiento que sabía relegar a regiones nebulosas de la conciencia, nebulosas y olvidables, y llegó a la inmediata conclusión de que era mucho más bonita de lo que él recordaba: una belleza silvestre, con algo de primitivo en los pómulos, en la expresión de los ojos, en las piernas de gacela, en las caderas fuertes. Estaba vestida con absoluta sencillez, de falda larga y sandalias, sin el menor maquillaje, pero con el pelo de color de azabache bien cuidado y suelto sobre la espalda: una hermosura menos cultivada, tenía que admitirlo, menos elegante que la de Teresa, pero, en alguna medida, en algún sentido, quizá con la mirada de la Revolución, si es que esa mirada existía, superior. El Poeta lo admitió con dificultad, un poco a contrapelo, con una dosis de angustia. Ahora bien, si se embarcaba con María Dolores, no sólo traicionaba algo: traicionaba, y también, además de traicionar, perdía, perdía para siempre. Porque Teresita, Teresa Beatriz, estaba seguro, la bella, la discreta, la elegante, no lo perdonaría jamás, ¡jamás nunca! ¿Cómo lo iba a perdonar?

—¿Te gusta leer? —le preguntó a María Dolores.

—Sí —contestó ella—. Mucho.

—¿Y qué cosas lees? ¿Lees poesía, lees novelas?

—Leo novelas —dijo ella.

—¿Y qué novela te gusta?

—*La Amada Inmóvil.*

—¿De Amado Nervo?

—Sí —dijo ella, y sus ojos hermosos, de largas pestañas, se animaron, miraron al Poeta con intensidad y miraron, a la vez, más allá, hacia la otra orilla del puerto, hacia el mar que brillaba en la oscuridad, iluminado por los rayos de la luna nueva.

—Pero *La Amada Inmóvil* no es una novela, es un poema.

—¡Ah, sí! —dijo María Dolores—. Lo que pasa es que sólo vi la película —y su mirada inocente, maravillosa, misteriosa, no se alteró en lo más mínimo. El Poeta quedó impresionado por su ingenuidad, profundamente conmovido. Poco más tarde supo, es decir, le contó ella, que era una campesina de la región de Alegría del Pío, que su padre, que vivía con la familia en una choza, cultivaba yuca y era dueño de un caballo y de un par de burros, había colaborado con los guerrilleros de la Sierra Maestra, los había guiado por la selva, les había llevado comida, les había permitido usar sus burros como medio de transporte, y a consecuencia de eso había sido asesinado a machetazos por los soldados de Fulgencio Batista. Ella, niña de ocho años, había tratado de defenderlo cuando llegaron a buscarlo, y recibió un machetazo en la mano derecha. Le mostró al Poeta la fea cicatriz, cuyo costurón le cruzaba todo el dorso, desde el dedo pulgar hasta la muñeca, y él, asombrado, anonadado, le tomó la mano con suma ternura, levantó los ojos al cielo y acto seguido los bajó y besó la cicatriz con unción cuasi religiosa. Era la Teresita, ahora, Teresa, la que empezaba a esfumarse en la distancia, y el Poeta temía que para siempre, a pesar de que las palabras para siempre le daban verdadero pánico.

—¿Viste cuándo mataron a tu padre?

—Sí —contestó ella—. Con estos mismos ojos.

Después del triunfo de los revolucionarios, había conseguido hablar con el propio Fidel Castro, al cabo de interminables días y semanas de espera, y el Comandante en Jefe había ordenado sobre la marcha que le dieran algún trabajo en la Federación de Mujeres de Cuba.

—No es mucho lo que te dieron —comentó el Poeta.

—Para mí es mucho —respondió ella, impasible, con un dejo de severidad, y él sintió que su admiración se multiplicaba.

Dos o tres días después de este primer encuentro, el Poeta llegaba acompañado de María Dolores, a veces del brazo de ella, a conferencias, mesas redondas, presentaciones de libros, fiestas de matrimonio o de cumpleaños. La llevó a una charla del Comandante en Jefe en el Teatro Chaplin, charla en la que el Comandante iba a tocar algunos temas de cultura y a la que todos sus compañeros de trabajo y sus amigos habían sido invitados en una forma en que negarse resultaba completamente imposible. El Poeta, Ernesto, Humberto, le dijo con algo de insistencia a María Dolores, con gestos que denotaban nerviosismo, que buscaran asientos cerca de una cortina oscura donde se leía la palabra *Exit* iluminada con luz roja.

—¿Por qué no nos vamos más adelante? —preguntó ella.

Él torció la boca, se la tapó con una mano, se puso de color lacre pronunciado.

—Porque el Comandante habla horas —musitó, con ojos de loco—, y aquí se puede presentar alguna posibilidad de escapar.

Ella lo miró con asombro, pero ocupó el asiento cercano al letrero de *Exit* con plena docilidad. El Poeta se hundió en el asiento, apoyó la nuca en el respaldo y le tomó la mano de la cicatriz. Las manos de María Dolores eran más bien anchas, huesudas, y tenía vello abundante en los brazos bien formados. Al Poeta le encantaban esos brazos, y su continuación en las axilas, y los hombros robustos, poderosos, que mirados desde lejos podían parecer casi masculinos. Cuando hacía el amor con ella, esa fuerza, esa anchura, unidas a los sonidos del placer, a suaves gemidos, lo conducían al paroxismo, a un orgasmo que le parecía supremo.

—Estoy enamorado de ti —murmuró, y ella le palmoteó el dorso de la mano para que se quedara callado, ya que el Comandante en Jefe iba a llegar de un minuto a otro. De hecho, tardó bastante, pero al fin llegó, y la concurrencia se puso de pie como impelida por un resorte y prorrumpió en un cerrado aplauso. María Dolores aplaudía a todo lo que daba, silenciosa, con gesto de apasionada admiración, y cuando la asistencia retomó sus asientos, las cortinas con sus correspondientes letreros de *Exit* habían sido ocupadas por parejas de milicianos fuertemente armados. Toda escapatoria era imposible, de modo que el Poeta se hundió todavía más en su asiento y se dispuso a escuchar con santa paciencia. En el bolsillo del pantalón tenía uno de sus cuadernos, bien doblado y arrugado, además del infaltable lápiz de mina medio romo. Podría tomar algunos apuntes, sin que nadie pudiera considerarlo un acto de distracción o de irreverencia, y hasta insinuar, pergeñar, garabatear uno que otro verso, el germen de algún poema. La voz del Comandante en Jefe, entonces, retumbó en las vastas graderías en declive. El Poeta advirtió que María Dolores estaba profundamente concentrada. Tampoco era imposible, pensó él, que estuviera transportada, extasiada.

Dos o tres semanas después del discurso en el Teatro Chaplín, que fue interpretado, en líneas generales, como una advertencia a los intelectuales, como una indicación de que se les permitía a conciencia, a sabiendas, llevar su vida decadente, disipada, en el fondo contrarrevolucionaria, pero que se los tenía en la mira, y que la alternativa de una revolución cultural al estilo de los chinos no estaba en absoluto excluida, María Dolores se trasladó con su escaso equipaje, su modesto ajuar, que incluía una muñeca rota, unas ollas viejas, una tetera, dos vestidos y algo de ropa interior, además de tres a cuatro libros, entre los cuales no figuraba ninguno de Amado Nervo, y sí, en cambio, un par de novelas de Corín Tellado y una colección de poemas de Mario Benedetti, al departamento del Poeta en El Vedado.

—¿Cuánto tiempo me irás a aguantar? —preguntó, mirando con delicia los espacios de una amplitud que ella nunca había conocido, la cocina moderna, a pesar de sus saltaduras, el refrigerador auténtico y donde había pegados en la puerta con cinta adhesiva un mapa de Chile (¡que país tan largo!, exclamó ella), una fotografía de Franz Kafka (la misma de su dormitorio en la casa de sus padres), una de Vicente Huidobro de abrigo, bastón y corbata, tenida en la que lo habían visto muchas veces en la puerta del Hotel Crillón de Santiago, en vísperas de su muerte repentina, y otra de Martín Heidegger vestido de guardabosque o algo por el estilo, personajes, todos ellos, que María Dolores no había escuchado nombrar en su vida, pero acerca de quienes, por prudencia o por lo que fuera, prefería no preguntar.

Él se despertaba mucho más tarde que ella y dedicaba largas horas a sus estudios sobre *Altazor*, sobre *Temblor de cielo*, sobre *Tres inmensas novelas*, a rasgar con su lápiz mocho, que de cuando en cuando untaba en saliva, las hojas de su cuaderno de poesía y de anotaciones personales, a tratar de estructurar un ensayo sobre la poesía política de César Vallejo, trabajo que las autoridades de la Casa le habían encargado.

—Lo embromado —le decía a María Dolores, rascándose la cabeza desgreñada—, es que el Vallejo político, el de *España, aparta de mí este cáliz*, es el que menos me interesa. A mí me gusta el de *Poemas humanos*, y cada día más el de *Trilce*, pero el otro, el épico, el político, me deja frío. Como el Neruda de *Las uvas y el viento*. ¡Pura chatarra, pura majadería, puro sonsonete! —y empezaba a recitar de memoria, a voz en cuello, con numerosos errores, pero con singular exaltación, frente a la noche habanera: *Tahona estuosa de mis bizcochos años / pura yema infantil...*, y se reía alegremente, y en seguida optaba por beber el concho de una botella de vino tinto Paternina, mientras María Dolores, parada en el centro de la habitación, bella contra la luz nocturna, con los fuertes brazos en jarra, con la perfección de sus pies y sus tobillos adentro de las sandalias de cordones entrelazados, lo miraba con una mezcla de respeto, hasta de cariño, y de perplejidad, incluso de angustia. Tenía miedo, le decía algunas veces, de que se metiera en algún enredo, de que lo denunciaran por algo, y él, Eulalio, Armando, se encogía de hombros y se reía. Hacía con la mano un gesto en el aire. Como si ahuyentara fantasmas, musarañas, entelequias.

—¡Soy poeta —exclamaba—, y además de ser poeta, un pobre poeta extraviado en este mundo, soy chileno, del país de Salvador Allende y de Pablo Neruda! ¡Qué quieres que me hagan!

—No sé —replicaba ella, desconcertada, con cara de pregunta, pero respiraba, de hecho, otro aire, se desplazaba por la tierra, por su tierra, con una sabiduría diferente, y no se confiaba ni se confiaría tanto. Había visto cosas, muchas cosas, y estaba segura de que no había terminado de verlas. Además, el machetazo en su mano derecha era un barómetro: una herida que casi siempre dormía, pero que a menudo, y en momentos cruciales, despertaba. Heberto Padilla escuchaba, dando vuelta su Montecristo número uno en sus labios húmedos, y lanzaba sus exclamaciones habituales, abriendo los ojos con alarma fingida, fingida, pero a veces, de pronto, verdadera. Después se producía un cambio brusco de atmósfera. Todos iban a una fiesta en casa de Tomás Alejandro Tritón, un director de cine: María Dolores ayudaba en la cocina, preparaba ensaladas, condimentaba unas milagrosas chuletas de cerdo (que nadie encontraba en el mercado), y el Poeta, en la sala, bebía con intensa fruición un extra seco a la roca, en compañía de Padilla, de César López, de Pepe, del dueño de casa; recitaba, después del segundo sorbo, poemas franceses, uno de Rimbaud, otro de Jules Laforgue, un fragmento de *El cementerio marino* de Paul Valéry, el de Zenón, el cruel Zenón de Elea, cuya flecha aguda volaba y no volaba, y de repente rompía a cantar, cualquier cosa, boleros de Lucho Gatica, canciones de la Edith Piaf, o *Cambalache*, el tango inmortal. ¡Qué vida tan intensa, pensaba, qué alegría, qué ritmo incomparable, qué música! Y qué grisáceo, qué aburrido, qué falto de imaginación, se divisaba Chile, Chilito, en la distancia, en el último sur del planeta tierra.

Y parecía que las exclamaciones estaban destinadas a sucederse, porque María Dolores, esa noche, cuando caminaban en silencio rumbo al departamento de El Vedado, exclamó, de repente:

—¡Qué guapo, Tritón!

—No me parece tanto —replicó el Poeta, alargando el labio inferior en forma despectiva.

—Pues a mí sí que me lo parece —insistió María Dolores, y el Poeta la miró de soslayo, algo borracho, caminando por la vereda irregular, llena de hoyos y de raíces salidas, con dificultad, y se dijo que era, sí, primitiva, que estaba dotada del encanto de lo primitivo en la mejor de sus formas, de su indudable belleza, pero que también, a menudo, resultaba un poco limitada. ¿Demasiado a menudo? ¡Un poco limitada, gruñó, medio huevona!, y ella adivinó su pensamiento y lo miró con cara de rabia. Al llegar al departamento, el Poeta bebió un par de restos del vino que había en la casa, se tiró encima de la cama, sin desvestirse, y a los dos segundos dormía como un tronco. María Dolores acomodó con gran dificultad el cuerpo que roncaba a fin de hacerse un hueco para ella. Se desnudó, magnífica y desatendida, se colocó un pantalón de piyama y también se puso a dormir, tratando de acomodarse, pensando en los hombres, en las noches de los sábados y en lo que eran los hombres.

8

El Palacio de los Novios correspondía, y suponemos que todavía corresponde, al lado kitsch de la Revolución. Al lado
kitsch y pop, y aparte de pop, popular, populachero, ¿populista? Porque lo popular cubano todavía pertenecía en
aquellos años, con Revolución y todo, y es probable que todavía pertenezca, más que a una especie de folklore de di-
seño precolombino, como en otros lados de la América
que habla en español, a un kitsch con torrecillas y balconci-
llos pintados de blanco y con tortas de pura crema paste-
lera coronada con parejas de novios de mazapán. Era un
kitsch con escaleras alfombradas, con puñados de arroz
lanzados a los recién casados, con papeles del registro civil
revolucionario que se firmaban en una sala contigua. El Palacio, si la memoria no nos traiciona, quedaba en alguna
curva del Paseo de La Habana, no muy lejos de la calle de
Trocadero, calle donde tenía su residencia el poeta, ensayista y novelista José Lezama Lima, y donde transcurren algunas escenas, escenas escabrosas, muchas de ellas, de su
novela *Paradiso*. Algunas versiones dicen que el Poeta tuvo
estrecha amistad con Lezama, lo cual indicaría que visitó la
casa de la calle de Trocadero con frecuencia, pero otras
sostienen exactamente lo contrario: que el Poeta admiraba
Paradiso, pero que mantenía con respecto a su autor esa
distancia enrevesada, en el fondo desconfiada, que era tan

suya, tan de los meandros, los recovecos, los nudos ciegos propios de su carácter. Habría argumentos sólidos para inclinarse más por la segunda de las versiones, la de la desconfianza, la de la boca retorcida. Ernesto, Armando, Adalberto, tenía una especie de tendencia perversa, enfermiza, quizá, a incurrir en disputas generacionales, a la irreverencia con sus mayores, a la insolencia con sus contemporáneos, a una condescendencia de disimulado origen paternalista con los más chicos. Sentía una admiración desmedida, amaba sin el menor recato, a muchos escritores de la generación anterior a la suya, pero daba la coincidencia de que todos, ¿casi todos?, aquellos escritores estuvieran bajo tierra. Por eso podía estudiar con una especie de furia, con saña, con mañosa obcecación, a Vicente Huidobro, y recitar a voz en cuello a César Vallejo, sin olvidar a Baudelaire, al Dante Alighieri, a Stéphane Mallarmé, el Ínclito, a Rubén Darío, el indio momotombo, a muchos otros, pero si uno le hablaba con un mínimo de benevolencia de Neruda, de Nerón, como solían llamarlo él y sus amigos, el corazón se le encogía. Y no hablemos de Octavio Paz, de algunos contemporáneos suyos españoles, de Jorge Teillier o Efraín Barquero. ¡No hablemos, mejor! Nos inclinamos, entonces, a pensar que nunca visitó la casa oscura, invadida por verdaderas montañas de libros, de la calle de Trocadero, y que no le tocó escuchar los extravagantes monólogos de su gordo dueño, interrumpidos de cuando en cuando por las exigencias del asma, por las aspersiones hechas con una perita de goma en una garganta angustiada, en una epiglotis que temblaba y que los contertulios miraban con verdadero susto, con expresiones de disimulada alarma.

El Poeta hablaba muchos años más tarde de la divertida ceremonia en el Palacio de los Novios, de la bella María Dolores, católica devota, por sinceros que fueran sus sentimientos fidelistas, y que había asistido con un misal de color blanco entre las manos juntas, vestida de percal y con la espléndida cabellera de azabache cubierta con un velo blanco de encaje, de los amigos que habían concurrido: Heberto Padilla y Belkis a la cabeza, Pablo Armando y Maruja, César y su mujer, un escritor de provincia que había pasado una temporada en la cárcel, no se sabía si por razones políticas, por razones de costumbres o por razones combinadas de ambas naturalezas, Reinaldo Arenas, bajo de estatura, incisivo, amulatado, candidato a todos los castigos, el propio Roberto Fernández Retamar, oficial y elegante, Edmundo Desnoes, no se sabía si tan oficial como Roberto, y el pintor Mariano Rodríguez, entre muchos otros. El Palacio de los Novios, con motivo de la boda del Poeta con María Dolores, se había llenado de una concurrencia poco habitual, poco vista en ese sitio, de apariencia heterogénea, de melenas largas en algunos casos, de aspecto sospechoso y hasta vicioso en más de algún otro. Los funcionarios del registro civil observaban, simulando indiferencia, y los dos o tres guardias del edificio miraban por lo bajo y se preparaban para transmitir sus impresiones a los aparatos de la Seguridad del Estado. Después de la firma de los papeles, los seguidores del Poeta y de su pareja les tiraron puñados de arroz, como todo el mundo, aunque con expresiones y actitudes paródicas, irónicas, que intentaban demostrar que no eran, precisamente, gente como todo el mundo, y la solemne entrega de la torta con sus novios de mazapán en la cumbre, en la techumbre de un monumento de crema y merengue, fue celebrada entre risas, bromas y bulliciosos aplausos. Todos partieron de ahí al Hotel Habana Riviera, en las orillas del Malecón de La Habana, donde los flamantes novios tenían derecho a pasar una noche, con cena, desayuno y un tabaco incluidos, a costa del presupuesto revolucionario, y del Habana Riviera se dirigieron, hacia las siete de la tarde, torta en mano, a la dirección de Tomás Alejandro Tritón, que había ofrecido su casa en el barrio de El Vedado para que celebraran la fiesta. Los invitados formales y los informales contribuyeron al festejo, en su gran mayoría, con algo de ron, y un chico de bigotito, corresponsal de una agencia de prensa francesa, mujeriego empedernido, apareció con un par de mulatas de culos descomunales y con una botella de auténtico whisky de Escocia. Tritón, por su lado, se había conseguido unas pizzas napolitanas, no se sabía cómo, gracias, suponemos, a su influencia en las altas esferas, y también hubo una relativa abundancia de auténtico Paternina tinto, originario de la provincia española de La Rioja. El Poeta contaría más tarde que se había organizado una orquesta de instrumentos de percusión a base de cacerolas, tarros, palos, cucharones, y que todos se desgañitaron tocando y cantando hasta muy altas horas, sin que faltara el poeta lírico, el pintor, el ayudante de dirección de cine, que interpretara con talento variable boleros, tangos de la vieja guardia, canciones nostálgicas de Edith Piaf, de Libertad Lamarque o del imperialista Frank Sinatra, cuya voz latiguda, imitada en la lengua original, impostada, adquiría en ese contexto una curiosa comicidad. Se escucharon en la noche avanzada algunos chistes políticos, más bien pocos, discretos, dichos en voz baja y entre amigos de confianza, ya que había muchos moros en la costa, invitados de Tritón, probablemente, aparte de intelectuales del partido o cercanos al partido, como era el caso de Fernández Retamar, de Lisandro Otero, que apareció a las dos de la mañana, y de una mujer joven, atractiva, elegante, que había pertenecido a una familia de tabacaleros poderosos y que ahora colaboraba, según opiniones más o menos coincidentes, con la Seguridad del Estado.

El Poeta regresó al Hotel Habana Riviera, de la mano de María Dolores, pasado las seis de la madrugada, cuando el sol ya se levantaba en todo su esplendor, cuando el brillo del mar adquiría tonalidades gloriosas, mientras dos barcazas areneras navegaban hacia alguna parte donde se levantaba alguna cosa, alguna fábrica o edificio, salvo que fuera un recinto militar, un escondite de concreto armado para submarinos o para aviones supersónicos. Subieron a su habitación del octavo piso, donde los esperaba un hermoso ramo de flores enviado por la Unión de Escritores y Artistas de Cuba, y al poco rato el Poeta, de acuerdo con lo que ya se había transformado en una costumbre, roncaba sin desvestirse, atravesado en la cama, a pata suelta. A los veinte minutos, sin embargo, con una interrupción brusca, sobresaltada, de la respiración, boquiabierto, con un hilo de baba que se deslizaba por la comisura de los labios y mojaba las sábanas, contemplado por María Dolores en una camisa de dormir nueva que se había cosido ella misma, despertó.

—¡Preciosa! —musitó, y le acarició los brazos fuertes, de formas realzadas por la camisa amplia y sin mangas. Se diría que un remordimiento, una desazón o algo semejante, se le había incrustado en el primer sueño, en alguna capa de la conciencia. Se incorporó, pues, bebió un vaso de agua, se lavó los dientes, y en seguida se desnudó al pie de la cama y empezó a besarla. Entre beso y beso, María Dolores lo miraba con ojos intensos, misteriosos en su oscuridad, en el fondo, alegres. Hicieron el amor como en los mejores tiempos, como si los lazos matrimoniales les hubieran dado un nuevo impulso erótico, y al mediodía se bañaron en la piscina del hotel, cerca de otras parejitas de recién casados, más jóvenes que ellos y que los observaban de soslayo y les dirigían sonrisas discretas.

—Estamos en el mejor de los mundos posibles —declaró, casi declamó, el Poeta, y ella contestó que sí, que así le parecía, que estaban.

—¡Qué bueno! —añadió, porque sentía, sin duda, que

los pequeños problemas de la convivencia, las rutinas aburridas, los malos entendidos, al lado de aquella piscina, entre jóvenes felices, bajo un escenario de película de Hollywood, se habían esfumado como por encanto. El Poeta había bajado con una sábana de baño, con uno de sus cuadernos escolares y con el lápiz gastado proverbial, y anotaba una que otra cosa, mirando de cuando en cuando, pensativo, los moscardones, las avispas, los matapiojos y mariposas que revoloteaban por los jardines, cerca de flores amarillas.

—Me encanta que escribas —dijo María Dolores, entrecruzando los dedos, y él tuvo miedo de que se pusiera de pie y le gritara a toda la piscina que su marido, su flamante marido, no era un cualquiera, no, compañeros, sino un escritor chileno premiado por la Casa de las Américas, un prohombre de las letras continentales, un genio de la literatura.

—Tranquila —le pidió, y ella contestó que estaba tranquila, sumamente tranquila, y además, emocionada, y que le habría gustado mucho que su padre, el cultivador de yuca, el criador de burros, la viera en ese lugar privilegiado, ¡en ese lujo!, pero por desgracia no podía verla, ¡salvo que la mirara desde el cielo!

—¡Eso no es muy ortodoxo! —comentó el Poeta, riéndose, y ella replicó que la Revolución, generosa como era, la perdonaría.

Después de la piscina subieron a su habitación del octavo piso, se vistieron, hicieron un manojo grande con el ramo de flores de la UNEAC y lo bajaron por el ascensor junto con su mínimo equipaje. Pidieron permiso en la carpeta para almorzar, ya que no habían hecho uso del derecho a la cena de la noche anterior, y al cabo de consultas y trámites burocráticos menores, el permiso les fue concedido. Había pargo frito acompañado de repollo y, de postre, dos bolas de helados de diferentes sabores. Supieron, eso sí, que los tabacos sólo se podían entregar en cantidad de uno por pareja y en la noche de la luna de miel, no al día siguiente.

—No importa —dijo el Poeta—. Era para dárselo a Heberto, porque yo, con estos petardos, me atoro.

En resumen, fue, entre la ceremonia en el Palacio del kitsch revolucionario y la tarde del día siguiente, una jornada doble de excepción, de fantasía, de felicidad romántica, digna de Amado Nervo, de su *Amada Inmóvil*, que divirtió de algún modo al Poeta e hizo soñar a María Dolores. En el esbozo de uno de sus poemas anotado en el cuaderno escolar, el Poeta la describió como un lucero brillante de la mañana, como un ángel anunciador, como una aparición milagrosa. Sintió que se había convertido en un lírico a la vieja manera, un rapsoda de almanaque. ¡Mejor así!, se dijo.

Volvieron como a las cinco de la tarde al departamento de El Vedado, que estaba en desorden, con los muros más descascarados que nunca, la vajilla sin lavar, la ropa de cama revuelta. María Dolores se sacó el vestido y se puso a ordenar en ropa interior, sin perder un solo segundo, hermosa y reconcentrada.

—¿Cuál de las musas será —se preguntó él en voz alta—, la del hogar, de la vida doméstica, de las cacerolas y los calzoncillos, la musa de los calcetines?

Ella no hizo el menor caso de la pregunta, que no estaba, por lo demás, dirigida a nadie. El Poeta, por su parte, se desnudó, se metió debajo de una sola sábana, porque hacía un calor sin misericordia, y a los pocos segundos roncaba. María Dolores, a pesar de todo, restregando, planchando, ordenando los escasos muebles, colocando en su rincón la Underwood del Comité Central del Partido Comunista de Cuba, estaba loca de optimismo, segura de que la vida con el Poeta, en virtud de los papeles, de los puñados de arroz, de la torta, de las magias ceremoniales, de los abrazos y los cánticos de los amigos, entraba en un segundo comienzo. Antes de las once de la noche, extenuada, se tendió a dormir junto al cuerpo inerte del que hacía ya más de veinticuatro horas era su marido legítimo. Éste despertó cerca de las doce, bostezó, contempló a su mujer dormida, con los brazos espléndidos fuera de las sábanas, se levantó a la carrera y partió al paseo de la Rampa. Como era domingo en la noche, había poca gente en la calle, pero se encontró en la esquina del cine con un profesor y cuentista de la provincia de Holguín, un hombre bajo, fuerte, de apellido Brazas, o Bragas, y bebieron tres o cuatro cervezas en un boliche de una calle lateral. El Poeta le contó que acababa de casarse el día anterior.

—¿Y dónde dejaste a tu mujer? —preguntó Brazas (o Bragas), asombrado.

—Durmiendo.

—¡Ah! —exclamó Brazas, o Bragas, con un gesto comprensivo. Pidió otro par de cervezas y dijo con solemnidad que él invitaba. ¡La gente no se casa todos los días! A la una de la mañana cerraron el boliche y ellos tuvieron que retirarse. Al Poeta se le había espantado todo el sueño, de manera que regresó a paso lento, por el camino más largo, escuchando el oleaje, mirando las estrellas, sintiendo que de algún modo la vida se le escurría, aun cuando su primer libro, su libro de salida de la adolescencia, sostuviera que nada se escurría, pero se le escurría, la vida, entre intersticios, entre placas no del todo ajustadas, y le dejaba un excedente de perplejidad, de incertidumbre, un nudo ciego que no era muy fácil descifrar y desenredar.

9

La mayoría de los relatos sobre esta etapa de la vida del Poeta incurren en contradicciones más o menos gruesas. Algunos testigos de primera mano entregan versiones curiosas, que no se conocían, que no habían sido incorporadas, por así decirlo, a la biografía oficial. Pero, ¿desde cuándo un personaje literario tan de los márgenes, una especie de vagabundo, casi un hippie, en alguna forma un maldito, podía contar con una biografía precisamente oficial? ¿Y dónde se encontraba esa curiosa biografía, quién la escribía: un ángel rilkeano, un gnomo colchagüino, un imbunche? ¿La escribía en el remoto Chile (¿en el horroroso Chile?), el inefable Chico Adriazola, o Eduardito Villaseca, en las pocas horas libres que le dejaba su bufete de abogado? Muchos de estos testimonios aseguran, por ejemplo, que el Poeta recibió en préstamo el departamento de El Vedado, el de la máquina de escribir Underwood del Comité Central del Partido Comunista de Cuba, no antes sino algunas semanas después de conocer a María Dolores, y que antes dormía en un cuarto subterráneo del edificio de la Casa de las Américas, un cuarto que sólo tenía algunos centímetros de vista, entre sólidos barrotes, a los zapatos de los transeúntes, de los pálidos transeúntes que pasaban taconeando por los pastelones de la vereda. En estas circunstancias, la primera vez que había hecho el amor con su María Dolores, contaban, o que había tratado de hacer el amor, para ser exactos, había sido en albergues especiales, destinados a estos fines, lugares que en La Habana se llamaban posadas y donde las parejas tenían que formar una cola interminable en la calle y después ocupar un dormitorio maloliente durante un máximo de veinte minutos. María Dolores, decían, no estaba nada de tranquila mientras hacía la cola. Menos mal que mi padre no está vivo, murmuraba (¿dicen, dijo el Poeta?), porque si me hubiera visto aquí, me habría matado de un solo machetazo. ¿Te habría matado, preguntaba él, y a mí, qué me habría hecho? María Dolores miraba de reojo el paquete que cargaba el Poeta entre las piernas y hacía con la palma de la mano estirada un gesto de cortar, de cercenar. Parece que Ernesto, Eulalio, Heriberto, después de formar más de una hora en la cola, de oír las quejas repetidas de María Dolores, de imaginar al fantasma castrador de su padre machetero, y después de escuchar la advertencia de la compañera que les había llevado un juego de sábanas limpias y les había dicho que sólo disponían de veinte minutos justos, a los veinte minutos exactos vendría ella misma a golpearles la puerta, parece, dicen, que se sintió completamente paralizado, aturdido. Se sentó en la cama, cuentan, sin hacer el menor amago de sacarse la ropa, y clavó la vista en las tablas del suelo.

—¿Quieres que nos vamos? —dicen que le preguntó María Dolores, con dulzura, con la dulzura tan suya, acariciándole el pelo ensortijado.

—Prefiero —habría respondido él—. Este albergue de mierda me deprime hasta la médula de los huesos.

Fueron, entonces, de acuerdo con estas versiones, al edificio de la Casa de las Américas, a pocos metros del malecón, y entraron sigilosamente al cuartucho subterráneo que él ocupaba como vivienda. Ahí, bajo doble llave, con una silla colocada contra la puerta para más seguridad, y no en el departamento de El Vedado, hicieron el amor por primera vez y hasta horas avanzadas de la noche. Aprovecharon después la oscuridad nocturna para escabullirse sin que los vieran los guardias, aun cuando no era imposible que los hubieran visto, puesto que la Casa, en su calidad de institución del gobierno revolucionario, era objeto de una vigilancia redoblada. Él, por lo visto, habría tenido que ir a dejar a pie a María Dolores hasta su domicilio, a alrededor de dos horas de marcha de ida y otras tantas de vuelta, ya que ella vivía en el sector del puerto, en un barrio donde el diablo había perdido el poncho, en una pieza más o menos insalubre que compartía con una compañera de trabajo.

Todo esto, por lo menos, de acuerdo con versiones que habrían sido transmitidas por viajeros que bajaban desde La Habana hasta Santiago de Chile. El Poeta habría recibido al poco tiempo el departamento de El Vedado, señal de confianza política y a la que debía corresponder ofreciendo charlas sobre Vicente Huidobro y *Altazor*, sobre César Vallejo y sus poemas de la guerra de España, sobre Humberto Díaz Casanueva, Nicanor Parra, Eduardo Anguita (por curioso que parezca, los jóvenes de la isla sabían de la existencia de Anguita), y a veces, cuando no conseguía evitarlo, sobre Pablo Neruda. Disertar sobre Neruda era lo que más le costaba, sobre todo cuando tenía que comentar al Neruda de *España en el corazón*, de *Canto General*, de *Alturas de Macchu Picchu*, de esas cosas, pero la verdad es que vivía casi gratis, en un buen espacio y un buen barrio, con menos pobrezas que las que había conocido en Santiago de Chile, en París, en otros lados, aparte de que las pobrezas con que tenía que lidiar eran colectivas, compartidas, y estaba, debido a este conjunto de circunstancias tan especiales, obligado a cumplir con sus compromisos. Me da una lata espantosa, protestaba a menudo, arrastrando los pies, rascándose la coronilla, y María Dolores, desde antes del matrimonio, pero con mayor energía después, con autoridad que ella, ahora, consideraba legítima, lo picaneaba como a los bueyes remolones, lo punzeteaba, ¡tienes!, le exigía, y además lo haces muy bien, no te cuesta nada. Si no echaras los codos encima de la mesa y pusieras cara de aburrido, te saldría todavía mejor.

Lo vieron en aquellos primeros tiempos de su matrimonio lavando la vajilla, de brazos arremangados, y hasta cocinando unos horribles tallarines que se le pegoteaban y que era un verdadero suplicio consumir sin ayuda de una cerveza o de un vaso de vino. Pero ella, encantada de que hubiera cocinado él, los encontraba ricos, de chuparse los dedos, y sostenía que un vaso de agua de la llave, sobre todo cuando se tenía el privilegio no tan corriente de enfriarla en un refrigerador, era la mejor de las bebidas. Muchos notaron, cuentan, que el Poeta andaba en esos días con la ropa mejor planchada, con la camisa más limpia, con el pelo más corto y mejor peinado, y que dedicaba, de hecho, más horas a sus estudios. En otras palabras, llegó a dar la impresión, en la primera etapa, de que el matrimonio le sentaba bien (a pesar de que lo habían visto deambular por las noches por los alrededores del Hotel Nacional), y algunos sostenían que María Dolores, a pesar de su educación rústica, de su falta de formación universitaria, veía debajo del agua y había conseguido encauzar a su marido, a Ernesto, a Eulalio, a golpes de timón sutiles y que éste ni siquiera notaba. Pero había en el Poeta, y al final no era posible que no se manifestara, una debilidad de fondo, algo que habría podido definirse como una enfermedad, o una seudo enfermedad: ¿cosas de la generación suya, de la gente del cincuenta, del existencialismo francés proyectado a estas orillas, del surrealismo tardío? No podemos resumir y menos resolver estos complicados problemas en un par de fórmulas. El espíritu de Teófilo Cid flotaba en alguna parte, y el del Poeta Molina, y el del Tigre Mundano. En cuanto al Chico Adriazola, con sus devaneos, con su errancia no física, pero sí mental, tampoco andaba lejos. Y tampoco Eduardito, Eduardito Villaseca, el hijo del rotundo Harpagón, con sus dudas, con sus eternas dudas, con sus debilidades, con su contumaz chaplinismo, para emplear una expresión más contemporánea. Todos eran, ¿éramos?, Rimbauds de segunda fila, Albertos Rojas Jiménez resucitados, Teófilos Cides carcomidos por la desidia, por el gusto a fracaso, por los vinos calientes de la Posada del Corregidor y los mostos de lija, de siete tiritones, del Club de los Hijos de Tarapacá. Nos preguntamos si había, por otro lado, en alguna parte, algo de grandeza, y creemos que en el Poeta, en Eulalio, en Rigoberto, había momentos, destellos, chispazos. ¿Bastaba con eso? ¿Alcanzábamos a salvarnos, él y nosotros, con eso? A medida que escribimos estas historias, notamos que personajes secundarios, menores, en circunstancias particulares, sí se salvan, a pesar de todo: María Dolores en su desesperación no declarada, no exhibida, y en su intrépida resolución, el Chico Adriazola, el hijo del Pichiruche o del Pequén Adriazola, en el estoicismo de sus finales. Pero nos adelantamos, y lo hacemos a sabiendas de que las preguntas que ahora no tienen respuesta seguirán sin respuesta. La Revolución, desde luego, habría podido ser la panacea, pero el Poeta, después de ejercer de marido pasable (no perfecto, muy lejos de eso), durante algunos meses, se encaminó por otros rumbos, y los representantes oficiales, por su parte, los Retamares, los Gordillos, los Pérez Plasencias, presentaban ejemplos que no invitaban a ser imitados. Uno se podía preguntar si en la Unión Soviética, en Hungría, en Bulgaria y Checoslovaquia, pasaba lo mismo. De hecho, a veces llegaba de visita un poeta ruso, un húngaro, un checo, se tomaba un par de daiquiris en la tarde misma de su llegada, decía algo indirecto, una frase burlesca o amarga, y Heberto Padilla se quedaba con los ojos abiertos como platos, haciendo gestos significativos, ¿provocaciones?

Pues bien, a propósito de rusos, de checos, de europeos del Este, pronto se recibirían noticias sorprendentes de Checoslovaquia, y dos años más tarde empezarían a llegar noticias de Chile, pero en esto tampoco tenemos que adelantarnos.

No sabemos cuánto tiempo exacto duró la aparente buena conducta del Poeta, sus pantalones bien planchados, sus camisas limpias, su pelito corto, y no sabemos si hubo alguna razón precisa para que no durara. Según la opinión más difundida, era más que probable que no se necesitara razón alguna, salvo aquella de que la cabra tira al monte. De repente, se vio, cuentan, que vagaba con mayor desenfado, con menos disimulo, por las noches, de bar en bar, de boliche en boliche, en compañía de amigos y con frecuencia solo, hecho un alma en pena, y algunos, algunos y algunas, notaron que sus pantalones recuperaban las arrugas de antaño, las de toda la vida, y que sus camisas adquirían manchas de vino tinto y de otras substancias de colores más opacos, más indefinidos, aparte de que los espesos pelos de su cabeza se enredaban una vez más, se ensortijaban.

—Y María Dolores —le preguntaban—, ¿dónde la dejaste?

Durmiendo, contestaba él, y siempre contestaba lo mismo: durmiendo, y como se acostaba todas las noches tarde, a las cuatro, a las cinco, incluso a las seis y media de la madrugada, y en seguida dormía a pata suelta hasta la una de la tarde, y después trabajaba en la Casa de las Américas hasta las siete o hasta las siete y media, y al término de su jornada salía por ahí, y participaba a menudo en alguna actividad de la Casa o de la UNEAC (así se decía: una actividad), pasaba semanas enteras sin que a María Dolores le viera ni el polvo, o sin que la viera despierta, más bien, o sin que ella, por su parte, lo viera lúcido, no roncando entre sábanas revueltas, desvestido a medias, hediondo a trago.

Fueron días de mala escritura, dijeron los enterados, de caída, en que los poemas de los cuadernos escolares no salían, o se desmoronaban en la mitad de su desarrollo, y en que los ensayos que escribía por encargo se alargaban demasiado, se prolongaban por detrás de las páginas en líneas que se desplomaban hacia las esquinas, en digresiones interminables, en citas y en frases intercaladas que no conducían a ningún lado, que oscurecían el sentido en lugar de abrirlo, de enriquecerlo. Y fue en esos días precisos cuando recibió el golpe, un verdadero mazazo en la cabeza, una puñalada mortal. Mortal y merecida, y de la que no consiguió, según más de algún testimonio, reponerse nunca. Porque al final de la mañana de un sábado, cuando despertó de una larga farra con Heberto, con Miguel, con algunos otros, una borrachera colectiva en la que habían tenido que subir entre cuatro, sujetándolo de pies y manos, y sin que los cargadores estuvieran demasiado firmes, al viejo pintor Martínez Alesanco a su dormitorio en un segundo piso, notó (adolorido, con los nervios a flor de piel, con una sensación de náusea irresistible), que María Dolores estaba un poco pálida, con una mirada algo extraña, como extraviada, huidiza, y que su vientre se había puesto ligeramente puntiagudo.

—Te tengo demasiado abandonada, María Dolores —dijo el Poeta, dominado de repente, literalmente abrumado, por una impresión de alarma, de soledad, de posible espanto—, y me siento, si quieres que te lo diga, culpable.

—Sí —respondió ella—. Me tienes abandonada hace meses. Pero ahora, por desgracia, ya es tarde.

—¿Tarde?

—Sí —dijo ella, e hizo un movimiento vigoroso con la cabeza, y lo miró de frente, con los ojos llenos de lágrimas.

—¿Qué pasa? —preguntó el Poeta, aterrado, y si todavía le quedaban vapores alcohólicos de la noche anterior, los vapores se disiparon como por encanto, en fracciones de segundo.

—Que estoy embarazada —dijo ella.

El Poeta supo de inmediato y se quedó paralizado, mudo, cubierto de sudor frío. Sintió que le flaqueaban las piernas y se apoyó en el mueble de la cocina. La vida se había terminado, pensó, ¡la puta vida! Miró el mar lejano, entre los edificios que brillaban, y era un muro, una pared de agua con uno que otro barco, un decorado vacío.

—¿De quién?

—De Alejandro —respondió ella—, de Tomás Alejandro Tritón.

La respuesta era lógica. La respuesta era enteramente previsible, sólo que él, de tonto, de fatuo, de puro vagabundo, no la había previsto. Allí estaba Tritón, el director de cine, y ahí estaba ella, hermosa y abandonada, de hombros de mármol, brazos de figura mitológica, ojos profundos, mientras el Poeta se arrastraba de noche en noche por bares y tugurios, escaso de inspiración, el cuaderno escolar tirado debajo de la cama, y se reía sin ganas de chistes repetidos, y escuchaba conversaciones inútiles, que sólo por efecto del extra seco a las rocas podían parecer interesantes, mientras la Revolución, cercana y lejana, andaba por otro lado, y el amor también, y también, si es por eso, la poesía.

—¡Imbécil! —dijo, agarrándose los pelos—. He sido un perfecto imbécil.

—Yo no sé —respondió ella, lloriqueando—. Yo creo que me porté mal, pero ya la cosa no tiene remedio.

—Y Tritón, ¿qué dice?

—Él está separado de su mujer anterior hace más de un año, y me espera.

—¿Estás segura?

—Sí —contestó ella—, y ahora voy a preparar mi maleta (mi maletica, dicen que dijo, entre hipos y sollozos, muy a la cubana), y me voy a su casa.

—¿Por qué no te vas mañana?

—Porque tiene que ser ahora —dijo María Dolores—. Ahorita mismo.

10

Al día siguiente de la partida de María Dolores, el Poeta duerme con sobresaltos, con dolores musculares difusos, con sensaciones bruscas de paro cardíaco, hasta la una de la tarde. En la noche no ha dado su paseo habitual por bares, tugurios, cafetuchos. No ha contribuido a fortalecer su imagen de fantasma nocturno habanero. Se ha quedado, en cambio, en calzoncillos, descalzo, con sus pies huesudos, peludos, rematados en uñas como garras, pegados al suelo. Ha mirado un rato la televisión, la pantalla de su pesado televisor de fabricación búlgara, donde no había nada que mirar, como de costumbre, y ha bebido a sorbos, sin hielo, sin echarle ni una sola gota de agua, sin nada, una botella de ron casi entera. En el mueble de la cocina sólo había un resto de cebolla, un pan duro, un poco de repollo, y se ha limitado a mascar el pan con algo de cebolla cruda. Después, el ron fuerte, oleaginoso, tibio, le ha quitado el hambre. Y al final de la mañana siguiente, o al comienzo de la tarde, sale al balcón, en los mismos calzoncillos calzonudos, sueltos, de limpieza dudosa, con los que ha dormido, y mira el paisaje urbano, el mar de color de plata opaca entre las torres de los edificios. ¿Por qué?, se pregunta, pero llega a la conclusión de que eso no es una verdadera pregunta. O de que la respuesta, las respuestas, son obvias, por mucho que a él le cueste aceptarlas. Se mira en un espejo y comprueba que está de baja, en decadencia física, intelectual, moral, y tiene la sensación de que el mundo ya no se ajusta bien con él. Como si el mundo hubiera seguido su marcha y lo hubiera dejado atrás. A él, a Eulalio, Armando, Ernesto, al Poeta, como dicen por ahí. Y tiene la intuición siguiente: que María Dolores, con su ingenuidad rústica, con la fea cicatriz que le cruza la mano entera, tiene algo que ver con el proceso de la sociedad en marcha, y que él, en cambio, a pesar de las apariencias, no tiene nada que ver. ¿O será, la suya, una intuición antiintelectual, populista, populachera, producto, precisamente, de su caída, de su estado depresivo? ¿Y será que la propaganda oficial se empieza a meter adentro de su cabeza, en sus terminaciones nerviosas, entre sus hormonas? Porque yo, murmura, pertenezco al asfalto, a los cines, a las librerías, a los laberintos de cemento, a la modernidad mía, entendida por mí, y en materia de cultivo de la yuca, de corte de caña, de crianza de burros, soy el más perfecto ignorante.

Si observamos al Poeta con objetividad, desde cerca, con afecto, pero sin el desequilibrio de la pasión, sin prejuicios favorables o desfavorables, vemos que está panzudo, con una panza poco saludable, producto de las trasnochadas, de los alcoholes, de la alimentación deficiente, que las piernas se le han puesto flacas y que las rodillas, rugosas, de pieles sueltas, ya están muy lejos de ser las de un hombre joven. Es decir, el Poeta ya ha pasado hace rato de la medianía de su edad, de su maduro mediodía, y en una mirada atenta, cercana, desapasionada, este hecho esencial se le nota mucho, casi, diríamos, demasiado. La combinación de la panza excesiva con las piernas débiles, francamente malsana, anuncia problemas peores, que podrían culminar en el daño irreversible, en la crisis cardíaca, en la cirrosis al hígado. Tiene una papada doble, macilenta, el labio inferior caído, los hombros esmirriados, las orejas grandes. A través de sus calzoncillos sueltos, se nota que el bulto de sus partes sexuales cuelga en forma poco airosa. Pues bien, él sabe todo esto: lo sabe y lo rumia con amargura. Se pregunta si su inspiración no se habrá secado para siempre, porque existe la inspiración, después de todo (piensa), y también se pregunta si las musas de la separación, del dolor, de la ruptura, no podrían acercarse a su oído, como se acercaban antes, y soplarle algo. Visto de perfil, se parece bastante a los monstruos que solía dibujar en épocas pretéritas, a la salida de la Escuela de Bellas Artes, sentado en las gradas o en algún banco del Parque Forestal, con tinta china y armado de un block de dibujo de formato grande. De manera que aquellos monstruos fueron, en forma no deliberada, premoniciones, retratos anticipados, idea que no deja de provocarle un poco de risa, algo así como estertores burlescos. ¡María Dolores!, clama, y concluye que fue víctima de la falta de amor, de su propia falta de amor, y de su lata, porque la abrazaba, pero después de un rato sentía un calor excesivo, una emanación de sudor que se volvía pegajoso, y la soltaba, y la miraba con gusto, desde su sitio en la sala desvencijada, pero no tenía, en definitiva, en el balance último, nada que decirle. ¿Por qué? Porque ella quería tener hijos suyos, y que él brillara en las aulas, y que le pusieran medallas en la chaqueta, y coronas de laureles, pero el Poeta, Eleuterio, Armando, se encogía de hombros, arqueaba la espalda, colocaba una pantorrilla flaca, de piel pálida, con calcetines caídos, encima del brazo desteñido del sofá, y sabes qué, preguntaría María Dolores en su nueva etapa, sentada en la falda, quizá, de Tritón, y acto seguido se contestaría ella misma: comía mierda, chico, por camionadas, por lanchadas. Tenía una que otra idea buena, destellos de talento, hasta de genio, pero era, chico, un perfecto comedor de mierda.

—¡Así es! —musitó el Poeta, sobándose la barbilla, contemplando los edificios vecinos con la vista baja, moviendo la cabeza.

Eran los primeros días del verano de 1968, pero el cielo estaba gris, el aire abochornado, espeso, y el mar tenía ese resplandor opaco, esa ausencia de azul de los meses peores. Algunos decían que el socialismo había empezado a cambiar. Sí, compañeros. Alguien, de regreso de un viaje a los países del Este de Europa, contaba que había estado en Praga, en una de las plazas principales de la ciudad antigua, en un día de fiesta, y que había visto en un balcón, entre banderas nacionales y del partido, a Novotny, representante del viejo estalinismo, junto a Dubcek, que encabezaba la renovación, la primavera política. Le tocaba el turno de hablar a Novotny, representante de lo antiguo, de lo caduco (y Padilla, que escuchaba este relato, abría los ojos como lunas llenas, exageraba el efecto de sorpresa, de escándalo), y la muchedumbre, enardecida, pateaba el suelo, pifiaba, lanzaba gritos desaforados de protesta, y cuando hablaba Dubcek, en cambio, la misma multitud aglomerada en la plaza aplaudía a rabiar, gritaba vivas estentóreos, tiraba sombreros al aire. El narrador de la escena, el recién llegado, describía un ambiente de euforia colectiva, de alegría contagiosa, de vida que renacía después de un prolongado invierno, de estatuas congeladas que se trizaban y se desplomaban. Había lanchas que giraban en las aguas del Moldava, y música de acordeones, y gritos y canciones dispersas, y la gente salía de las tabernas y brindaba en las calles, en las plazas, con sus copas de vino blanco afrutado, de la nueva cosecha. El narrador se había dirigido después al cementerio judío, había paseado entre lápidas en diferente estado de conservación, de hundimiento en la tierra de hojas, de corrosión, escuchando todavía las protestas frenéticas contra Novotny, los aplausos a Dubcek, acompañado por un amigo checo que era profesor de literatura, traductor del español y especialista, ni más ni menos, en Franz Kafka.

—La visita al cementerio judío era un homenaje a Kafka, escritor detestado por los estalinistas.

Padilla levantó las cejas y juntó las yemas de los dedos en un gesto profesoral, o más bien en la parodia de un gesto profesoral, ya que tampoco era demasiado fácil rendirle homenaje a Franz Kafka en las mesas del Hotel Habana Libre.

—¡No, señores! No se lo vayan a creer ustedes. Escribamos sobre Kafka, estudiemos a Kafka, organicemos seminarios sobre su obra, y ya verán ustedes las consecuencias.

El Poeta sonreía por lo bajo, se retorcía los gruesos labios con la mano derecha, Kafka sí, murmuraba para sus adentros, Kafka siempre, y Benedetti no, y el guatón Neruda tampoco. Alguien tuvo el mal gusto de preguntarle por María Dolores, ¿y qué habrá sido de María Dolores?, y él hizo un movimiento de rechazo con la palma de la mano. ¡Por favor!, se entendió que decía, y aún más, que suplicaba. Y se habló de artistas que parecían de izquierda, de avanzada, y que eran, en el fondo, unos oficiales, unos vendidos. Y esos podían hacer gárgaras con Kafka ayer, y renegar de él hoy, y seguían tan frescos.

—¡Qué grave lo que se ha dicho aquí! —exclamó Heberto Padilla, y después miró a la mesa de al lado, donde había dos hombres jóvenes de camisa blanca, de pantalones grises oscuros bien ajustados, con expresión fingidamente distraída, y se colocó el dedo índice, con disimulo, delante de la boca:

—*Ya tocando la boca, ya la frente* —recitó en voz baja—, *silencio avises, o amenaces miedo.*

En los días que siguieron hubo noticias alarmantes de Praga, noticias que en las primeras páginas de *Granma* y en los noticiarios de la televisión estatal adquirían un ritmo creciente, y que intentaban demostrar una flagrante intervención del imperialismo y de la CIA en las conductas de Dubcek y de sus amigos, y por fin, una tarde, con amargura, con dolor en el fondo del corazón, con una pena que se volvía infinita, supieron, supimos, que los tanques del Pacto de Varsovia habían cruzado, de madrugada, las fronteras de Checoslovaquia y habían procedido a ocupar las calles principales de Praga. Según la versión oficial, recogida por *Granma* desde los primeros momentos, los tanques soviéticos y del Pacto habían sido llamados por las máximas autoridades checas a fin de que aplastaran un levantamiento anticomunista financiado por la CIA.

La perspectiva de un socialismo con rostro humano, de una primavera de Praga, se había desmoronado o, como se dijo en el círculo de los amigos del Poeta, se había ido al carajo. El ruido de las orugas de los tanques sobre el pavimento, el de su paso junto a las maravillosas estatuas de piedra del puente de Carlos, había sido el anuncio del fin. Los barcos llenos de banderolas que flotaban en las aguas del Moldava, entre cantos y músicas de acordeones, se habían silenciado, habían desaparecido, y nadie habría podido predecir por cuánto tiempo.

¿Qué iba a decir Fidel sobre los sucesos?

—No puede apoyar una intervención armada —dijo alguien, ya no sabemos si César López, Fayad Jamís, Ifigenio Mejías o algún otro.

—¿Por qué no la puede apoyar? —preguntó Padilla, el siempre insidioso, el que descolocaba a los demás siempre o casi siempre, el agente provocador.

El Poeta juntó unas monedas y unos billetes que llevaba en el fondo de uno de los bolsillos del pantalón, monedas y billetes que parecían sudar lágrimas, y le preguntó al compañero de las mesas si le podía servir un extra seco.

—No hay extra secos —dijo el compañero—, pero podría servirle una cerveza.

—Una cervecita, entonces.

Dos o tres días más tarde se supo que el compañero Primer Ministro, el Comandante en Jefe en persona, haría uso de la palabra en la televisión para referirse a los sucesos de Praga.

—¿Tú crees que apoyará a los soviéticos? —preguntó alguien, y ahora creemos que fue César, o quizá Pablo Armando.

—Apoyará —dijo Padilla, mirando al infinito—, por supuesto que apoyará. ¿En qué mundo vives?

Más tarde, llevándolo a un lado, en voz baja, Pepe Rodríguez Feo le dijo que era un inconsciente, carne típica de campo de concentración y hasta de patíbulo. Raskolnikov, le dijo, porque Pepe también era dostoievskiano, o Stavroguin.

—No soy Raskolnikov, ni Stavroguin, ni nada —replicó Heberto, tragando saliva reseca—, porque carezco de voluntad: soy un juguete, un muñeco, un títere.

Por su lado, entre dientes, el Poeta murmuró que le gustaría salir cascando de Cuba, pese a que no tenía la más puta idea de lo que podría hacer en su tierra. Había tratado de hablar por teléfono en la mañana con una amiga suya, Teresa de nombre (esto es, con la inefable, bella Teresita), pero no lo había conseguido. Parecía que ella había cambiado de número y no le había avisado, y cambiar de número en esa forma era, pensaba él, cambiar de vida, cancelarlo de una vez por todas, desaparecer. O hacerlo desaparecer a él, mejor dicho. De manera que el Poeta se encontraba varado en una playa ajena y peligrosa, aislado, expuesto a ser picoteado por pajarracos y bichos de toda especie.

—No te desesperes —aconsejó Padilla—. Llama a otra

parte y pide que te den su nuevo número. Nada más sencillo.

El Poeta, indispuesto, agobiado, lleno de tics repentinos, levantó sus manos al cielo. Era un profeta desgarrado, un ciego, un guiñapo. Tuvo la idea extraña de golpearse el pecho, como personaje de *Los endemoniados*, de elevar una súplica no del todo coherente a la Virgen María. Poco después, él, Padilla y algunos otros se reunieron a escuchar el discurso de Fidel en la televisión de la casa de un funcionario del Instituto del Cine. Se sabía que el dueño de casa era muy amigo de Tritón y que militaba en el partido. El Poeta, por su parte, no tenía voluntad para quedarse solo, pero a la vez estaba atravesado y hasta asustado. Tenía miedo de que Tritón llegara en compañía de María Dolores, no de otra cosa. Y después se supo que Tritón y María Dolores, bastante avanzada en su embarazo, habían llegado hasta la puerta, habían mirado para adentro por una ventana, lo habían divisado, despaturrado en un sillón, como de costumbre, y habían dado media vuelta.

—Ten cuidado —musitó Heberto al oído del Poeta, poco antes de comenzar la transmisión del discurso—, no digas nada, y si llega el momento de aplaudir, aplaude. ¿Me entiendes? ¡Aplaude sin asco!

—Con cara de palo —replicó el Poeta.

—Así es —sentenció Heberto—. Con cara de palo.

El programa comenzó, por fin, al cabo de un par de horas de espera. Fidel llegó con expresión severa, trayendo unos papeles, y los golpeó de canto contra la mesa, debajo de los tres o cuatro micrófonos, antes de colocarlos frente a él. Saludó al pueblo cubano y se acarició la barba con los largos dedos de la mano izquierda. Se puso a hablar, entonces, del imperialismo, de la CIA, de las tortuosas acciones que emprendían en todas partes para debilitar al bando socialista, de la necesidad de mantener los ojos bien abiertos y no dejarse engañar, de la solidaridad internacional...

—Ven ustedes —murmuró Heberto—. ¡Apoya!

—No ha dicho nada todavía —observó el dueño de casa.

—Ya lo dijo todo —replicó Heberto.

—Y tú, ¿qué piensas? —le preguntaron al Poeta.

—Escuchen —respondió el Poeta, mostrando la pantalla del televisor—, y no pregunten huevadas. Las palabras del compañero Primer Ministro lo dirán todo.

Heberto Padilla se puso de pie.

—La respuesta del Poeta —comentó—, ha estado llena de sabiduría. Yo me acordé, a propósito de Checoslovaquia, del checo que nos regaló su lista de hierbas alimenticias antes de salir pitando, para cuando llegaran los años de hambruna. —Y agregó—: ¿No habrá una cervecita en algún rincón de esta casa? Al fin y al cabo, es una casa rica, de gente bien colocada.

Pepe Rodríguez Feo, que escuchaba sentado, de pierna arriba, movió la cabeza con desolación, insinuando que Heberto Padilla era un caso perdido, que sus palabras eran una provocación constante, que su compañía estaba en vías de convertirse en peligrosa, o ya se había convertido desde hacía un buen rato.

—Cuando termine el discurso —anunció el dueño de casa—, voy a repartir una corrida de cerveza y algunas cositas para entretener el diente.

—¡Qué lujo! —exclamó Heberto, e hizo un gesto cómico de desesperación. Su sed no podía esperar, y cuántas horas tomaría todavía ese bendito discurso. ¡Cuántas!

11

La repartición de cervezas en casa del funcionario del ICAIC, después de la transmisión del discurso del Comandante en Jefe sobre la situación en Checoslovaquia, fue impecable. No sólo por el orden amable y hasta la estética del reparto, sino también por su enseñanza implícita, su efecto de demostración: si uno se portaba bien, si uno se levantaba temprano todas las mañanas, si uno cuidaba su militancia, si uno actuaba con rigor en las tareas que así lo exigían, si no se iba de lengua, recibía en premio botellines de cerveza (cerveza checa, para más señas, y para subrayar la coincidencia de la ocasión), que salían, bien helados, de un refrigerador en perfectas condiciones, casi nuevo, y que eran acompañados por lonjas de salchichón español adquiridas en los últimos viajes a los festivales de San Sebastián, de Huelva, de cualquier parte, y por unas crocantes galleticas (diminutivo muy cubano), de procedencia irlandesa, o suiza, o búlgara, más bien búlgara. El funcionario y dueño de casa, a todo esto, era un hombre grueso, de mediana estatura, de cutis suave, de piel blanca, de voz armoniosa, de nombre y apellidos de origen judío. No es que seamos racistas, pero el detalle del origen es parte esencial de la definición del personaje. ¿No les parece a ustedes?

—A ti —le dijo al Poeta—, que eres chileno, y frente a la posibilidad de que Salvador Allende triunfe por fin en las próximas elecciones presidenciales, te aconsejo que compres automóvil, nevera, televisor, cocina, de marcas durables. Mira que las primeras etapas de una revolución…

El Poeta, desolado, abrió los brazos.

—¿Con qué, me podrías explicar? —preguntó Padilla.

—Con lo que sea —respondió el funcionario—, porque después, cuando ya se instala el socialismo, ya tú sabes, chico.

—Yo espero que el socialismo —dijo el Poeta—, si es que llega por esos lados, me dé todas esas cosas. Mira que con el capitalismo... —y mostró la suela rota de uno de sus zapatos. Los amigos suyos se rieron, y el funcionario y dueño de casa hizo un gesto de resignación. Era, además de los rasgos ya enumerados, un hombre de ojos azules, a quien también se podía definir, al menos en forma parcial, por el azul de sus ojos, y procuraba ser condescendiente, de una exquisita cortesía, conciliador hasta en las circunstancias más intrincadas. No tenía ningún aspecto externo de revolucionario, y tampoco tenía la más mínima intención de partir a una guerrilla en Centro América o en América del Sur. Estaba muy contento con sus botellines cubiertos de escarcha en la que se formaban gotas, pero al mismo tiempo era hombre de estudio, de libros, hasta de teorías. En sus estanterías se divisaban obras de Marx, de Gramsci, de José Carlos Mariátegui, de Régis Debray y el Che Guevara, sin que faltara alguna colección de cuentos de Julio Cortázar, algún título de Carlos Fuentes o de Mario Vargas Llosa. Había sido amigo de Roque Dalton, el poeta malogrado, y era dueño de un libro con dedicatoria suya. Y conocía a la perfección la colección de poemas del Poeta que había obtenido el premio de la Casa de las Américas. Hasta se sabía de memoria algunos de los versos, y se dio el lujo, al final de la velada, de recitarlos en voz alta. Escogió, para eso, el momento de las despedidas en la puerta de calle, y fue una decisión astuta, porque si los hubiera recitado antes, la reunión se habría podido prolongar hasta horas inadecuadas.

—Bueno —dijo Padilla, en la vereda, bajo la brisa refrescante del mar cercano, cuando el funcionario ya había cerrado la puerta de su casa y se habían apagado las luces de la sala principal—. Ya ven ustedes. Fidel, frente a una crisis como la de Praga, no tenía más alternativa que confirmar su alianza con el bloque soviético. El discurso no fue ninguna sorpresa.

—¿Y qué consecuencias tendrá esto para nosotros? —preguntó alguien.

—Ya lo iremos viendo, chico.

—Yo, por ahora —declaró el Poeta—, me largo a dormir.

Los demás dijeron lo mismo o casi lo mismo. Quedó la sensación general, nos parece ahora, de que Padilla se había quedado hablando solo, discurseando frente a las ramas de los árboles y a las estrellas. Allí, en medio de ese discurso, lo dejamos, esto es, tomamos nuestra distancia. Transcurrió el año 69, el segundo, o el primero y medio de la estadía del Poeta en la Isla, y Padilla fue acusado en diferentes órganos oficiales, entre ellos, en forma destacada, en la revista *Verde Olivo*, de propiedad de las FAR, las Fuerzas Armadas Revolucionarias, de diversos pecados políticos, resumidos todos en la actitud prescindente que revelaba su libro *Fuera de juego*, pero las cosas, en ese momento, aun cuando adquirieron un cariz más o menos feo, no pasaron de ahí. El hombre, con su manera cansina de andar, con su cara ancha, impávida, sus pantalones desplanchados, su camisa vieja, su estupendo Partagás o su Montecristo número uno entre los labios, cruzaba un vestíbulo de hotel, caminaba por veredas en mal estado, bajaba por la rampa, se extraviaba en los corredores de la Unión de Escritores y Artistas de Cuba, la UNEAC, y era señalado con el dedo, en forma disimulada y a veces sin el menor disimulo, pero uno diría que le gustaba ser señalado, ser distinguido en alguna forma, y que tenía la curiosa seguridad de que nunca le pasaría nada. ¿Por qué, porque era poeta, porque había ganado un premio concedido por un jurado internacional, porque tenía amigos influyentes, por su buena estrella, por su linda cara? Se sabe que el optimismo excesivo puede conducirnos al desastre, pero el exceso de pesimismo, llamado a menudo derrotismo, también. ¿Y?

Hacia mediados de 1969, si es que la memoria no nos engaña, se empezó a hablar a niveles oficiales de una zafra azucarera gigantesca, una zafra que llegaría a la cantidad nunca alcanzada de diez millones de toneladas de azúcar y que liberaría a la isla de su escasez crónica de una vez por todas, de un solo salto hacia adelante. Eso del gran salto era expresión china, y el gobierno de Fidel, alineado hacía rato con la ortodoxia moscovita, se llevaba notoriamente mal con el de Mao-tse-Tung, pero nada impedía que el Comandante en Jefe observara de reojo, haciéndose el desentendido, algunas de las políticas del Gran Timonel, y tratara incluso de aplicarlas en su isla, es decir, a escala liliputiense, sin que la relación entre las dos conducciones del socialismo se notara. Todo el mundo, a lo largo de la cosecha azucarera del año setenta, fue movilizado en el trabajo voluntario para colaborar en la zafra gigante, que parecía haberse transformado en una cuestión de vida o muerte para el régimen. Hasta el Poeta, Eulalio, Ernesto, Rigoberto, fue conducido en la parte de atrás de un camión descubierto, junto con funcionarios de la Casa de las Américas y con otros escritores, pintores, músicos, incluyendo a una poeta de Guatemala y a una actriz de cine, quienes no iban a cortar caña, pero sí a mantener la moral del grupo, a un cañaveral que no quedaba demasiado lejos de La Habana. Les habían aconsejado llevar ropa delgada, sombreros de alas anchas y zapatones gruesos, y en la orilla del cañaveral les repartieron machetes bien afilados y les enseñaron a practicar el corte. Parecía muy fácil, pero cuando el Poeta se encontró adentro del cañaveral, rodeado de hojas duras, puntiagudas, que cortaban la piel, de cañas gruesas, que parecían de acero, que no se doblegaban al primer machetazo, bajo cuarenta y tantos grados centígrados de temperatura, se puso a sudar a chorros, literalmente, y se sintió en el borde mismo de un ataque mortal, sin que la cercanía de la poeta y de la actriz de cine le sirviera de nada.

—No me siento bien —le dijo al instructor, y la verdad es que estaba pálido como un papel, ojeroso, con la respiración entrecortada, con una mala cara que llegaba a dar miedo.

—Vaya a sentarse a la sombra, compañerito —le dijo el instructor—, y si después se siente mejor, vuelve.

Alguien dijo por ahí cerca que cortar caña no era lo mismo que escribir poesía lírica, y algunos se rieron, pero el instructor, un mulato de espaldas fuertes, de brazos musculosos, ya se había olvidado del incidente. Él tenía que cumplir con la cuota diaria de corte del grupo a su mando, y no entendía que le hubieran mandado a unos poetas y artistas medio maricas, que en su puta vida habían sabido manejar un instrumento de trabajo, en compañía de dos mujeres de manos bien cuidadas y de maneras un tanto curiosas, pero así había sido, y él no estaba ahí para hacer o para hacerse preguntas complicadas.

Algunas semanas más tarde, en el jardín de una embajada extranjera, no recordamos si de la India o de Yugoeslavia, Heberto Padilla, vaso de whisky con abundante hielo en mano, afirmó que ya se sabía que la zafra gigante era un fracaso estrepitoso. Lo dijo con el desenfado de siempre, sin bajar la voz en absoluto, como quien se limita a repetir una verdad aceptada y consagrada.

—¿Tú crees?

—No es que yo lo crea. Toda la gente informada, comenzando por el propio Fidel, ya lo sabe.

El Poeta, que mascaba un pedazo de hielo, movió la cabeza con franca molestia.

—Este Heberto —murmuró—, nos va a joder a todos. Vamos a terminar todos en un cañaveral, haciendo trabajo voluntario, es decir, chico, forzado, porque aquí, como tú sabes, las palabras se usan al revés: sudando mierda, chico.

—A ti te encantaría que fracase —dijo alguien—, y conviertes tus deseos en realidades.

Padilla se sirvió un segundo vaso de whisky. Lo hizo con evidente agrado, con alardes de voluptuosidad reaccionaria. Le puso mucho hielo, y cuando el mozo de uniforme blanco, que militaba en la célula de la Dirección de Servicios al Cuerpo Diplomático, enderezó la botella de Johny Walker Black Label, le pidió que le sirviera un poquito más. ¡Por favor, compañero! Sacó después un Montecristo número uno de una caja ofrecida por otro compañero militante de la misma célula, también de impecable chaqueta blanca, y procedió a encenderlo.

—¡Esto es cultura —exclamó—, y no lo que tú crees! Y ahora, cuando todo se derrumba en el socialismo de Europa del Este, de acá, de todos lados, ¡capaz que lo descubran allá en tu tierra, en esa cornisa de la Cordillera de los Andes, en el último rincón del mundo!

El Poeta se encogió de hombros. No podía hacer otra cosa que encogerse de hombros. En los últimos días había empezado a escribir de nuevo en uno de sus cuadernos escolares. Eran hileras de versos que se curvaban, se entrechocaban y se desplomaban por las orillas, asomándose a veces en el otro lado de las páginas, y que estaban dominados por el sentimiento de ser extranjero, siempre extranjero, y de identificarse con una roca, con un crepúsculo en el mar, con un conjunto de colinas suaves que huían del ojo y que Lezama Lima, el poeta de gordura gelatinosa, el asmático, impávido y secreto, celebraba con una emoción reconcentrada, indescriptible.

—¿Podemos vivir de la belleza de las colinas? —preguntaría él.

—No podemos —replicaría, quizá, Lezama, pero después, con su lenguaje abstruso, explicaría que ellas levantaban algo así como un espejo de la cara de Dios, con lo cual consolaban y trascendían, eran más que mero paisaje, y citaba, citaría, acto seguido, a Santo Tomás de Aquino, y al de Hipona, y a San Anselmo.

El Poeta se reía (porque de hecho, en los últimos meses, había empezado a visitar, parece, la casa del autor de *Paradiso*), y llegaba a la conclusión de que la voz sofocada del obeso maestro, con sus interrupciones, con las aspersiones intermitentes de una perita de goma contra el asma, podía ser el tema de otro de sus versos, quizá de un poema entero: una voz en una sala en penumbra, en medio de un cerro de papeles y libracos, en un aire enrarecido, mientras la revolución, más allá de las ventanas, batía sus tambores.

Por aquellos días, que ya correspondían al verano del año setenta en la Isla, se hablaba mucho en la prensa, en la televisión y hasta en los discursos, de la situación en Checoslovaquia, que después de la crisis de hacía dos años regresaba a pasos agigantados al redil socialista, de la guerra de Vietnam, donde la derrota del imperialismo yanqui empezaba a dibujarse con nítidos caracteres en el horizonte, y a veces, en un pequeño recuadro, era posible encontrar breves informaciones acerca de la campaña electoral en Chile. Nadie daba mucho por las posibilidades de triunfo del doctor Salvador Allende, quien se encontraba en su cuarto intento de llegar a la presidencia de la república por medios legales y pacíficos, lo cual, en contraste con el poder armado, consolidado, inexpugnable, del Comandante en Jefe, tenía un ligero aire ridículo, pero tampoco se podía descartar por completo, en forma tajante, aquella extravagante alternativa. Y se sabía que Fidel les había pedido a sus amigos del MIR chileno que tuvieran un poco de paciencia, que permitieran que el compañero Allende jugara sus cartas, que pusieran la lucha armada entre paréntesis durante un rato. Porque después ya se vería.

—¿Tú crees que Allende, esta vez, podría ganar? —preguntó Padilla.

—No creo —respondió Ernesto, Eulalio—, pero anda tú a saber.

Hasta que vino el día de las elecciones, uno de los primeros de septiembre del año setenta, y escucharon por la radio, en el atardecer, entre chirridos, intermitencias, interferencias de todo orden, los gritos de la multitud que se había reunido a celebrar el triunfo en la Alameda, debajo de los balcones del edificio de la Federación de Estudiantes de Chile, y poco más tarde resonó en las ondas la voz enronquecida, conmovida hasta el tuétano, del candidato perseverante y por fin triunfante.

—¿Qué te parece? —preguntó Padilla.

—Pues mira: ¿qué quieres que me parezca? Me parece muy bien, estupendamente bien.

Padilla se puso a recitar a voz en cuello:

> *y saca la cabeza por la ventana*
> *y me grita que por ahí va la Historia*
> *que ella misma está viendo pasar*
> *una cosa más negra que una corneja*
> *seguida de una peste solemne*
> *como un culo de rey*

—¿Tú crees que lo van a dejar? —preguntó otro, César,

o Belkis, o Maruja, o Alejandro Pérez Quinto, ya no recordamos quién exactamente.

—Yo me imagino que sí —dijo el Poeta, que estaba tendido en su sillón, con las piernas estiradas, con la cabeza medio hundida.

—Eso no concordaría con la teoría —observó César, o fue, más bien, Alejandro Pérez.

—Es verdad —replicó el Poeta—. Pero, ¿qué cosa concuerda con la teoría, podrías decirme?

12

El Poeta, según se dice, había estado muy cerca de la militancia comunista, o de hecho había militado, sostenía más de uno, en épocas anteriores, en el Chile de fines de los cincuenta y comienzos de la década de los sesenta, después de escaparse por la ventana de su pieza en la Casa de Dostoievsky y de quemar sus naves, en los años en que había alquilado una pieza en la vivienda de campesinos de las colinas del norte de Isla Negra, en los tiempos de las conversaciones nocturnas interminables, mecidas, daba la impresión, por el ritmo cercano de las olas, con el poeta Jonás, con el escultor de armazones de fierro cuyo color rojizo, carcomido por el fuego de la soldadura, parecía haberse transmitido a la barba entrecana del personaje, con otra gente de esa región de El Tabo, de Las Cruces, de Cartagena. El escultor, por ejemplo, de cuyo nombre no nos acordamos con la debida precisión, sí que militaba en el partido, y muchos de los amigos que llegaban a visitarlo también militaban, para no hablar del Poeta Oficial en su laberinto de materiales ligeros, tabiques baratos, desechos de naufragios, ventanas y portones de demoliciones, vitrales de iglesias que se habían desmoronado, todo lo cual formaba un espacio, un estilo, una manera de caminar, de fumar una pipa, de ponerse una boina, y hasta un tono de voz, una forma de risa, espacio y estilo que proyectaban sombras no visibles en los alrededores, algo que se podría definir como un aura. Pero la verdad es que el Poeta tenía pocas simpatías por aquellos ceremoniales de su colega consagrado, por aquello que definía como costumbres cortesanas, y esto, cuando menos, podría haber influido en el distanciamiento ideológico suyo que había empezado a notarse en esos días. De algún modo, quizá, eso, es decir, aquellos ceremoniales, habían fortalecido su distanciamiento, habían contribuido a crear un abismo creciente, y el hábito de leer (en regulares o malas traducciones, dicho sea de paso) a Martín Heidegger, a Federico Nietzsche, a George Bataille y Rainer Maria Rilke, a Sören Kierkegaard, a Franz Kafka, y en la lengua original a Eduardo Anguita, a Humberto Díaz Casanueva y Rosamel del Valle, a Braulio Arenas, al Antipoeta y a los discípulos del Antipoeta, no había sido en absoluto ajeno a confirmar una actitud que podríamos llamar, a falta de un término más preciso, anarquizante. Parecía, en buenas cuentas, que el Poeta se había detenido en el umbral mismo de la militancia, antes del acto de firmar unos registros y de recibir un carné, y no sólo se había detenido por razones intelectuales, por influencia de lecturas determinadas, altamente perniciosas desde la perspectiva del realismo socialista, sino también por desidia, por inercia, por efectos de una sensibilidad pervertida, por algo que no conseguía definir y que además prefería no definir.

Y al fin, después de tantas cosas, de tantas conversaciones, de tantas noches y tantos vinos, había partido de viaje, en un viaje emblemático y que también habría podido definirse como una huida, como un exilio deliberado. Se había alejado de la región de Isla Negra y de El Tabo —para siempre, parecía—, se había asomado a Valparaíso, a su leyenda, a sus cerros, a sus laberintos y burdeles, y después se había despedido de Santiago y de Chile, y ya dijimos que se había detenido, al parecer, en el límite mismo de la militancia política formal, pero hay personas que sostienen que sí se inscribió en el partido hacia el fin de su primer periplo chileno, fin que coincidió, de alguna manera, con el fin de su juventud, en las vísperas de su salida al vasto mundo, pero que él, en virtud de algún mecanismo mental extraño, no se acordaba de haberlo hecho, es decir, de haberse inscrito y de haber militado en debida forma. Si esta última información era verdadera, se podía llegar a la conclusión de que le había ocurrido un fenómeno mental interesante y hasta cierto punto enigmático. La experiencia de sus primeros tiempos en Cuba, la de su trabajo en un sucucho de la Casa de las Américas, la de familiarizarse todavía más de lo que ya estaba con la poesía de Vicente Huidobro y César Vallejo, el Huidobro de *Ecuatorial* y *Altazor*, el Vallejo de *Trilce* y de *Poemas humanos*, la de su frecuentación de un periplo nocturno que se iniciaba en la rampa y llegaba hasta los alrededores del Hotel Nacional, lo había llevado a olvidar, a un semiconsciente olvido de su condición de militante del PC chileno, organización cuya ortodoxia promoscovita, moderada, de un reformismo vergonzante, chocaba en esos días con los ímpetus revolucionarios, guerrilleros, intransigentes, combatientes, de la alta jerarquía isleña. Pero la situación, después de la invasión de Checoslovaquia por los tanques del Pacto de Varsovia y de su aprobación explícita en un discurso del Comandante en Jefe, había empezado a cambiar. La situación general, esto es, las circunstancias políticas en toda su complejidad, en su proceso dialéctico. ¿Y cómo intervenían en todo esto el fracaso de la zafra de los diez millones de toneladas de azúcar, y el triunfo electoral del compañero Allende, y la escasez, y las palabras provocadoras de Heberto Padilla y de algunos de sus amigos? Sólo creemos saber que el Poeta husmeaba el peligro, y callaba, y se podría sostener que sufría de su íntima contradicción, de su desgarro interno, y después llegaba a su departamento de El Vedado, de noche, más bien mareado, desanimado, lleno de flatulencias, y se echaba a su cama solitaria y se masturbaba entre sábanas sucias, escuchando el oleaje remoto. Le habló a Alejandro Pérez Quinto, que era, precisamente, de todo el grupo con el que solía reunirse, el que conocía menos, de sus pajas solitarias, de su angustia, de sus ganas crecientes de escapar de la isla, y Pérez Quinto le dijo que se consiguiera una buena mulatona, sin demasiados remilgos, sin pretender que fuera lectora de Martín Heidegger o de Rainer Maria Rilke, y que se dejara de joder.

—Me parece que tienes razón —replicó el Poeta, pensativo, moviendo la cabeza, imaginándose que el Poeta Oficial, en sus laberintos de hojalata, de materiales de demolición, de piedras de canterías vecinas y vitrales desechados, habría dicho más o menos lo mismo.

Había, en todo esto, un detalle revelador, que le causaba evidente extrañeza, y era que Heberto y sus amigos hablaran de tantas cosas, pusieran el dedo en llagas tan diversas, contaran historias detalladas de las UMAP, las Unidades Militares de Ayuda a la Producción, campamentos donde se confinaba a los homosexuales, a los adictos a la droga, a los seguidores fanáticos de la santería, del culto al dios Babalú o a otros dioses de origen popular, personajes bautizados con el término genérico de lacras sociales, y que siempre, encima de alguna repisa de sus casas y a pesar de todas estas habladurías, hubiera un retrato de Fidel Castro, una mirada de reprobación dirigida a los indiscretos, deslenguados asistentes, y que en el corredor, en la puerta de entrada del departamento o de la cocina, en el fondo del dormitorio desordenado de los dueños de casa, no faltara un afiche del Che Guevara con su boina y su melena, afiche que cumplía, le parecía al Poeta, las funciones de los

Sagrados Corazones de Jesús en muchas de las residencias burguesas y pequeño burguesas de su tierra. En otras palabras, se podía despotricar todo lo que uno quisiera y contra todo, en voz baja, de puertas adentro, sin liberarse por completo de la incómoda sospecha de que alguno de los reunidos, cualquiera, el menos pensado, correría a llevarle el cuento a los representantes de la Seguridad del Estado, pero las figuras sagradas y consagradas, los apóstoles, los fundadores, Fidel y el Che, no podían dejar de erigirse, como conciencias colectivas, como símbolos, en los nichos que les estaban destinados.

—Yo no creo que esto dure mucho —anunció el Poeta.

—Yo tampoco creo —confirmó Alejandro Pérez, y el Poeta se dijo para sus adentros que el informante más probable era Pérez Quinto, debía de ser Pérez Quinto, salvo que fuera César Atria, o Felipe Benavides, o algún otro. ¿El corresponsal de la agencia France Presse, por qué no? Si uno ponía un poco de atención en los privilegios que tenían esos corresponsales extranjeros, en las piscinas de sus casas, en sus automóviles de sport, en los culos imponentes de las mulatas que los visitaban, no había de qué extrañarse. Si el gobierno, al fin y al cabo, a través de sus sistemas de seguridad, hubiera querido hacerles pasar un mal rato, no le habría costado nada. De modo que la posición de ellos, si entregaban la oreja, si mostraban un poco de espíritu de colaboración, era la mejor de todas: la suma de todas las ventajas, la resta de todos los inconvenientes. ¿O era que el Poeta divagaba, y que la paranoia se apoderaba de sus neuronas fatigadas, puestas a prueba por el calor, por los mojitos y los rones a las rocas, por la escritura nocturna, por las pajas sin destino, por tantos y tan insidiosos peligros?

Observó que Alejandro Pérez Quinto, al ponerse de pie en la casa de Heberto Padilla (¿para ir a informar sobre la reunión?), metía la mano en un cajón lleno de billetes cubanos y se echaba un buen puñado a los bolsillos. Por si vendían algo por la libre en alguna parte: una lechuga, por ejemplo, alimento de gran lujo, o algunos cigarrillos Populares, petardos con gusto a yerbas malas, pero que habían desaparecido de la circulación hacía unos cuantos meses.

—Para un chileno —comentó el Poeta—, esta manera de disponer del papel moneda ajeno es difícil de entender.

—Ya lo irás entendiendo —dijo alguien.

—Sobre todo —añadió Padilla—, después del triunfo de Salvador Allende.

Hubo una risa general, aunque solapada, y un simultáneo intercambio de miradas cautelosas. El Poeta insistió en el tema de sus pajas, como si fuera una condena que se le había impuesto desde alguna parte, y algunos de los contertulios le suplicaron que no siguiera dando la lata sobre ese asunto. Caminó de regreso a su departamento en compañía de una pareja, un cubano amulatado casado con una rusa rubia, desteñida, más bien gordota. El cubano amulatado, de repente, le preguntó si no quería subir a la casa de ellos. Tenían un resto de ron claro para ofrecerle, un fondo de botella.

—Gracias —dijo el Poeta—, pero estoy un poco cansado. Prefiero seguir viaje a mi camita.

El cubano, entonces, dijo algo que al comienzo no entendió bien y que aceleró en seguida las palpitaciones cardíacas de Ernesto, Eulalio, Rigoberto, algo que revelaba que la rusa desteñida, pechugona, más bien evasiva, hacía, sin embargo, y a pesar de que aparentaba otra cosa, el amor muy bien, con fuego y competencia, y que él no tendría inconveniente en que la compartieran, puesto que el Poeta, como él mismo lo había confesado, estaba obligado a desahogarse en la soledad, debajo de sus tristes sábanas, y él, en cambio, no era celoso, y no le disgustaba convidar a sus amigos simpáticos, y si eran extranjeros, tanto mejor, a probar los encantos de la rusa y a dormir con ella.

—Con nosotros, mejor dicho.

—Gracias —repitió el Poeta, con la boca seca, con un zumbido en los oídos, y farfulló con palabras que se le enredaban entre la lengua y la epiglotis que prefería irse a dormir a su casa, que debía levantarse temprano para terminar un texto sobre los funerales de Vallejo en un cementerio de la banlieu parisina, etcétera, etcétera.

El cubano lo miró con expresión mezclada: decepción, sin duda, y una pizca de burla.

—Walterio —dijo la rusa, puesto que así se llamaba su marido—, suele decir toda clase de estupideces pasado las dos de la madrugada.

El Poeta insistió en que tenía que retirarse, hizo gestos absurdos con las palmas de las manos, como si hubiera perdido pie de repente, en las cornisas de un décimo quinto piso, y hubiera empezado una caída libre en el vacío, y emprendió la retirada a paso rápido. A una cuadra de distancia, después de haber atravesado una esquina solitaria, se dio vuelta y no divisó a nadie. Era una noche densa, espesa, oscura como boca de lobo, y no había presagios favorables por ningún lado.

13

Despertó, y pensó, volvió a pensar, mejor dicho, porque ya lo había pensado muchas, demasiadas veces, en la inquietante coincidencia del triunfo electoral de Salvador Allende con este fracaso general, con la zafra gigante que se había ido por la borda, con las ilusiones de las calles, de los campos, que habían derivado en caras silenciosas, demacradas, en labios apretados, con los pesados camiones del ejército que se oxidaban, volcados a las orillas de los cañaverales, con su sesión personal de corte perdida debajo del infierno de la caña, de las hojas filudas, de los tallos de acero, del machete que se le escapaba de las manos como una culebra. ¡Qué joder, exclamó, qué horror!, y borró la cara de la rusa rubia y del mulatón de su marido con un movimiento rápido, y después resopló desde el fondo del pecho. Le contaron que el primer representante diplomático del allendismo llegaría a La Habana de un momento a otro, y le dijeron que Fidel explicaría el fracaso de la zafra de las diez millones de toneladas en un acto público, en un teatro del centro de la ciudad, al día siguiente por la noche. ¡Qué coincidencia, volvió a decirse a sí mismo, qué drama!, y pensó que una jornada larga en la biblioteca, enfrascado en libracos de poesía, en folletos viejos, en crónicas olvidadas, seguida de un paseo nocturno en las rampas, en los malecones, en las tabernas y los cuchitriles de siempre, sería el mejor de los antídotos. Hasta caviló sobre llamar a Teresa, ¡Teresa Beatriz!, porque el episodio del cubano y de la rusa lo había dejado curado de espanto, con ganas de acercarse a cualquier forma de salud, de ternura, de algo que pudiera llamarse normalidad, pero ya no tenía el teléfono suyo. Los puentes, murmuró para sí mismo, están cortados, y se acordó, en virtud de una asociación de ideas bastante libre, del poema de Apollinaire, *sous le pont Mirabeau / coule la Seine et nos amours*, y repitió los versos dos o tres veces, y tuvo, después, un pensamiento para Eduardito Villaseca, y otro para el Chico, el Pipo, el Pulguín (no sabemos por qué, en el recuerdo, decidió ponerle ese nuevo sobrenombre), y otro pensamiento más para el Antipoeta, y se preguntó si Teófilo Cid estaría vivo, y si el Tigre Mundano, y el Poeta Ventura, y Jonás, en su refugio de la costa central, andarían sueltos todavía.

—*¿Dónde estará mi andina y dulce Rita* —recitó (repitió, porque ya lo había recitado antes, o lo había recitado un amigo suyo, en una circunstancia que no recordaba con exactitud)—, *de junco y pachulí?*

No se puede escribir poesía, pontificó en voz baja, levantando el dedo índice, si se le tiene miedo a la siutiquería, y se propuso escribir sobre la propuesta del cubano y el silencio ambiguo de la rusa, ¿o sobre la Teresita desaparecida, y los amigos distantes, y el oleaje de la hermosa playa de El Tabo, con sus pájaros, sus cochayuyos, sus roqueríos, superpuesto en un sueño?

El discurso de Fidel fue de los más duros, de los más difíciles, dijeron, de toda la historia de la Revolución. Era mucho más fácil anunciar un combate, llamar a las armas, lanzar un desafío al enemigo. El trabajo de la caña, en cambio, que hasta ahora no se había podido sustituir con máquinas, era un trabajo maldito, de esclavos.

—Tiene toda la razón —murmuró el Poeta—, pero, igual vamos presos.

Las máquinas habían fracasado debido a los desniveles de los campos de cultivo, a las colinas tan típicas del paisaje isleño, las que provocaban el arrobo, el éxtasis de José Lezama Lima, y los cortadores profesionales de caña, por su parte, debido a los avances de la Revolución, habían empezado a desaparecer.

—De manera que los avances —gruñó Heberto Padilla—, no eran avances.

—¡Cállate! —protestaron los otros—. ¡Deja escuchar!

Y la costumbre de las navidades, de Papá Noel con su barba blanca y su vestimenta roja cubierta de nieve, de los árboles de pascua nevados, era una costumbre europea, importada del antiguo imperialismo y carente de toda justificación entre nosotros, continuaba el discurso. Aquí no se divisaba la nieve en ninguna época del año. La nieve de los árboles de pascua era reemplazada por motas de algodón y los viejos pascueros sudaban la gota gorda bajo sus barbas postizas. De manera que a partir de ahora, esta fiesta sin sentido, decretaba el Comandante en Jefe, quedaría suprimida.

—¿Allende también la irá a suprimir?

—No creo —refunfuñó el Poeta—. No puede partir en su gobierno suprimiendo los pesebres, y el niñito Jesús, y el cola'e mono.

—¿Qué es eso? —preguntó Padilla, y agregó un comentario que le gustaba mucho agregar—: ¡Qué país más raro! ¡Qué cornisa terráquea más absurda, más innecesaria!

Después del discurso del Comandante en Jefe, de sus anuncios y sus prohibiciones, hubo reuniones extrañas, algo inquietantes, en diversas casas de amigos y conocidos. Eran celebraciones de ese fin de año que se realizaban a pesar de todo y en medio de la escasez, de la maledicencia, de la crítica mal disimulada, de la desafección. El Poeta solía asistir a esos encuentros, beber lo que hubiera, si es que había algo, conversar unas breves palabras con el que se presentara, pero de pronto salía por la puerta principal, o por la puerta de la cocina, sin despedirse de nadie, sin darse siquiera el trabajo de cerrarla, y en una oportunidad tuvo la impresión de que dos personas, una pareja, un hombre y una mujer, desde adentro de un coche viejo, vigilaban la residencia de la cual acababa de salir, escena que lo llevó a recordar un cuento de Julio Cortázar, *Las babas del diablo*, salvo que los personajes del cuento estaban en París, en el extremo sur oriental de la Isla de San Luis, y el objetivo de su vigilancia era esencialmente erótico, aun cuando aquí, en este episodio, en el corazón del barrio de El Vedado, habría podido sostenerse, quizá, que también lo era. O erótico policial, probablemente.

Durante las primeras semanas de enero, a causa de la lluvia, del clima neblinoso, de la humedad ambiental, dejó de ver a sus amigos, poetas, críticos, pintores, ocasionales novelistas, y supo vagamente que Padilla trataba de sacar fuera de la isla, de contrabando, el grueso manuscrito de una novela suya sobre los héroes y el culto de los héroes en los jardines revolucionarios, novela que nadie había leído, pero cuya intención subversiva parecía perfectamente clara para todos, para tirios y para troyanos. Algunos pensaban que trataría de sacarla por alguna valija diplomática, probablemente la chilena, y otros, con ayuda de algún intelectual de izquierda de paso, y el Poeta, de hecho, en sus vagabundeos sin rumbo, se encontró con chilenos que habían viajado a la isla en calidad de turistas, cosa extraña en esos días, y cuyo propósito no confesado, o sólo confesado a medias, consistía en ver de primera mano, con sus propios ojos, sin que nadie les contara cuentos, cómo funcionaba el socialismo en la práctica. De manera que eran turistas de la Revolución, que buscaban agua para sus molinos respectivos, o de la Contrarrevolución, según qué argumentos agarraran y se llevaran para su casa, para su particular consumo y propaganda.

—¿No ves, huevón —le dijo uno, sin mayores rodeos, más confianzudo que los demás (y después se supo que era un momio recalcitrante, y que pasó muy pronto a formar parte de las huestes armadas de Patria y Libertad)—, que allá estamos entrando en lo mismo?

—Y a lo mejor no es tan malo —dijo otro—: medicina y educación gratis, y todos iguales.

—Pero algunos más iguales que otros —comentó un tercero, y hubo una risa más o menos compartida, pero que adquiría un sonsonete no del todo convincente, entre exagerado y lúgubre.

Heberto Padilla, entretanto, andaba ahora casi siempre en compañía de Belkis Cuza, su mujer, y llevaba para todos lados el grueso manuscrito de su novela debajo del brazo, envuelto en un papel cualquiera y asegurado con un par de elásticos, en una actitud que parecía exagerada, un tanto exhibicionista, demasiado provocativa, pero, a estas alturas, ¿quién podía juzgar? El Poeta, por su parte, ya había pedido con todas las formalidades necesarias su pasaje de regreso a Chile, y había vuelto a pedirlo por segunda vez, sin que las autoridades de la Casa le dieran una respuesta clara. Todavía era chileno, sin ninguna duda, pero algunos burócratas ya lo veían como medio cubano, y eso significaba que las normas de la isla, escritas o no escritas, se aplicaban a su caso. A lo mejor me tendré que escapar por el mar, cavilaba, embarcado en una balsa de neumáticos viejos amarrados con cordeles, y a lo mejor, o a lo peor, más bien dicho, me van a devorar los tiburones.

—Te los van a dar —dijo Padilla—. No tienen el menor interés en buscarse un conflicto con Chile.

—¿Tú crees? Yo creo que mi desaparición en un cañaveral, o en el Estrecho de la Florida, no creará conflictos en ninguna parte. En Chile no se van a dar ni cuenta.

A Padilla y a Belkis, su mujer, que también era poeta, buena poeta, según decían algunos, les dieron una habitación en el piso diecisiete del Hotel Habana Riviera. Nadie entendió por qué, y algunos, los más suspicaces, opinaron que era para vigilarlos mejor, y para acusarlos, si se planteaba la necesidad, con argumentos más detallados y comprobados. Nosotros pensamos que el gordo Lezama Lima lanzaría una voluta de humo al aire, y parecería que no quería decir nada. Ni siquiera pensar en el asunto. Suponemos que había caminado un poco, arrastrando su voluminosa humanidad, por el Paseo de La Habana; que se había sentado en un banco y había mirado los balcones con ropa colgada, las cornisas derruidas, el cielo de un azul impecable.

—Espero que ustedes, en Chile —dijo en una ocasión, después de plantear una serie de preguntas difíciles y de escuchar con la mayor atención las inseguras respuestas—, sean más prudentes que nosotros.

La prudencia, claro está, no era la más revolucionaria de las virtudes. Se supo que Padilla, en el comedor del hotel, armaba bulliciosos escándalos. Protestaba a gritos porque a él y a su mujer no les servían lechuga y a dos o tres diplomáticos de una mesa cercana, a diversos huéspedes extranjeros, ingenieros rusos, sociólogos del Brasil y de Uruguay, antiguos jerarcas del peronismo argentino, sí les servían. O pedía en forma destemplada, casi demencial, a los que tenían el privilegio de que les ofrecieran, al final de la comida, una caja de tabacos abierta, que sacaran un tabaco para él, o dos, o más, por favorcito, que para él la vida sin tabaco no era vida, era una soberana mierda. Algunos se reían en forma un tanto nerviosa, y otros se molestaban, pero el autor de *Fuera del juego*, el subversivo emblemático, el disidente oficial, conseguía su Partagás, su Montecristo, su Romeo y Julieta, y de paso, en un vuelco imprevisto, ¿semisuicida?, llevaba la provocación a otro terreno.

—Se parece mucho a un personaje de *Los endemoniados* de Dostoievsky —comentó un crítico mexicano de literatura.

—En versión tropical, eso sí —replicó otro.

—Pero tengo la impresión de que estira la cuerda demasiado. Peca de excesiva confianza.

—El hecho de que le dieran una habitación en un hotel de cinco estrellas lo ha desorientado.

—Y para eso lo hicieron, probablemente. Para desorientarlo.

El poeta Padilla se levantaba de la mesa, recogía de una silla su pesado manuscrito, fumando su puro con delectación, caminaba con paso lento, como si los azares de la vida cotidiana, conjugados con los de su destino, lo agobiaran, lo volvieran moroso en sus movimientos, y se dirigía a sus aposentos privados. Detrás, más discreta, de perfil bajo, no sabemos si alarmada, pero sí con cara de circunstancias, de evidente preocupación, salía Belkis, su mujer. Padilla contó después sin el menor recato, a quien lo quisiera escuchar, que le habían colocado a un espía lleno de instrumentos electrónicos en la habitación de al lado, y que una vez había alcanzado a sorprender a su espía, porque así lo llamaba, «mi espía», desde el fondo de los jardines, desde atrás de unos arbustos, cuando se deslizaba por los balcones a registrar la habitación suya. Sus auditores, como es de suponer, escuchaban con algo de sorpresa, y no lo tomaban totalmente en serio, pero se suponía que más de uno conversaba después con algún funcionario de la Seguridad, aunque sólo fuera por hacer mérito, por demostrar una actitud de vigilancia.

—Ustedes —pontificó Padilla—, están muy lejos todavía de conocer el socialismo. Yo sí que lo conozco. ¡Me estoy convirtiendo a pasos agigantados en un clásico en la materia!

Eulalio, Heriberto, Ernesto, el Poeta, se le acercó un buen día.

—Yo creo —le dijo—, que tu historia es perfectamente verosímil, pero no veo por qué tienes que andar contándola a gritos, entre gente ingenua recién llegada de afuera, colgada como ampolleta, y otra no tan ingenua: agentes secretos, comisarios, aspirantes a comisarios.

—Para que sepan —replicó Padilla—. ¡Para que se coman el buey!

—El que se va a comer el buey eres tú. ¡Y no me gustaría nada estar en tu pellejo!

Dicho esto, el Poeta miró a Heberto a los ojos, y tuvo la rápida intuición de que fingía a cada rato, en cada minuto del día, y de que estaba, en el fondo, acosado, acorralado, de que podía quebrarse entero, romper a llorar como un niño, en cualquier minuto.

—¡Hermanito! —exclamó, y Padilla movió una mano en el aire como para espantar una mosca.

Esto sucedía un jueves a media tarde. El día viernes en la noche, el Poeta, después de comer en su casa los restos de una olla de tallarines recalentados, se dedicó a vagar, como de costumbre, por los bares, los boliches, los cafés de las cercanías del Hotel Nacional. No había nada que beber, nada de nada. Esa noche no vendían por la libre ni siquiera un mísero botellín de agua chirle. A la mañana siguiente, en el comienzo de la rampa, tres o cuatro calles antes de llegar al malecón, Alejandro, César, Benito Andrade, Pepillo, seguido a un metro de distancia por una sombra tembiorosa que se llamaba Virgilio, le dijeron que habían tomado preso en la noche anterior a Heberto Padilla y a Belkis, y que su departamento había sido sellado por la Seguridad del Estado.

—¿Qué es esto? —preguntó el Poeta, con la boca sin saliva, con palpitaciones agudas, con las manos tembleques.

—Es el comienzo de algo —contestó Alejandro—, aun cuando no sabemos todavía de qué.

—Nada bueno, en cualquier caso —dijo Rodríguez Feo.

Sin respiración, con el corazón encogido, con dolores musculares difusos, el Poeta se despidió en forma brusca y caminó por la orilla del malecón a todo lo que le daban las piernas. Rumbo, eso sí, a ninguna parte, dominado por una vertiginosa sensación de caída libre.

14

Lo llamaron desde Europa varias veces, un amigo francés que había sido comunista y se había convertido en anticomunista rabioso, un poeta español que se burlaba de casi todo y que era visto con relativa frecuencia, durante sus visitas a la Isla, en las terrazas del Hotel Habana Libre, frente a su segundo o a su decimocuarto mojito, un chileno despistado y que llamaba de no se sabía dónde, un amigo colombiano, Plinio Apuleyo Mendoza. Llamaban para preguntarle, en primer lugar, que cómo estaba, para estar seguros de que no lo habían tomado preso a él, de que no corría peligro, y en este último caso, puesto que no lo habían encarcelado, que había escapado jabonado, ¿no firmaría un manifiesto internacional de protesta contra el régimen, de solidaridad con Heberto Padilla? Fulano y Zutano ya habían firmado, habían aceptado, incluso, encabezar la lista, a pesar de sus anteriores simpatías por el castrismo, y Perengano, militante rancio, miembro de la vieja guardia comunista, había prometido que lo pensaría sin el menor prejuicio, con espíritu de apertura, con evidente inclinación a favor, y sin contar con que Jean-Paul Sartre, nada menos, y Simone de Beauvoir, ¡qué le iba pareciendo!, se habían sumado a la causa. Él, Eulalio, Ernesto, Enrique, poeta de vocación, pensador más o menos heterodoxo, ortodoxo heterodoxo, contestaba que estaba perfectamente tranquilo, que no le habían hecho nada y no creía que le hicieran nada, ¿qué le iban a hacer?, la acusación era contra Padilla, no contra él, pero tanto como firmar manifiestos en Europa, en París, en Madrid... ¿En qué mundo vivían ellos, los que habían tomado el teléfono, los que pensaban que en La Habana se podía firmar un manifiesto en contra del régimen y salir tan campante, los intelectuales de todo pelaje de la ribera izquierda del Sena y de sus alrededores? Llamó a Eduardito Villaseca al teléfono de su casa de la Alameda, en la noche, recordando el vozarrón del viejo, los vitrales pastoriles del fondo del vestíbulo, y salió una voz de empleada chilena, una voz campestre, rústica, medio y más que medio despistada, algo que a él ya se le había olvidado, pero que ahí estaba, ahí permanecía.

—¡Hablo desde Cuba! —gritó por el fono, y la empleada no dijo una palabra. ¿Qué iba a decir, qué sabía ella, que importaría, según ella, que hablara desde Cuba? Al medio minuto salió la voz de Eduardito, más cultivada que la de su empleada, pero no menos ajena, no menos de otro mundo.

—¡Qué increíble! —exclamó Eduardito—. Algunos estaban seguros de que te habrían guardado por ahí a buen recaudo, condenado a cortar caña durante el resto de tu vida, y otros pensábamos que sería peligroso llamarte.

—Ya ves. Y yo llamo para saludar, para decirte que aquí estoy, godoy, y para preguntarte el teléfono de Teresa, de la Teresita.

—¿La Teresita Echazarreta?

—¡Qué otra Teresita podría ser!

—Y tú, ¿cuándo vuelves?

—Cualquier día de éstos.

—Aquí, si es que pueden, van a hacer lo mismo que están haciendo allá, así es que piénsalo un par de veces.

—¿Y el Chico?

—¿El Chico Adriazola? Igual que siempre, simpático y sectario, inteligente y huevón, pero medio apolillado, con la salud estropeada.

—Y el matrimonio, ¿cómo te prueba? —preguntó el Poeta, porque le había llegado ya, no recordaba por dónde, quizá por intermedio de Teresa, la noticia de que Eduardito se había casado.

—De lo más bien —dijo Eduardito—. Cuando vuelvas, te organizo una comida para que conozcas a mi mujer.

—Todavía se organizan comidas en ese mundillo.

—Todavía, aunque los productos buenos están comenzando a escasear. Los pollos, por ejemplo, se están haciendo humo.

—Es que todo el mundo debe de haberse puesto a comer pollo —comentó el Poeta.

Teresita le dijo otras cosas, muchas otras cosas. Le dijo que estaba loca por llamarlo, ¡aunque no lo creas!, pero había tenido miedo de que un llamado suyo lo perjudicara. En cuanto a ella, dentro del despelote general, estaba bien, de buen ánimo, luchando a brazo partido para que no le expropiaran su fundo, o para que le dejaran, por lo menos, las casas patronales y unas cuantas hectáreas planas, regadas, cultivables, pero allá por sus tierras andaba un tal Comandante Ramiro, montado en un caballo overo, de chupalla, manta de huaso y fusil, tocando los tam tams de la lucha armada, clavando las banderas del MIR en potreros que no eran suyos, agitando a los campesinos.

—Y el Chico, ¿dice las mismas cosas que tú y Eduardito?

—El Chico —respondió Teresa—, está muy acabadito, el pobre, consumido por sus dolencias, pero sigue tan comunista como siempre, tan rogelio, y la gente de un lado, ahora, se comunica mucho menos con la del otro. Mejor dicho, se muerde, se ataca como un perro rabioso a otro. Ya no es como en los tiempos tuyos.

—¿Y tu marido?

—Se escapó de Chile a Buenos Aires, hecho un loco, apenas conoció los resultados de las elecciones, y a las pocas semanas, al descubrir que allá en Buenos Aires no tenía nada que hacer, se volvió a Santiago. Pero está convertido en una fiera desatada, y forma parte de un grupo de gente que anda armada hasta los dientes, para defenderse, dicen, de las tomas, de los subversivos, de los rotos alzados, de los guerrilleros que llegan de todas partes de América.

—¿Y tú?

—¿Yo? Yo tengo ganas de que vuelvas pronto —respondió, con dulzura, Teresita, Teresa Beatriz.

—¿Para qué?

—Para verte. ¿Para qué va a ser?

Él se quedó callado. Sentía una emoción que le hacía doler el pecho. Intuía, por primera vez en su vida, que estaba entre la vida y la muerte, entre la libertad y la humillación, la sumisión, la esclavitud. Tenía unas ganas locas, desaforadas, de escribir, pero cuando abría su cuaderno escolar y empezaba a garabatear palabras con su lápiz mocho, de punta redondeada, le salían versos más bien oscuros, frases inconexas, algo así como pulsiones, borborigmos, como decía el otro, invocaciones a no se sabía qué divinidad protectora. El ritmo estaba por ahí, en algún lado, pero él tenía la angustiosa impresión de que se le escapaba, de que no conseguía agarrarlo en debida forma, con el necesario dominio, y las imágenes, las metáforas, los colores y los sonidos, luchaban entre ellos y tenían una tendencia nefasta a volverse borrosos.

—Tenemos que admitir —le dijo a un conocido que había encontrado en sus paseos nocturnos—, que el intento de formar una sociedad más justa, sin clases, donde nadie se muera de hambre, donde todos tengan acceso a la educación, a la medicina, a la cultura, es un intento noble.

El conocido que había encontrado en la calle, un ayudante de cátedra en la Facultad de Letras, lo miró con cierta perplejidad, ya que no estaba preparado para entrar tan de lleno y tan de sopetón en un tema tan grave.

—Me parece correcto lo que dices, chico —dijo el ayudante de cátedra—, muy sumamente correcto.

Y el que ahora quedó perplejo fue el Poeta. ¿Correcto?, musitó, e hizo como si se tragara la palabra, como si la palabra fuera una bolsa de aire cerrada en forma hermética. Quiso llamar de nuevo a Teresa, a ver si ella lo ayudaba a salir de su desorientación, si le transmitía algo de alivio, pero temió que el marido, el José Pedro de los cojones, ya hubiera regresado a la casa. Y si andaba armado, y además de armado, enardecido, oliendo la sangre fresca en el bosque, era muchísimo mejor no exponerse. Teresa, en buenas cuentas, era su única sombra protectora, el ángel de la guarda que todavía le quedaba. Todo lo demás, incluyendo las rampas habaneras, las rocas amontonadas entre el malecón y el mar, las fachadas carcomidas por la sal, era hostil, ajeno, amenazante. Ahora, después de tanto, le había tocado vivir entre amenazas, acosado por el miedo, con el ritmo de la respiración desarreglado, con el aliento rancio, y parecía que ni siquiera la poesía bastaba, o que la poesía, más bien, era la primera víctima. Escribió, de todos modos, un poema sobre la noche invernal, sobre el mar que se agitaba en la oscuridad, sobre las tinieblas exteriores, eso es, las tinieblas de la teología, de la fe perdida y no reemplazada, en definitiva, por ninguna otra. Después sacó una botella de ron que se había conseguido por ahí, a cambio de unas hojas de afeitar nuevas, y se tomó dos rones dobles a la roca, uno detrás del otro, sin pausa, dos con cara de tres. Quedó medio ebrio, pero un poco menos angustiado. A la mañana siguiente despertó con la boca seca, con palpitaciones que ahora le dolían, revelando algún compromiso del músculo cardíaco, y parecía que la angustia se había multiplicado y había tomado un rumbo más negro. Abrió el prólogo de autoría suya de la antología de poemas de Vicente Huidobro, la que le había encargado e iba a publicar la Casa de las Américas, o que proyectaba publicar antes de los sucesos recientes, y llegó a la conclusión de que el maldito prefacio, el de sus desvelos prolongados, no terminaba de convencerlo. Por algún lado chorreaba aceite, por algún otro tartamudeaba, y hacía agua por varias junturas.

Pero tú, Teresita, Teresa Beatriz de mi alma, musitó en voz alta, rascándose los sobacos, eres mi musa de siempre, y te amo con locura, ¡con locura!

Nunca lo había admitido con tanta claridad, y le habría encantado decírselo a ella en ese mismo minuto, pero el energúmeno, el Minotauro, podía encontrarse en el interior del laberinto, demasiado cerca, en estado de alerta roja, con aliento a whisky, con bala pasada. En ese momento lo llamaron desde la Casa de las Américas. Era el pintor Rupérez, uno de sus mejores amigos, uno de sus compañeros de paseos y exploraciones por las cercanías del malecón. Lo llamaba para decirle que al día siguiente por la tarde habría un acto en la UNEAC, en el salón principal, y que se suponía que todos debían asistir.

—¿Un acto para qué?

—Dicen que Heberto Padilla va a salir de la cárcel y nos va a hablar.

—¡Heberto Padilla!

—Sí. Dicen que va a hacer una autocrítica, en el mejor estilo de las autocríticas del socialismo, dentro de la tradición que podríamos llamar clásica, y que nos va a invitar a nosotros a que subamos al escenario y hagamos a la vez nuestras autocríticas respectivas. ¿Qué te está pareciendo, chico?

—No me está pareciendo nada.

—Y a mí tampoco, pero habrá que ir, de todas maneras.

Hubo nuevos llamados a lo largo del día y abundantes especulaciones por el teléfono, en las rampas, en los tugurios, en las salas de redacción y en las residencias privadas, en todos lados. Algunos comentaban que Heberto (Hebeto, tendían a decir, Hebeto), estaba arrepentido de verdad y haría su acto de contrición en público, y otros alegaban que no, que no lo haría por ningún motivo, cómo se les podía ocurrir. ¿Heberto arrepentido? ¡Torturado, querrás decir, pateado, con los cojones rotos!

—Mañana veremos —sentenció el pintor Rupérez—. Sólo faltan unas pocas horas para que salgamos de dudas.

15

Antes de asistir a la sesión de la UNEAC fue a conversar de nuevo con una de las dirigentes de la Casa, la compañera Maribel, sobre el tema de sus pasajes de regreso a Chile. Fue a la entrevista con miedo, con una sensación de claustrofobia aguda, sintiendo que el aire enrarecido, los nubarrones acumulados en el horizonte, confirmaban sus peores presagios, pero esta vez, no supo si en relación con la sesión de la tarde o en relación con qué, por casualidad, por coincidencia, por lo que fuera, la compañera Maribel, una mujer gruesa, con gafas, pariente de algún jefazo, pero discreta, amable, al menos cuando era permitido, le dio una respuesta positiva. Le iban a devolver su pasaporte y a entregar sus pasajes de avión. La decisión ya estaba tomada en las esferas que correspondían. Y habría que organizar un vinito de honor, compañero poeta, para despedirlo.

—¿Cuándo?

—Dentro de tres o cuatro días, compañero. A lo sumo.

—¡Gracias, compañera Maribel! —exclamó él, encantado. Le dio un sonoro beso en las mejillas, mientras ella se levantaba de su asiento y se quitaba las gafas, un tanto confundida, y partió a la sesión de la UNEAC mucho más tranquilo. Hacía un rato estaba con bastante susto, con un miedo vivo de que lo llamaran al escenario, de que lo enredaran en las historias de los escritores desafectos, porque había escuchado decir, entre tantas y tantas cosas, que la revolución cultural se venía encima a toda máquina, con bombos y platillos, con bonetes de burro y allanamientos de domicilios, pero sucedía que él, precisamente ahora, al borde del abismo, tenía la esperanza cierta, ¡sólo tres o cuatro días, y un vinito de despedida!, de poder escapar. La sala de sesiones de la Unión de Escritores estaba llena de bote en bote, y había un ambiente de tensión, de angustia contagiosa, de espera: miradas que convergían desde rincones, y otras, en un primer plano, que se desviaban. El Poeta comprobó en una fracción de segundo que todas las caras eran serias, que nadie parecía estar en son de bromas, que los rasgos, los ceños y arrugas de algunos, las ojeras de otros, la tartamudez del de más allá, se habían acentuado.

—Es que el universo de la literatura, del arte, del pensamiento, es uno de los más reaccionarios de la Revolución —afirmaba alguien que se encontraba cerca de la puerta. Era un hombre joven, uno de aquellos de camisa blanca y pelo corto, un personaje típico, un funcionario seguro, que probablemente llevaba una pistola mal escondida, y el Poeta dedujo y acto seguido murmuró en voz baja, con esas precisas palabras, que les iban a sacar la chucha. Dedujo eso, con el correspondiente chilenismo, y una persona que alcanzó a escuchar el comentario no entendió el término.

—¿La qué? —preguntó.

—¡Nada! —respondió él, e hizo una musaraña, un gesto vago.

Divisó, entonces, las cabezas de diversos personajes conocidos, algunos oficiales, distanciados desde hacía tiempo del círculo de Padilla, y otros no, miembros connotados de su grupo, amigotes, cómplices, y alcanzó a comprobar la ausencia de diversas figuras próceres: Nicolás Guillén, por ejemplo, que había tenido la excelente excusa de su mal estado de salud (así dijeron), y José Lezama Lima, que corría el riesgo de ser señalado con el dedo, puesto en evidencia, ¿conducido desde aquella sala a una prisión de la Seguridad, con su perita de goma para aliviarse del asma y alguno de sus eternos papeles? Estaba, el poeta, el inefable prosista de *Paradiso*, el residente en el caserón oscuro de la calle de Trocadero, en situación, en edad de no asistir, y dentro de su extravagancia intelectual, de su discurso abstruso, de su metafísica y de su condición física desmedida, era hombre perfectamente lúcido, precavido y prevenido. Tampoco divisó a Piñera, Virgilio, aun cuando quizá se encontraba en algún rincón, acurrucado, en posición seudo, cuasi fetal, contemplándolo todo con ojos de animalillo nervioso, que olfatea la jauría, y vio, en cambio, la cara alerta, asustada, en el límite mismo de la histeria, y a la vez ausente, instalada en su ausencia, en su distancia, de Pepe Rodríguez Feo. Le habían contado más de una vez que colaboraba con la Seguridad del Estado para que lo dejaran vivir, y esa colaboración, ahora, a lo mejor, podía protegerlo. Y había muchos otros, incluyendo a varios que él, afuerino, chileno extraviado, no tenía la menor idea de quiénes eran, de qué pito tocaban. ¿Comparsas, rellenos, números, soplones? En esos precisos minutos entraba a la mesa principal, colocada en el centro del escenario y cubierta con un ominoso paño rojo, un hombre alto, de pelo blanco, de vestimenta formal, oscura, el doctor José Antonio Portuondo, susurraron, persona de la más alta jerarquía del partido, y después se entreabrió una cortinilla lateral y entró, con paso lento, vestido con un pantalón mal ajustado y una camisa de color crema, una camisa cualquiera, Heberto Padilla. Hubo un murmullo en la sala, pero no fue más que un murmullo, una exclamación colectiva reprimida, apagada, porque ni los murmullos, en ese minuto esencial, se atrevían a ser demasiado explícitos. El escritor tenía una expresión impávida, como si le hubieran inyectado una dosis alta de algún líquido para la impavidez, y la ropa le sobraba un poco. Estaba levemente más pálido, con los rasgos más marcados que antes, pero era, a la vez, el mismo Heberto Padilla de siempre, el mismo, aunque sin la cuerda, sin la savia, sin la arrogancia, como si el pedernal se le hubiera gastado: es decir, era la misma persona y a la vez otra persona, alguien que había atravesado por un círculo de fuego y no había conseguido salir sin chamuscarse más de un poco. El Poeta hizo el comentario en voz baja, o lo hizo, quizá, para sí mismo: que Padilla, en verdad, dejando a un lado el primer golpe de vista, no era el de siempre, que era otra persona, que lo habían cambiado en esos treinta días en una prisión de la Seguridad, que no se sabía si había pasado por el purgatorio o por el infierno, pero que por alguno de esos dos lugares, sin la menor duda, había pasado.

—¿Cómo lo sabes? —le preguntaron, lo cual demostraba que el comentario había sido hecho, y en voz no tan baja.

—No sé —dijo.

—¡Ten cuidado! —le advirtieron, y no supo, no pudo saber de dónde venía la advertencia—, mira que a los escritores extranjeros también les puede tocar.

—Verdad —replicó el Poeta, y pensó para sus adentros que mejor se callaba la boca. Hasta pensó en escapar de aquella sala, pero ya no tenía ninguna posibilidad de hacerlo sin peligro, y además, qué sacaba. Si dos horas más tarde, al término de la sesión, se encontraba en la calle, respirando el fresco de la noche, y si en los días que seguían lograba subirse a un avión y regresar a Chile, podía darse con una piedra en el pecho.

Ya sabemos lo que dijo Heberto Padilla en aquella sesión vertiginosa, sorprendente en más de algún sentido, abismal, y de alguna manera clásica, acorde con la mejor de las tradiciones del socialismo real, y digna, por lo tanto, de ser registrada. Algunos de nosotros lo sabemos casi de memoria. El poeta de *Fuera del juego* se acusó a sí mismo, en el más impecable de los estilos (¿no había declarado hacía poco que se estaba convirtiendo en un clásico del socialismo?), haciendo tácita alusión a confesiones y autoconfesiones muy anteriores y de diversas latitudes, de su desafección, de su distancia, de su fatuidad, de su mal agradecimiento con la Revolución que le había permitido viajar por el mundo y trabajar en un alto cargo, de su traición artera, de su egocentrismo vanidoso. Reconoció y denunció en público, en medio de algo que se habría podido llamar redoble de tambores, aquello que el Poeta había escuchado murmurar hacía pocos minutos en un rincón de la sala: que el sector de los escritores y artistas, representado en pleno en aquella solemne sesión, era de los más retardatarios, de los más negativos y obcecados de toda la Isla. Porque estaba marcado por el resentimiento, por el deseo enfermizo de celebridad, por el recurso mañoso y tramposo a las editoriales, a las revistas, a los medios que manipulaba el enemigo exterior. ¡Sí, compañeros! Y la mayoría de los que se encontraban en aquel auditorio lo sabía, y eran culpables en diferentes grados de culpabilidad, y habían participado de las críticas corrosivas, venenosas, con el único y desvergonzado propósito de adquirir notoriedad internacional, y dudosa fama, y dinero contaminado. Y entonó en diversos tonos (y esto fue lo más inverosímil de su famosa comparecencia, lo más difícil de tragar), en pasajes diferentes de su largo y al parecer improvisado discurso, el elogio de la Seguridad del Estado y de sus funcionarios, que no lo habían interrogado ni presionado en ningún momento, que se habían limitado a conversar con él de la manera más humana, y que al cabo de pocos días lo habían convencido de su error inexcusable, de su abyecta desviación, aun cuando algún auditor escéptico podría no creerlo, y si lo habían convencido, era porque aquellos jóvenes ejemplares, sencillos, idealistas, dedicados día y noche a la defensa de la causa revolucionaria, eran más serios y más inteligentes que él, más inteligentes e incluso más cultos que todos nosotros. ¡Sí, compañeros!

—¡Seguro! —masculló el Poeta, rascándose la coronilla, cruzando y descruzando las piernas, reclinándose en el respaldo de su silla y avanzando después el cuerpo, hundiendo la cabeza entre las manos—. Porque nosotros, y aquí ha quedado demostrado hasta la saciedad, no somos más que una tropa de huevones vanidosos, y unos resentidos del carajo.

Desde las sillas del lado le pidieron que se callara, porque Padilla, en ese momento preciso, citaba los nombres de algunos de los miembros de su círculo, afirmando que habían cometido los mismos errores que él, y eso implicaba que al final de su intervención iban a tener que levantarse a su vez, subir al escenario y entonar su palinodia personal. Pensamos que para el Poeta fue un pasaje terrible. Hubo testimonios cercanos, más tarde, que así lo confirmaron. Porque él creía hasta ese momento que iba a poder salir bien librado, y temblaba de repente, traspiraba frío, porque si Padilla citaba su nombre, si también lo denunciaba, si tenía que subir al escenario él también, era probable que no pudiera regresar a Chile nunca, que quedara enredado, entrampado en esa isla, en esa majamama, en ese engrudo, para el resto de sus días. Pero Padilla no lo mencionó, porque en alguna parte, probablemente, en alguna instancia superior, se había decidido que no lo mencionara, y terminó su improvisación, el autor de *Fuera del juego*, con su voz de estropajo, con su ropa que le colgaba, con su enfermiza impavidez, lanzando un sonoro, torcido, insólito ¡Patria o muerte! ¡Venceremos!

Los escritores nombrados empezaron a subir a la tarima de las confesiones, uno a uno, con la sola excepción de Lezama Lima, que había tenido el buen olfato de no asistir, y el Poeta se dijo que la estrafalaria intervención de Padilla, de algún modo, aunque no sabía exactamente por dónde, por su carácter, quizá, claramente denigratorio de la familia intelectual, le recordaba el ¡Muera la inteligencia! ¡Viva la muerte!, el grito de un general franquista en los primeros días de la guerra de España, proferido en un aula, precisamente, intelectual, en uno de los santuarios de la tradición literaria hispánica. De manera que los extremos se tocaban, concluyó el Poeta, el franquismo y su antípoda, el castrismo, unidos, sin embargo, contra toda lógica, por el nacionalismo hispánico e hispanoamericano, y se dijo, emocionado, sacudido en sus fibras más íntimas, que si lograba salir de aquella sala, y después, de aquella Isla hermosa y desgraciada, dulce por fuera, como había escrito Nicolás Guillén, pero muy amarga por dentro, sería como nacer de nuevo: una muerte y una resurrección. Pues bien, siete días más tarde, después de viajar primero a Madrid, a causa del bloqueo imperialista, y de trasbordar ahí a un segundo avión, avión que había salido del aeropuerto de Barajas y había hecho escala, por fin, muchas horas más tarde, en Buenos Aires, y cuando, después de sobrevolar la pampa argentina, emprendía el cruce de la cordillera de los Andes, profusamente nevada en esos primeros días del mes otoñal, otoñal en el hemisferio sur, de mayo, e iniciaba el descenso hacia el aeropuerto de la ciudad de Santiago, el Poeta, mirando, con la frente pegada a la ventanilla, los cerros de la costa, los caminos de tierra, la modesta autopista panamericana, las vacas que pastaban en potreros húmedos, las pirámides de una fábrica de ladrillos, las casuchas de materiales ligeros, latones, planchas de zinc, cartones, ladrillos rotos, de las que salía alguna columna de

humo, y los cercados de zarzamora, las hileras de eucalip-
tus, los sauces a la orilla de una acequia, se sintió conmovido hasta el tuétano, hasta las últimas fibras, y se ocultó la
cara entre las manos, con un gesto similar al que había tenido durante la sesión de la UNEAC, sesión que ahora, a
tan poca distancia en el tiempo, le parecía un sueño remoto, algo así como una pesadilla ideológica, pero se la tapó,
esta vez, para derramar unos lagrimones, y descubrió que
regresaba a su tierra tocado por dentro, cambiado, como
un guante que se estira por el reverso. Y cuando divisó, después de bajar del avión aquel, entre la gente que esperaba
detrás de unos cristales del aeropuerto de Los Cerrillos, las
cabezas de Eduardito, y del Chico Adriazola, y de la maravillosa, incomparable, inefable Teresita, pegó, alzando los
brazos y sin el más mínimo temor al ridículo, un grito de
felicidad, el primer grito de felicidad auténtica, desatada,
que había lanzado en muchos años.

III

LA CIUDAD DEL PINGÜINO

La sola existencia nunca le había bastado. Siempre había querido más que eso. Quizá, por la sola fuerza de sus deseos, se había creído un hombre a quien se le permitía más que a los otros.

DOSTOIEVSKY, *Crimen y castigo*

1

Dos o tres días después de la sesión de la UNEAC, Teresa lo había llamado a La Habana por teléfono. Ya sabemos que lo había llamado antes en diferentes ocasiones, pero el Poeta pensó, debió pensar, al menos, que esa llamada precisa, a primeras horas de la mañana y después de los episodios dramáticos de las últimas semanas, era una nueva entrada de Teresa Echazarreta, Teresa Beatriz, en escena, el comienzo de una segunda etapa, un llamado que llegaba después de algo, después de doblar una página, un nuevo capítulo en una historia ya bastante larga. No pudo explicárselo a ella, se lo explicaría más adelante, a su regreso, pero el hecho es que se sintió, a partir de ese instante, no sabía por qué, salvado, y más que salvado, justificado, redimido, aun cuando las palabras de Teresa no habían sido nada de tranquilizadoras.

—¿Supiste algo? —preguntó él por el teléfono.

—¿De qué?

—De la sesión de la UNEAC.

—Algo se supo, aunque no mucho. Por aquí contaron que tu amigo Padilla se había arrepentido de todo.

—¿Y por eso llamaste?

En parte, contestó ella, sí, por eso. Porque todo le parecía tan raro. Y había sentido miedo, un miedo que le agarrotaba el pecho, que le paralizaba la garganta.

—Miedo por todos nosotros —agregó—, pero, sobre todo, por ti.

—Yo me encontraba en la sesión ésa —dijo el Poeta—, que va a pasar a la historia, y si no me llamaron al escenario, fue por algún motivo que no conozco. A lo mejor, porque no quisieron meterse con un chileno. Porque ninguna de las palabras que pronunció Padilla era de Padilla, ¿sabes? La sesión entera estaba orquestada, ensayada hasta en sus menores detalles.

—¡Cuidado! —advirtió Teresa—. Mejor me lo cuentas aquí, en privado, sin oídos indiscretos. Y a propósito, ¿quieres que te mande plata para los pasajes?

—No saco nada con que me mandes plata —explicó él—, si ellos no autorizan la salida. Y como ya la autorizaron, y me dieron el pasaje, y me devolvieron el pasaporte, la verdad es que no necesito nada. ¿Me entiendes?

—Te entiendo perfectamente, mi amor (nunca le había dicho «mi amor», y eso lo dejó emocionado, arrasado, hecho pebre, como solía decirse en Chile, esto es, demolido por dentro, hecho mierda). Aquí, dentro de muy poco, va a ser exactamente igual.

—¿Tú crees?

—Ya me están quitando el fundo —dijo ella—, y ahora lucho para que me dejen las casas patronales y unas cuantas hectáreas. ¡Para parar la olla!

El Poeta había colgado el fono después de esa llamada, se había vestido, había partido a la Casa de las Américas, y la compañera Maribel, la amable gordita con sus gruesos anteojos de miope, tal como se lo había anunciado, le tenía los pasajes vía Madrid, un La Habana-Madrid y un Madrid-Santiago, y su pasaporte chileno. Si le hubieran interceptado el llamado de esa mañana, a lo mejor no se los hubieran tenido, o le habrían inventado algún trámite nuevo. Pero ahí estaban, los pasajes y su pasaporte, el que había dejado en manos de la policía y que ésta había entregado a las autoridades de la Casa a su llegada a la Isla, encima de una mesa, y la compañera Maribel se los pasó por encima de su escritorio, como si tal cosa. Él, al recibirlos, temblaba como una jalea, estaba a punto de caerse de fatiga. Nunca se había imaginado que un detalle así pudiera tener un efecto tan aplastante. Era como si lo hubieran puesto contra el paredón, enfrentado al pelotón de fusilamiento, y a los pocos segundos le hubieran dicho que estaba absuelto, que podía irse. Fue corriendo a su departamento y llamó a la Teresita. Las manos, mientras marcaba los números, todavía le temblaban. Puso los pasajes y el pasaporte en una repisa, para hablar con ella sin quitarles la vista ni un solo instante. Teresa, inefable, amorosa, dijo que iba a estar en el aeropuerto esperándolo, y por eso, cuando atravesó algunos días más tarde las barreras de la policía chilena, igual de antipática que la cubana, pero menos peligrosa (por ahora, al menos), y salió después del recinto aduanero, donde un inspector había husmeado sus libros por el revés y el derecho, como si se tratara de material incendiario, y cuando vio que ella estaba detrás de aquellos cristales, y junto a ella, Eduardito y el Chico Adriazola, a quienes ella les había contado lo del regreso del Poeta, lanzó ese extraño grito de felicidad, poco suyo, en cierto modo, y de alguna manera nueva, después de tantas cosas y de tantos miedos, de tantas angustias, muy suyo, y aquí conviene dejar constancia de que también estaba Bernardita, la joven mujer de Eduardito, porque acababa de casarse, y era una niña bien, de colegio de monjas, de aspecto tranquilo, introvertida, aunque capaz de transformarse en una fiera, como supo el Poeta un poco más tarde, si se tocaba el tema de la política, y además de todos ellos, entre la gente que esperaba dándose empujones, pechando por mantener su puesto en la primera fila, divisó, también, a un primo hermano suyo, el

Mote Gandarias, a quien no veía casi nunca, arquitecto de profesión, y que ahora, por lo visto, en virtud de las complicadas circunstancias, estrechaba fila con sus parientes, y sobre todo con Humberto, Ernesto, Eulalio, su primo aficionado a la poesía y a toda clase de huevadas, pero que venía escapando de Cuba, el rotito, patitas que te quiero.

Esa misma tarde, en la casa de Ñuñoa, la de siempre, la de la puerta de calle que había golpeado Eduardito para despertar a don Eulalio Clausen, el papá del Poeta, y decirle que tenían preso a su hijo por desórdenes en la vía pública, hacía cuántos años ya, al final de la noche memorable en que el Poeta había conocido a Teresa y le había desintegrado varios de los botones forrados en tela que cubrían su bella espalda, y mientras le contaba el largo viaje a su madre y miraba fotografías de su padre, don Eulalio, que había muerto durante su ausencia, el pobre viejo, desplatado, deprimido, el Chico Adriazola, que llegó como a las nueve de la noche, celebró mucho, con demostraciones de afecto francamente exageradas, su regreso a Chile.

—Me hacías mucha falta —confesó el Chico, mirándolo de frente, de ojos húmedos, y el Poeta tuvo la curiosa sensación de que la gente, en este reencuentro suyo con el país, era menos reservada que antes, menos púdica, manifestaba sus sentimientos en forma mucho más clara, como si la situación ya no permitiera elegancias, disimulos, discreciones inútiles, como si ya no hubiera tiempo para sutilezas, como si el horno ya no estuviera para bollos. Y le dijo, el Chico, que a Eduardito, sospechaba él, lo habían casado a la fuerza, porque el viejo Harpagón y su mamá, doña Toya de tanto y tanto, en su eterna quejumbre, en su pálida fragilidad, habían calculado que así lo vigilaban desde dos frentes, o desde tres: la familia paterna, la familia nueva y la oficina de abogados. Porque Eduardito, de repente, a pesar de que había cumplido con todos los rituales del orden, se desmandaba. Se juntaba por ahí, en los bares y los cafetuchos de toda la vida, en el Bosco, que todavía existía, en antros aún peores, con poetas borrachines, con pintores de mala muerte, con músicos que componían música dodecafónica y a la vez militaban en el MIR, y hablaban de poesía, y de política de ultra izquierda, de tomarse el poder por las armas, de voto más fusil, después de todo lo cual, él, Eduardito, se recogía tarde en la noche y a medio filo, y por añadidura, en su condición de niño bien, de hijo de don Fulano y de doña Fulana, de abogado en ejercicio, después de haber pagado la cuenta de todo el mundo, y por consiguiente, con la billetera pelada, y su mujer, entonces, la falsa mosquita muerta, que lo había estado esperando despierta, sentada en la cama, con ojos llameantes en la oscuridad, con sus manos chicas, pero empuñadas, puro hueso filudo, le pegaba hasta dejarlo molido. Y no sólo eso: al día siguiente lo sacaba de la cama a tirones, no después de las siete de la mañana, le embutía una taza de café con leche y un par de tostadas y lo mandaba retobado, con viento fresco, a la oficina.

—¡Chuta! —exclamó el Poeta—. ¿Y la Teresita?

—¿Seguís enamorado de la Teresita?

—Creía que se me había pasado. Con mi matrimonio en La Habana, con todas esas cosas. Pero ahora parece que me ha vuelto.

Su mamá les sirvió en el comedor una sopa caliente de fideítos. Había escuchado el diálogo, pero no se metía en esos asuntos. Por principio. Y no sólo no se metía: no creía. A todo esto, el Poeta observaba que el Chico, el Pipo, estaba flaco, y que le faltaban dos o tres dientes, y que tenía unos movimientos nerviosos, bruscos, que antes no tenía. Sonó el teléfono, y era Eduardito, y después de varios preámbulos, de afectos que se reiteraban, le contó que sus padres iban a partir de viaje a Buenos Aires dentro de un par de días, para explorar el terreno, por si convenía refugiarse allá.

—¿Refugiarse de qué?

—Del comunismo. ¿De qué va a ser?

Y Eduardito, en virtud de eso (y después de reiterarles a sus padres que el Poeta había «escapado» de la isla comunista), había conseguido que le prestaran la casa para darle una cena de bienvenida. Porque la casa suya de recién casado era demasiado chica, y su mujer, la niña de las monjas, a la cocina le pegaba poco. Y pensaba invitar a medio mundo, a poetas de la vieja generación, a bardos y narradores más jóvenes, a mujeres bonitas, a Teresa Echazarreta (y estoy obligado, dijo, a invitarla con el huevón de su marido), a tu primo el Mote Gandarias, a quien tú me digas.

—Yo no sé —replicó el Poeta, confundido, pensando que no tenía ropa elegante—. Ya ni me acuerdo de Chile: perdí la costumbre de las comidas y las conversaciones chilenas.

—¿Y te acuerdas, siquiera, de la poesía?

—Poco —replicó el Poeta, con una risa medio socarrona—, muy poco. Me acuerdo de esos gallos de La Mandrágora, que olían como ratas podridas, y de un chico que parecía que estaba electrizado, colgado del alambre, y de la antipoesía y el Antipoeta, y del *Cagatorio*, parodia del *Purgatorio*, del Dante, y que era obra de un poeta y empleado bancario que se llamaba Tupper.

—A todos los vamos a invitar —replicó, y más que replicar, cantó Eduardito por la línea del teléfono—. Y si estuviera en Chile el Gordo Bonzo, también me atrevería a invitarlo, pero lo mandaron de embajador a no sé dónde.

—Y a mí —preguntó el Poeta—, ¿no me darían un consuladito por ahí?

—Si te hubieras portado bien en Cuba, quizá sí. Pero la cagaste una vez más.

—Es que el Poeta —comentó el Chico, al lado del teléfono, riéndose en forma convulsiva, tapándose con una mano la boca desdentada—, no sabe dar puntada con hilo.

Eduardito escuchó desde el otro lado de la línea y también se rió. Al Poeta, por su lado, le daba susto encontrarse con el marido de Teresa, Pedro José Urmeneta, o Errázuriz, o Lezaeta y algo más, sobre todo después del episodio del hotel de París, del disparo con bala de fogueo, de todo eso, y ahora que los ánimos parecían estar tan caldeados, pero si Teresa asistía con él a la cena, era porque confiaba, había que suponer, en controlar las cosas. Y estaban, tres días más tarde, a las nueve y media de la noche pasadas, Eduardito y su mujer, y el Chico, y él, y su primo hermano, el Mote, que desde su llegada al aeropuerto de Santiago no se le despintaba, y que había llegado a la cena de punta en blanco y a la hora exacta, en el amplio vestíbulo de la mansión de los papás de Eduardito, cerca de los vitrales con castillos almenados y virginales pastoras en vidrios de los más variados colores, cuando vieron que Teresa y su marido, Teresa Beatriz, subían las escaleras, muy formales. Ella venía espléndida en su elegante madurez, de vestido negro largo y escotado, collar de ámbar, zapatos puntiagudos negros con filete dorado, y el marido (el Pedro José de los cojones, el de las balas de fogueo), que había engordado y estaba todavía más rojo, más rubicundo, más grosero de aspecto que antes, se había puesto un traje azul a rayas, cruzado, y una camisa de seda celeste, abrochada en los puños mediante colleras de oro macizo, y una corbata de gran lujo y de probable gran precio, que sobresalía en su pecho como un ostentoso repollo de seda pura y lleno de colorinches, y se notaba, aunque lo tratara de disimular, que estaba gratamente sorprendido de subir las escalinatas de una morada de tanto lustre. No demostró ningún exceso de alegría, como era de suponer, al encontrar de nuevo, después de algunos años, al Poeta, y en un escenario tan diferente al del encuentro anterior, en una casa tan rica, tan llena de luces tenues, de tapices persas, de floreros de bronce y cristal de roca desbordantes de flores frescas, pero lo saludó, de todos modos, con buena educación, con una sonrisa de hombre de mundo y de hombre consciente de que el mundo suyo corría el serio riesgo de desmoronarse, y de que había que aprovechar las coyunturas que se presentaran sin hacerse demasiadas preguntas, sin demasiados remilgos, por si las moscas. El timbre volvió a sonar varias veces, y otra gente volvió a subir por la escalinata de mármol, poetas chascones cuyos zapatones entierrados, carcomidos en los bordes, desentonaban con las alfombras persas, y que se abalanzaban a darle un abrazo al Poeta, músicos compulsivos, de propósitos feroces, de camisetas negras en las que parecían haber dormido a lo largo del último año, y gente bien trajeada que el Poeta no había visto en su vida, pero que le habían expresado a Eduardito su deseo de conocerlo, porque ocurría que el Poeta, Eduardo, Eulalio, Ernesto, a través de sus viajes, y del premio de Casa de las Américas, y de ocasionales noticias en la prensa, y sin que él mismo se hubiera dado cuenta, había adquirido fama en su país, y no sólo fama: hasta un cierto perfil de leyenda, una curiosa aureola, una sombra alargada y enroscada.

2

Una vez más, las versiones difieren. Como diferían con respecto a su paso por Cuba, a su militancia o no militancia comunista, a los detalles de los encuentros con María Dolores, a todo eso. Algunos dicen que la cena ofrecida por Eduardito en casa de sus padres fue el acontecimiento del año, indicación de que las cosas no andaban tan mal, a pesar de los puntos negativos explotados por una derecha enferma de histeria, y otros, muy por el contrario, aseguran que fue un fracaso estrepitoso, un lamentable escándalo, un verdadero desastre. El país, como ya se sabe, estaba desde hacía rato dividido en dos lados, polarizado a concho, separado por un abismo, y todo el que pretendía ignorar estas circunstancias se daba de cabezazos contra una roca. Uno de estos inocentones o seudo inocentones, cegado por su ambigüedad, por la ilusión de sentarse en dos sillas, de estar bien con todos, era el propio Eduardito, un Eduardito que nunca pasaría de ser Eduardito, y que nunca, por eso mismo, llegaría a ser. Había creído, había pretendido creer, que se podía mezclar al marido de Teresa Echazarreta, a Pedro José Lezaeta, o Urmeneta, o Echeverría González, y a una pareja de colegas suyos, y a un compañero de sus años del Grange School acompañado de su atractiva esposa, con el homenajeado, que había militado o por lo menos había sido compañero de ruta del comunismo chileno y que ahora regresaba de Cuba, sí, señores, de Cuba castrista, y además del homenajeado y laureado, con los astrosos, malolientes fundadores de La Mandrágora, con un músico dodecafónico y militante no demasiado discreto del MIR, miembro vociferante, comprometido hasta el tuétano, de la izquierda revolucionaria, y se había equivocado, como era perfectamente previsible, en forma rotunda. Era difícil comprender, en realidad, cómo, tratándose de una persona inteligente, informada, con una relativa experiencia en el ejercicio de la profesión de abogado, había podido equivocarse hasta ese extremo. Pero Dios Todopoderoso, o algún angelillo inferior, maligno, se habían encargado de confundirlo. Y era muy posible que ese angelillo inferior, de mente retorcida, de manejos turbios, tramposos, no fuera otro que el espíritu envenenado de la literatura, esto es, una insidiosa encarnación suya. El hecho es que la mesa de don Ramiro Villaseca y de doña Toya de tanto y tanto, la del poderoso Harpagón y la debilucha Tolita, con el servicio de cristal de Baccarat de las grandes ocasiones, con violetas que rebosaban del adorno central de plata maciza, con la naturaleza muerta del muro del fondo, era una fiesta para los ojos, una anacrónica gloria, pero en serio riesgo estuvo de transformarse en campo de furiosa batalla. Y todo comenzó, dicen, cuando Eduardito cometió la torpeza mayúscula de excusarse por no haber conseguido filete de vacuno, y por ofrecer a sus invitados, en sustitución del filete, unas presas de pollo más bien desabridas, de probable origen chino, acompañadas de un arroz blanco no menos desabrido. Porque el marido de Teresa, Pedro José, que hasta ese instante había estado complacido por la riqueza desplegada en el ambiente, pero tascando el freno a causa de la espantosa mescolanza de invitados, estalló de pronto como un energúmeno, con toda la fuerza de un volcán desbordante de lava, de cascotes y fragmentos de roca, de materias ígneas acumuladas. Dijo, sin dejar de masticar su pata de pollo, con cara de furor incontenible, que el comunismo, ¿no lo sabían ustedes?, era sinónimo de miseria, de esclavitud, de hambruna, y ante dos o tres observaciones temerosas, cautelosas, del Chico Adriazola, militante disciplinado, recordemos, del glorioso partido, contestó que había que aplicar el cauterio, y pronto, para evitar que la gangrena se propagara.

—Es decir —pontificó, mirando a la concurrencia con desprecio, pensando que no se podía servir con cristalería de Baccarat y porcelana de Limoges a esperpentos como los que estaban ahí reunidos, profesores universitarios sin dientes, musicastros comunistas, poetas que no se afeitaban todas las mañanas, y rumiando en su interior que Eduardito Villaseca era un descriteriado, un mariconzuelo, un traidor a su clase—, el mejor comunista es el comunista muerto.

—¿Cómo? —preguntó el Chico.

—Ya me oyeron —dijo Pedro José, cuyas colleras lanzaban destellos como puñales—, no tengo ninguna necesidad de repetirlo.

—Pero deberías tener un poco de respeto por las ideas de los demás, sobre todo cuando están sentados alrededor de la misma mesa —tartamudeó Eduardito, rojo hasta la punta de las orejas, nervioso, con un temblor de la barbilla que no podía contener.

—¡Qué respeto ni qué respeto! —vociferó Urmeneta, o Lezaeta, o González Echeverría, dejando su pata de pollo encima del plato y limpiándose los dedos gruesotes, colorados, peludos, en la servilleta, con una calma tensa que no presagiaba nada bueno—. El que debería tener un poco más de respeto con sus padres, con su nombre, con las ideas de su familia, eres tú, ¡huevón de mierda!

—¡Oye! —protestó el Poeta, poniéndose de pie, dispuesto, al parecer, a salir a pelear a bofetadas a la calle, pero Teresa, que estaba sentada a su lado izquierdo, lo tomó de la manga con suavidad, aunque al mismo tiempo con firmeza, con amabilidad persuasiva, por decirlo de algún modo, y lo obligó a sentarse de nuevo.

—¡Nos vamos! —gritó Pedro José, con los ojos inyectados en sangre, mirando a Teresa—, no aguanto a esta tropa de vendepatrias, de traidores, de maricones.

—¡Pedro José! —suplicó ella.

El Chico Adriazola, que sostenía una copa de Baccarat rojizo con un resto de vino tinto, abrió la mano, en un gesto en el que se combinaba la rabia con el estupor, y la copa cayó al suelo y estalló en mil pedazos.

—¡Ves tú lo que te pasa —aulló el marido de Teresa, mostrándole a Eduardito la mancha en la alfombra del vino y de los cristales reventados—, por darle afrecho a los chanchos!

Los poetas de La Mandrágora, que no habían demostrado el menor interés en participar en aquella pelea, que más bien habían tomado palco para presenciarla, para ver desde la primera fila cómo los pesados, lentos, absurdos contendores se sacaban chocolate de las narices, relataron después la trifulca entre risas entrecortadas y versiones contradictorias. Algunos sostenían que el Poeta se había trenzado en una batalla descomunal con el marido de Teresa, a quien ya se había encargado en años anteriores de ponerle un gorro del tamaño del cerro San Cristóbal, y otros contaban que la Teresita, que con los años, por lo visto, después de haber sido la inocente niña de los botones forrados en tela gris, había sacado garras, había desarrollado una personalidad insurrecta, sorprendente, había llevado al Poeta a una sala de al lado, sala de juegos o de algo por el estilo, y que se había notado que le suplicaba cosas en la penumbra, colgada de su cuello, y que le daba apasionados besos sin el menor disimulo, con impudicia desafiante.

—¿Vienes conmigo? —parece que preguntó el marido, ya sin el menor recato, y ella se desprendió del Poeta, y dicen que dijo en voz alta: No soporto más a este huevón.

¿Sería verdad? Se sabe que el Chico, después de la borrasca, se tambaleaba, pálido como un papel, y parecía evidente que sus riñones cancerosos, su hígado debilitado, su pulso irregular, febril, le jugaban una mala pasada. Porque incluso había levantado una segunda copa del pesado y lujoso Baccarat, con el fin de reemplazar a la primera, y también la había soltado y había reventado en el suelo con escandaloso estrépito.

—¡Ya, Chico —le gritaron los poetas surrealistas, desmedidos, burlones, indiferentes—, te vamos a amarrar las manos!

La mujer de Eduardito, a todo esto, la niña de las monjas inglesas, la mosquita muerta, daba la impresión de haber salido de su reserva. De repente se plantó frente a los mandragoristas, al músico, a dos o tres más, se cruzó de brazos, con ojos de los que saltaban chispas, y les espetó en plena cara:

—Estoy enteramente de acuerdo con Pedro José. Ustedes se han comportado como unos verdaderos salvajes, han destruido una cristalería que lleva más de un siglo en manos de la familia, han insultado todo lo de bueno y de respetable que todavía existe entre nosotros, así es que... Quiero decir, si tuvieran ahora la amabilidad de retirarse...

—¿Nos estás echando? —preguntó el músico mirista, el dodecafónico.

—Sí —replicó ella, Bernardita, con expresión de dignidad profundamente herida—. ¡Tú lo has dicho! ¡Los estoy echando!

—¡Bernardita! —suplicó entonces Eduardito, que venía de tratar de calmar a Pedro José, de tratar de impedir, con poco resultado, que zamarreara a Teresa.

—¡Quítate! —replicó su mujer—. ¡No me toques!

Con lo cual, la pareja de Teresa y Pedro José, que había sobrevivido a una grave crisis anterior, quedó en ruinoso estado, y la de Eduardito y su niña navegaba por un mar de sargazos y tormentas. Se dijo que los poetas sueltos y los mandragóricos, en compañía del Poeta, seguidos por el músico guerrillero, por el crítico y ocasional narrador Antonio Avaria, por algún otro, desaparecieron en los dormitorios y en las antesalas oscuras del primer piso, volvieron a aparecer a los diez o quince minutos y emprendieron la retirada por la escalinata monumental. Bajaron en relativo orden, aguantando la risa, disimulando una botella de whisky de buena marca en los repliegues de una chaqueta, y se encaminaron por la Alameda en dirección al poniente, rumbo al inevitable Café Bosco. Pero había un secreto entre ellos, algo así como un secreto a voces y que pertenecía al género picaresco, porque de repente se detuvieron, se dieron vuelta en plena calle, y soltaron la carcajada frente al espectáculo de dos o tres piyamas de don Ramiro, alias Harpagón, que colgaban como fantasmas de las ramas superiores de los plátanos orientales.

—*Ballade des pendus*—recitó, con notable entonación lírica, aunque con voz enronquecida, apagada, aguardentosa, Teófilo Cid, y sus acompañantes cercanos aplaudieron. A todo esto, la Bernardita le decía a Eduardito, su flamante pero decepcionante marido, que su padre, si veía sus piyamas colgando en plena Alameda, sería capaz de estrangularlo, y mientras decía esto, trataba de recuperar las prendas colgadas con ayuda de un largo palo de escoba. Al final logró restablecer un poco de orden, pero, claro está, no había manera de recuperar las antiguas copas de Baccarat, únicas en su especie, parte de un servicio que había traído de Francia, después de cumplir una misión diplomática ante el gobierno de Napoleón III, el Almirante Blanco Encalada, que se le habían soltado de las manos del Chico Adriazola.

Dos o tres días después, se supo que el Chico estaba gravemente enfermo, aunque había diversas versiones acerca del mal que lo aquejaba, pero todas coincidían en que no tenía remedio, y también se supo que Teresa, la inefable, Teresa Beatriz, había partido a su fundo, situado en la región de Peumo o un poco más al sur, con camas y petacas, dejando a sus hijos pequeños al cuidado del bestia de su marido. ¡Madre desnaturalizada!, exclamaron varios, y hasta se escuchó decir que era una pituca comunista, y que merecía que le metieran un par de balas, por traidora a su gente, a la gente que la había amamantado y la había protegido. ¡Y pensar que venía de las monjas inglesas, la muy desgraciada!

—Parecía una buena chica —dijo otro—. Pero resultó que era una calentorra, más puta que las arañas, y ahí la tienes... ¡Abandonada por su marido, hombre serio, trabajador, de orden, gente nuestra, de absoluta confianza, y consolándose, tirando a todo trapo, como si el mundo se fuera a acabar, con unos zaparrastrosos!

—Es que el mundo sí se va a acabar —dijo un tercero.

—¿Sugieres, entonces, que ella, la puta cabrona, tiene razón?

—¡Anda tú a saber!

3

Poco después se supo de buena fuente, y ahí sí que el escándalo adquirió niveles superiores, wagnerianos, dijo alguien, nietzscheanos, corrigió algún otro, que la Teresita, ¡la de los botones forrados!, no se había contentado con abandonar a su marido y a sus hijos, sino que se había llevado al Poeta a vivir con ella en su fundo del sur, situado por Talca hacia la costa, no muy lejos de la desembocadura del río Maule. Se sabía que el marido ofendido y gorreado intentaba toda clase de acciones judiciales, querellas por abandono del hogar y por otros graves delitos, con las cuales se proponía adquirir la tuición legal definitiva de los hijos y quedar beneficiado en la separación de bienes, y que ella, Teresa, dueña de centenares de hectáreas planas, regadas, de extensos potreros, de algunas plantaciones de viñas y de árboles frutales, no leía las cartas que le llegaban al campo, no salía nunca a atender el teléfono, tiraba las notificaciones judiciales, con todos sus sellos y sus proveídos, sus advertencias conminatorias, al canasto de los papeles. Sus tierras, entretanto, estaban seriamente amenazadas por la reforma agraria en marcha. Dueños de fundos de los alrededores llegaron a contarle que habían visto con sus propios ojos el decreto de expropiación de la propiedad suya, y hablaban de formar milicias armadas, de defenderse a tiros, de volarles la raja a los inquilinos sublevados.

Ella, en la galería exterior de su casa, de botas y pantalones de montar, blandiendo una huasca inglesa, les dijo que no pensaba resistir, que no haría nada, que ni siquiera leería los papeles: dejaría que las cosas pasaran como tenían que pasar, y si sólo le quitaban una parte de sus tierras, bien, y si le quitaban todo, ya se las arreglaría, cambiaría de vida, lo que fuera. Sus vecinos escuchaban esto y movían la cabeza con profundo desagrado, la miraban entre ojos, tascando el freno, y después se miraban entre ellos, murmurando que la batalla, la guerra, llegaban a decir, se iba a perder porque había demasiada gente contagiada con esa misma pasividad, con ese mismo entreguismo.

—¿Qué guerra? —se atrevió a preguntar Teresa, y ellos pasaron de las murmuraciones soterradas a la ira, al odio sin disimulo.

—¡Qué guerra va a ser! ¿En qué mundo vives, Teresita?

Todos sabían que tenía a un sujeto extravagante, sucio, melenudo, encerrado en sus aposentos, y algunos agregaban que era un muerto de hambre, un comunista de partido, y que se dedicaba, para colmo, como si estuviéramos en Jauja, a escribir poesía, ¡el perla!

—Mujer pelotuda —gruñeron algunos, y otros sentenciaron que era una perfecta traidora, y que había que anotarla en la lista. ¿En qué lista? En la lista, la que guardaban en la cabeza, aun cuando todavía no la hubieran pasado al papel escrito.

Se decía, a todo esto, que el famoso comandante campesino de a caballo, seguido siempre por cinco o seis de sus fieles, un pequeño pelotón de caballería, todos armados hasta los dientes, el Comandante Pepe o algo por el estilo, había sido visto en las cercanías de Las Perdices, porque así se llamaba el fundo de Teresa Echazarreta y también el canal de aguas lentas que lo atravesaba por el medio. Pero ella, impertérrita, se limitaba a administrar lo mejor que podía, en espera de que llegaran los de la reforma, y lo hacía montada en su overo preferido, protegida del sol por una chupalla medio deshilachada, todavía hermosa, aun cuando las primeras arrugas en la frente, los primeros surcos debajo de los ojos, acentuados por la vida al aire libre, por las preocupaciones de todos los días, habían empezado a marcarse. Hasta se dijo que había tenido un encuentro con el tal Comandante Pepe en la parte donde el canal de Las Perdices hacía una curva, debajo de un sauce frondoso, y nadie sabía de qué habían hablado, pero los testimonios indicaron que habían conversado durante un buen rato, y que en diversos pasajes de la conversación se habían reído de buena gana. Ella llegó a la conclusión de que al Comandante Pepe también le interesaba la poesía, y así se lo comentó al Poeta al regresar a la casa después de una interminable jornada, con las mejillas encendidas en patacones rojos y gruesas perlas de sudor alrededor del cuello y en la frente.

—Lo que pasa —sentenció el Poeta, bebiendo un sorbo de vino pipeño—, es que a todos les ha dado por la poesía. Como si la poesía y la revolución tuvieran algo que ver. Nadie sabe qué, pero algo.

—A todos, menos a los funcionarios —dijo ella.

—Menos a los *burrócratas* de uno y otro lado, como le gusta decir al Antipoeta.

Se rieron, y el Poeta abrazó a Teresa, a su Teresa Beatriz, y la besó en las partes del cuerpo donde había sudado más: debajo de la barbilla, en los alrededores de los labios, hasta en los sobacos.

—¡Quítate! —exclamó ella, con furia fingida, pero ocurría que ella, en esos días de espera, de incertidumbre, aparte del cuidado minucioso, maniático, de sus tierras, se refugiaba en los mundos particulares que Ernesto, Eulalio, Armando, le había revelado: leía filosofías y teorías diversas, desde Roman Jakobson y Mijail Bajtín hasta Theodor Adorno, poemas de las más diferentes culturas, César Vallejo y T. S. Eliot, Ungaretti, René Char y Eugenio Montale, sin excluir sagas escandinavas e irlandesas, o versos ocasionales escritos por novelistas como James Joyce y D. H. Lawrence, y cuando el Poeta, más bien indiferente a la música, se descuidaba, o cuando salía a caminar por los potreros en el atardecer, ponía en su tocadiscos alguna ópera de Verdi, de Donizetti, de Bellini, y la ponía a toda pastilla, porque su marido y sus niños ya no andaban por ahí cerca, y porque le encantaba que las voces líricas retumbaran en los campos solitarios, bajo la bóveda celeste cubierta de estrellas. E incluso, en algunas ocasiones, en momentos de inspiración particular, abría las ventanas de par en par y cantaba ella misma a todo lo que le daban los pulmones, siguiendo el canto con movimientos llenos de gracia.

El Chico Adriazola anunció por teléfono que iría de visita el fin de semana, un fin de semana largo, ya que las fiestas religiosas todavía no se suprimían, y fueron a buscarlo al paradero de buses. El Chico se bajó del vehículo cansado, demacrado, cargado de papeles, de revistas, de panfletos, de algunos libros, de un poco de ropa. Habló de entrada, mientras hacían el viaje desde el paradero al fundo en el automóvil de propiedad de Teresita, que ya se veía bastante destartalado, de los problemas peliagudos del gobierno, bloqueado por todos lados, sitiado desde adentro y desde afuera, desde adentro, por los momios sublevados, enloquecidos (me consta, comentó ella), y desde afuera, por el gobierno criminal (dijo el Chico, sin comerse la palabra), de Richard Nixon, sin excluir (afirmó en voz más baja, como si le doliera reconocerlo), a los cabezas calientes de la ultra, a los que atornillan al revés, y declaró, acto seguido, con un dejo de solemnidad, que hablar de la revolución, como habían hablado durante tantos años, en tantas tribunas y tantas tabernas y mentideros, era recontra fácil, pero hacerla, hacerla de verdad, era, había que reconocerlo, una perfecta jodienda. Después se zampó un par de vinos con manos temblorosas, anduvo por el huerto, demostró que no sabía distinguir una mata de porotos de un tomatal o de una esparraguera, y volvió a meterse a la casa. Intelectuales de mierda, se dijo el Poeta, y en seguida se preguntó si Fidel Castro o el Che Guevara (que en paz descanse o no descanse), habrían pensado lo mismo, si habrían reaccionado en la misma forma.

A la semana subsiguiente, el Chico llamó por teléfono desde Santiago y anunció viaje de nuevo. Se bajó del bus, esta vez, en compañía de un profesor de filosofía y escritor, autor de novelas, cuentos, ensayos, divagaciones libres, un personaje a quien el Poeta solía encontrar en sus tiempos de La Habana y que en aquellos años hacía clases de marxismo, así, de marxismo, en la universidad habanera, en compañía de Jesús Díaz y de algún otro. Se llamaba Le Cléziel, Marco Antonio Le Cléziel, y había estudiado filosofía en el Pedagógico de la Universidad de Chile, allá por Macul, en tiempos de agitación extraordinaria, de efervescencia estudiantil desaforada, de peñascazos a los carros lanza aguas, mejor conocidos como huanacos, de barricadas y bombas molotov a los carabineros, y había publicado poemas en revistas universitarias (no muy buenos, decía el Poeta, arriscando la nariz, echando los labios gruesos para un lado), y se había metido con la gente del MIR, y un buen día se había presentado en compañía de un chico bastante más joven que él, pelado al rape, de cara redonda, sin cejas, que al Poeta le había dado la impresión de un pez exótico adentro de una redoma, y se había declarado, Le Cléziel, Marco Antonio, sin que nadie se lo pidiera, sin decir agua va, homosexual, les guste a ustedes o no les guste, con expresión desafiante, y había agregado, para más claridad, maricón, y después había conseguido una beca de Francia, el país de sus antepasados cercanos, de su padre, para comenzar, y había desaparecido, por inadaptación, por insatisfacción existencial, por su elección sexual, por lo que fuera, del horizonte criollo.

Ahora bien, Marco Antonio Le Cléziel era una mezcla insólita, una contradicción en dos patas. Su padre, que lo había concebido a sus setenta y ocho años de edad, en sus segundas nupcias, era oriundo de Burdeos, Francia, enólogo de profesión, y había sido contratado a comienzos de siglo (hablamos del siglo XX, desde luego), para asesorar a tres o cuatro viñas de Colchagua y sus alrededores. De manera que Marco Antonio había pasado sus años de infancia y de adolescencia en el riñón agrícola de Chile, descubriendo a Balzac, a André Gide, a Henri Bergson, en la biblioteca de su padre, y a la vez podando viñas, montando yeguas, tomando chicha en rodeos. Decían que al final de una larga jornada de tomatina y comilona, de chichas recién fermentadas, de vinos tintos con frutillas, de costillares de chancho con puré picante, de carneros al palo, de sandías refrescadas a la orilla del río Tinguiririca (nombre que al Gabacho, a pesar de su niñez colchagüina, le costaba su buen poco pronunciar), y rematadas con algún aguardiente chillanejo, a lo mejor un apiado, un guindado, unos huasos brutos se lo habían violado detrás de unas zarzamoras, y que de ahí le venía la tendencia. Pero no había informaciones concluyentes sobre esta escabrosa materia, y muchos sostenían que habría sido maricón de todas maneras, se lo hubieran o no se lo hubieran zumbado, porque era, de hecho, de fondo, de constitución, y como le gustaba decir a algunos, de nación, más maricón que los perros nuevos. Pero las cosas no son tan claras, no admiten un juicio tan terminante, porque era, por encima de todo, el Gabacho Le Cléziel, y ya lo hemos adelantado nosotros,

251

una contradicción ambulante: homosexual y mujeriego, afeminado, con gesticulaciones bruscas de loca histérica, y como bala para las bofetadas, huaso colchagüino e intelectual medievalista, bueno pa' la guitarra, bailarín de pata en quincha, y lector asiduo de Marcel Proust, punto, este último, en el que se había adelantado al gusto de don Ferdinando, su padre.

La Teresita miró en un primer momento a la novedad que había traído el Chico Adriazola con algo de sorpresa, con reserva bien disimulada, sin dejar de hacer los honores de la dueña de casa, ofreciendo en bandejas cubiertas con manteles bordados un pisco sauer recién batido, unas empanaditas de queso, formidables aceitunas, pedazos de charqui de vacuno, seguidos de una cazuela de ave servida en platos hondos de greda y de un glorioso costillar, cosas que en los campos y sobre todo en el interior de los fundos todavía era relativamente fácil de conseguir, y ya hacia el final del almuerzo, superada la reserva inicial, se reía a carcajadas con las salidas del escritor filósofo, y al anochecer, mientras hacían una caminata por los potreros cercanos, parecía encantada con los conocimientos agrícolas que exhibía como al pasar, sin insistir demasiado en ellos, el experto en San Anselmo y en San Agustín de Hipona. Teresa, pues, la dueña, la terrateniente amenazada de expropiación, daba muestras de haber sido conquistada, al menos en el sentido intelectual, en el de los conocimientos heterogéneos, por el huaso medievalista, y el Poeta se mostraba más bien amurrado, irritado.

Si la homosexualidad de Marco Antonio no hubiera sido un hecho de conocimiento público, se habría podido sostener que el Poeta estaba, más que irritado, decididamente celoso, pero la hipótesis no es del todo clara. El Gabacho Le Cléziel, a pesar de su curiosa vena criollista, campesina, era una loca confesa. Ahora bien, ¿se puede ser una loca declarada y un seductor nato? A nosotros nos parece que sí, que son extremos convergentes y hasta coherentes. Hasta se podría sostener que el histerismo homosexual, la locura de las locas, y la manía de la seducción, que nunca descansa, que constituye otra forma de locura, van casi siempre juntos. Y no podemos saber hasta qué punto Teresa, la Teresita Echazarreta, enérgica, voluntariosa, pero aislada, confinada, segura de sí misma, pero amenazada en la propiedad de sus tierras de Las Perdices, propiedad que formaba parte de ella misma, con la que ella había crecido y desde donde había mirado el mundo, si esta Teresa, repetimos, podía ser vulnerable a los cantos de sirena del Gabacho. En cualquier caso, nos parece obvio que el Poeta, aficionado a decir verdades molestas, amargo, escéptico, no era la persona más adecuada para levantar el ánimo en coyunturas complicadas. Ni el ánimo de ella, su pareja, ni el de nadie. Entretanto, el Gabacho tocaba cascabeles, agitaba pañuelitos, mezclaba una sentencia estoica, senequiana, con alguna advertencia sobre almácigos, sobre esparragueras, sobre las guías de las alcayotas, y Teresita, Teresa Beatriz, soltaba la risa.

4

Llegó hasta el fundo de Teresa Echazarreta, en esos días, la noticia de que el Chico Adriazola se había tenido que internar en el Hospital Sótero del Río, aquejado de alteraciones del ritmo, de un extraño mal a los riñones, de fiebre alta acompañada de frecuentes delirios, y el Poeta y el Gabacho Le Cléziel decidieron partir a Santiago a visitarlo. Teresa, por su lado, había llegado a niveles de entendimiento mínimo con Pedro José, su marido o, si se quiere, ex marido y padre de sus hijos, y había conseguido que la autorizara para llevar a los niños al fundo durante el fin de semana. Partió, pues, loca de ansiedad por reunirse con sus hijos, y aprovechó para llevar al Poeta y al Gabacho a Santiago en su automóvil, un BMW que había sido de calidad, pero que ahora estaba desvencijado, lleno de sonajeras, cacharriento, y cargado, además, con cajas de manzanas y de paltas, huevos de campo, tomates y espárragos, productos que la ayudaban, en esos días de escasez creciente, en la tarea de sobornar al bruto de Pedro José y de que le permitiera estar con sus hijos con más frecuencia. Al llegar a los suburbios del sur de la capital, tomó por avenida Matta, subió a Providencia y llevó de inmediato al Poeta y al Gabacho a la casa de Eduardito, que vivía con su mujer en el barrio de Vitacura, y donde ella, impaciente por reunirse con sus niños, no quiso entrar.

—No te vayas a juntar de nuevo con ese ballenato de tu ex —dijo el Poeta, con uno de sus rictus habituales.

Ella se limitó a hacer un gesto de negación en el aire, mientras se subía y ponía en marcha el motor de su cacharro. A todo esto, el Poeta, el Gabacho y Eduardito habían convenido por teléfono en hacerle una visita al Chico Adriazola (¡al pobre Chico!), en su sala común de hospital; después seguirían camino a una fiesta en la casa de unas amigas de Eduardito y de su mujer: unas jóvenes prerrafaelistas, según se anunciaba, de largas cabelleras de lino, omóplatos delicados, grandes escotes y pechos pequeños de piel muy blanca y pezones muy finos.

Entraron, pues, a la casa de Eduardito y Bernardita, su mujer, uno de esos bungalows del barrio alto de la ciudad atiborrados de muebles franceses de imitación, con una que otra acuarela de Nemesio Antúnez o una mancha de algún otro en las paredes, con un mínimo jardín y una terraza amoblada con muebles de paja y de cretona llamados «confortables», y se saludaron con grandes, palmoteados, bulliciosos abrazos, y con sonoros besos en las mejillas de la en apariencia tranquila, pero apasionada y explosiva Bernardita. Le Cléziel y el Poeta siguieron después sin mayores preámbulos, como amigos de confianza, al dormitorio y al cuarto de baño principal, y ahí se ducharon y acicalaron, se prepararon para la fiesta de las prerrafaelistas. Aunque no se dieran cuenta, el paso por el Hospital Sótero del Río, la visita al Chico enfermo, en realidad moribundo, que había constituido en un comienzo la razón de ser del viaje desde tierras maulinas, se había convertido ahora, bajo el señuelo de unos omóplatos delicados, de unos pezones de pétalo de rosa, en un mero trámite, en un incidente secundario, casi en una obligación enojosa. Ambos se pusieron camisas nuevas que les prestó, con su desprendimiento habitual (opuesto de manera freudiana a la avaricia paterna),

Eduardito, y Le Cléziel le amarró al cuello al Poeta un pañuelo de seda con pintas rojas, negras, amarillas.

—¿Tú crees? —refunfuñaba el Poeta, que no había usado esos adornos jamás en su vida, y el Gabacho afirmaba que sí, de todas maneras, y no sólo le arreglaba el pañuelo con algunos toques maestros, y se arreglaba, de paso, el suyo, sino que le lanzaba una bocanada de perfume, le rociaba por todos lados una *eau de toilette* de gran marca.

—¡Qué maricones somos! —parece que exclamó el Poeta, después de mirarse a un espejo—. ¡Con razón nos excluye la revolución! —pero Le Cléziel, filósofo libertario, de escuela francesa, y pasado, por añadidura, por el París de mayo del 68, iba más allá: no hallaba incompatibilidad de la menor especie entre la revolución social y los pañuelitos de colores, para no hablar de su opción por la homosexualidad o, de acuerdo con rumores e indicios diversos, por la peligrosa bisexualidad.

Mientras Bernardita se dirigía por su cuenta a la casa de sus amigas, los tres amigos, poetas en diferentes grados de compromiso con la poesía, en diversos escalones de la jerarquía de los poetas, acicalados, perfumados, de punta en blanco, partieron al Sótero del Río. Era una noche en que las calles estaban agitadas, conmocionadas, como si la conflagración en marcha hubiera quemado nuevas etapas: se escuchaban gritos, alaridos, estallidos lejanos, seguidos de un ulular convergente, creciente, de sirenas policiales y de bombas contra incendios. En el camino al Sótero del Río divisaron barricadas en los sectores de Recoleta y de Independencia, jóvenes encapuchados que lanzaban piedras, neumáticos viejos en llamas, tarros, papeles, escombros y hasta perros en estado de putrefacción, con las patas tiesas levantadas, repartidos entre los hoyos profundos del pavimento. Al Poeta le dieron ganas de sacarse de inmediato el pañuelito del cuello (el pañuelito maricón), pero al final no lo hizo. Eduardito, por su parte, con pericia de persona acostumbrada desde la adolescencia al manejo de automóviles, estacionó su Peugeot de color gris acero en las cercanías del hospital.

—Vamos —dijo.

Después de consultar en el mesón de informaciones, de caminar por corredores altos, deslavados, que no terminaban nunca, de hacer preguntas a hombres y mujeres en delantales verdes, con gorros del mismo color, que andaban deprisa o empujaban carros llenos de tubos y jeringas de toda clase, abrieron la puerta de una gran sala en penumbra, donde las tablas del piso crujían a cada paso. Había camastros protegidos por biombos verdosos y siete u ocho enfermos en estados notoriamente terminales. Uno de ellos era el Chico Adriazola, alias el Pipo y también llamado por algunos el Pulga. El Poeta se dijo para sus adentros que el Chico era un militante apasionado, un comunista de toda la vida, por más que algunas veces disimulara su militancia, su pasión política, y que el gobierno de sus afectos más profundos, el de sus ilusiones nunca perdidas hasta entonces, el que parecía que no iba a llegar nunca al poder y al final había llegado, se desmoronaba junto con él mismo, con sus huesos pequeños y sus vísceras carcomidas. Estaba en su camastro de hospital, acribillado de tubos y de bolsas de suero conectados a sus venas, pálido como un papel, ojeroso, con la cabeza reducida, profundamente hundida en la almohada, como la de un pajarito. Flotaba en la sala un olor general a remedio, e incluso, podría decirse, a cadáver, o a cadáver postergado, *cadaver adiado,* para citar a otro poeta en su portugués original, y las altas ventanas tenían los postigos cerrados en forma hermética. Desde su enjambre de tripas de goma, de sueros, de agujas, el Chico los vio acercarse, mundanos, emperifollados, a pesar de sus caras de circunstancias, ajenos del todo a los universos de la enfermedad, del sufrimiento, de la muerte. Se irguió entonces como pudo, tembloroso, apoyando un codo en los almohadones sucios, con ojos que lanzaban chispas, y los saludó de mala manera. Así es que pasaban a hacerle una breve visita, los huevoncitos, pareció decir, antes de seguir viaje a sus frivolidades, a sus fiestocas y devaneos, a sus parrandas. Pero él ya no estaba para cumplidos. ¡No, señores! Él se caía al hoyo negro, y si Chile también se caía con él, y si se caía el mundo entero, ¡que se cayera él y se cayeran todos!

—¡Maricones! —dicen que les dijo al cabo de un rato, después de haber murmurado palabras ininteligibles, y parece que al final les gritó con voz resquebrajada, haciendo un esfuerzo supremo—: ¡Maricones de mierda!

Ellos, a pesar de los gritos odiosos del Chico, del Pipo, de su cara descompuesta, de las miradas de extrañeza de los enfermos vecinos, estuvieron un rato cerca de la cama, incómodos, haciendo como si la rabia del Chico, su explosión final, su furia agónica, fueran una broma, uno de sus chistes habituales, pero con la sensación íntima, imposible de eludir, de que habían metido la pata a fondo, de que habían cometido un acto de frivolidad inaceptable, inexcusable, incluso inhumana, y se despidieron, al cabo de un rato prudente, articulando frases absurdas, hasta la próxima, Chico, hasta más ver, mejórate, a sabiendas de que jamás de los jamases se mejoraría, de que ya no lo verían nunca, de que la situación no tenía salida, de que ya era cuestión de horas, y avergonzados, corridos, pero conscientes de que su único deseo era escapar a perderse de esa mirada ígnea, acusadora, y que ya daba la impresión de llegar desde el otro lado de la vida.

—¡Maricones! —escucharon de nuevo, de un modo más débil, mientras se retiraban en puntillas, porque la voz del Chico había comenzado a extinguirse en forma definitiva, eso estaba perfectamente claro, y en seguida, caminando a la carrera por las galerías del Hospital, dijeron en voz baja, agachando la cabeza, que tenía toda la razón Adriazola, que ellos eran unos frivolones de mierda, unos desgraciados, a pesar de lo cual no querían perder ni un minuto más de la fiesta de las niñas prerrafaelistas, la fiesta en medio del incendio, del derrumbe, de las barricadas en la Alameda, de la revolución en marcha, del Chico en estado de coma.

—¿Ven ustedes? —gruñó el Poeta, apenas estuvieron adentro del automóvil de Eduardito—. La poesía no sirve pa' na'.

—¿Y para qué quieres que sirva? —preguntó el Gabacho filósofo, levantando sus manos larguiruchas, sus dedos en forma de espátulas—. ¿Para sanar al Chico? ¿Para salvar al gobierno?

—Sí —murmuró el Poeta, moviendo la cabeza—, pero...

5

Ahora se sabe que en la fiesta de las prerrafaelistas el Poeta se volvió a encontrar con Viviana de Carlo, la pantera seudo intelectual y aficionada a las hierbas tóxicas de los primeros tiempos de París, de años que ya empezaban a formar parte de su prehistoria personal, como le gustaba decir. Estaba todavía más pálida que antes, un poco más ojerosa, con los rasgos marcados, los pómulos algo hundidos, pero parece que él sintió de nuevo la atracción de sus hombros de un blanco lechoso, en contraste con los tirantes negros del vestido, de sus pechos todavía bien formados, que el escote dejaba a la vista, y de su vientre que se marcaba debajo de la tela sedosa, de sus piernas también blanquecinas, pero más bien robustas.

—¿Y tú, también eres prerrafaelista? —dicen que le preguntó.

—No —contestó ella—. Yo no. Yo pertenezco al expresionismo alemán, al de la primera posguerra —y lanzó una carcajada, levantando las piernas y moviéndolas en el aire.

Al Poeta le pareció que la carcajada de la de Carlo tenía algo de indecente, de casi obsceno, pero no carecía, al mismo tiempo, de gracia, y la verdad es que no le disgustó. Estuvo toda la noche sentado en el mismo sillón que ella, ella en el centro, él en uno de los brazos, medio despaturrado, bebiendo alcoholes diversos, y hacia las cuatro de la mañana pasaron del alcohol a la hierba, a unos porros pestilentes. Contaron que el Poeta, cuando ya se habían escuchado unas campanadas que daban las cinco de la madrugada, se cayó del brazo del sillón al suelo, cuan largo era, golpeando con sus huesos en la alfombra, y que lo ayudaron a levantarse entre varios, en medio de sus quejas y de las risas histéricas de la de Carlo y de los otros, risas acentuadas por los efectos de la marihuana, y algunos sostienen que durmió en la cama de la de Carlo, en una casita de allá por la Diagonal Oriente, y que hizo el amor con ella, mientras otros afirman que durmió con ella, sí, pero que los efectos combinados de la marihuana y el alcohol no le permitieron hacerle nada. No faltaron los que aseguraron, incluso, que el Poeta, en el último tiempo, y a pesar de todos sus alardes, se había vuelto completamente impotente.

—Es que los escritores, por lo general, y en primer lugar los poetas, son unos impotentes del carajo —sostuvo Marta Menares, una mujer gorda, pintarrajeada, de unos sesenta y tantos años de edad, viuda de un político allendista, que pasaba por ser una experta en estas cuestiones. Algunos se rieron, encogiéndose de hombros, y otros esbozaron una protesta más bien tímida. Dijeron que la famosa Marta Menares tenía lengua de lija, y que odiaba a los hombres que no se habían acostado con ella.

El caso es que el Poeta, y no se supo desde qué teléfono, llamó pasada la una de la tarde a Eduardito Villaseca, y Eduardito le contó que el Chico Adriazola había muerto muy poco después de la visita que le habían hecho. Sus últimas palabras habían sido de imprecación, ese maricones, maricones de mierda, con que los había despedido.

—¡Pobre Chico!

—Vivió mal —resumió Eduardito—, y murió todavía peor.

Había querido ser poeta y no lo había conseguido, y había tratado de cobijarse y de conseguir un poco de calor humano, literario, ¿poético?, a la sombra de otros. Anduvo con uno que otro surrealista más bien abandonado de la mano de Dios, y después se acercó a la órbita de Pablo Neruda y de los nerudianos, la del Pablo Neruda de la época de Los Guindos, de la Hormiga, del Canto General, y su única casa, al fin, su única protección y refugio, fue el partido, que veló sus restos en uno de los salones de su propiedad de la calle Teatinos y que le mandó un bonito ramo de flores de parte de su Comité Central.

Fue un entierro triste, al que no asistió más de una docena de personas, entre ellas, su hermana, la que había sido polola de juventud del Poeta y se había tenido que hacer un raspaje. La madre del Chico estaba viva, pero en un estado de Alzheimer avanzado, y el Poeta había llamado a Teresa para que fueran juntos al cementerio, pero Teresa se encontraba con sus dos hijos en el campo, dichosa de tenerlos con ella, aunque sólo fuera por unos pocos días, y no alcanzaba a llegar a tiempo a los funerales desde allá. Hablaron por teléfono en la noche, en medio de interferencias que parecían colocadas por la revolución, por una hoz y un martillo, y él le contó el funeral del pobre Chico Adriazola y quedó de irse al campo el martes o el miércoles siguientes, porque antes se había comprometido a entregar un artículo sobre Marcel Duchamp a una revista de arte, algo así como Marcel Duchamp y los bigotes de la Gioconda. Escribió el artículo con lágrimas de sangre y tomó el bus en el barrio de la Estación Central, el de la novela naturalista, el de Alberto Romero, Nicomedes Guzmán y tantos otros, al final de la mañana del miércoles, y desde el paradero de Talca se dirigió al fundo en un taxi desvencijado. En un portón de la orilla del camino divisó afiches del Che Guevara, de la revolución cubana, de la reforma agraria chilena.

¡Qué será de la pobre Teresita, pensó, y pensó, en seguida, en un ritmo verbal muy suyo, y qué será de nosotros, de todos nosotros!

El taxi lo dejó frente a las rejas exteriores del fundo, sin avanzar más, y él tuvo que cargar con una mochila y un maletín lleno de libros y de papeles. Sus obras completas o casi completas iban adentro de ese maletín, y se dijo que pesaban como piedras, aun cuando en realidad no pesaban tanto. De manera que la totalidad de sus pertenencias, y además de eso, su entera producción intelectual, a sus cuarenta años avanzados, no demasiado lejos de sus cincuenta, cabían en una mochila barata, de escolar, y en un maletín de cuero que había pertenecido a su abuelo, el salitrero rico, pero que con el uso se había pelado y agrietado (el maletín, se entiende, y con el maletín, ¿el salitrero?). Le dieron ganas de llorar, y se sorprendió mucho, hasta el punto de sentir palpitaciones cardíacas, al ser golpeado en sus oídos por un pasaje de ópera italiana tocado a toda fuerza y coreado con singular entusiasmo por Marco Antonio Le Cléziel, que había partido al fundo, ni corto ni perezoso, a primera hora del día siguiente de los funerales del Chico.

—Así que ustedes dos son operáticos —dijo, por todo comentario, y Teresa, la Teresita, después de besarlo en ambas mejillas en forma efusiva y también encima de los labios, soltó la risa.

—Vas a estar en minoría —le dijo—, ¡pobre! —y le acarició la cabeza, le arregló la corbata, que se le había corrido a un lado y se había escondido debajo del cuello blanco y cubierto de polvo. Porque los poetas, en aquellos años, todavía solían andar de cuello y corbata, incluso cuando salían al campo, y a pesar de que los tam tams de la revolución resonaban en los cuatro confines, y de que los miembros de la generación joven ya se vestían de revolucionarios, de an-

gurrientos, y usaban frondosas melenas y enormes bigota-
zos, y de que el Che Guevara, poco antes de morir en las
selvas de Bolivia, había dicho que había que crear dos o
tres Vietnams por lo menos en América Latina.

—¿Y en qué anda la reforma agraria? —preguntó él, so-
breponiéndose a la voz vibrante de María Callas y al eco
más bien desafinado que le ponía el Gabacho Le Cléziel
entre sorbo y sorbo de vino.

—Parece que ya expropiaron —dijo ella—, todo lo que
tenían que expropiar.

—Y un poco más —precisó el Gabacho.

—Y un poco más —repitió ella.

—Pero da la impresión de que ustedes lo han pasado
recontra bien, a pesar de todo.

—¡Fenomenal! —dijo el Gabacho.

—El optimismo de Marco Antonio —comentó ella—,
ayuda mucho a seguir viviendo.

—Y supongo que el pesimismo mío, en cambio, ayuda a
morir.

Teresa le respondió algo vago. Le respondió que se cal-
mara, o algo por el estilo. Pararon la música, y el Gabacho,
Marco Antonio Le Cléziel, se acercó a una licorera abierta
y le sirvió un Johny Walker etiqueta negra cargado. El
whisky era un producto escaso en aquella etapa de la vida
chilena, sumamente escaso, y si las cosas seguían por el camino que habían tomado, se podía suponer que las opor-
tunidades de beberlo en el futuro próximo tenderían a desaparecer.

—Hay que comprar todo lo que se pueda comprar
—anunció el Poeta, acordándose del alto funcionario del
Instituto del Cine en La Habana—, porque después, cuando ingresemos a la etapa del mercado negro, todo se pon-
drá mucho más difícil.

El Gabacho, que no tenía residencia fija en ninguna

parte del mundo, que era casi un apátrida, que no necesitaba, por lo visto, el refugio final de un país propio, se encogió de hombros, y Teresa declaró que almacenaba en sus bodegas todo lo que hacía falta para cruzar el umbral de los nuevos tiempos. Cenaron con una cazuela de ave servida en potes de greda y con un tinto de la región, y después de la cena Teresa partió a su dormitorio, en el fondo de uno de los corredores, y los dejó solos. El Poeta descubrió que no tenía mucho que hablar con el Gabacho, o que más bien no tenía el menor ánimo para ponerse a conversar con él, por interesante que hubiera podido ser la conversación. Le parecía un personaje atractivo, pero a la vez le cargaba, por celos, por alguna aversión de la sensibilidad, por lo que fuera. No sabía, por otro lado, si ahora podría golpear con suavidad la puerta de Teresa, como antes, y entrar. Se preguntaba seriamente, a la vez que la pregunta misma le parecía inverosímil, si su puesto había sido ocupado. Escrutó, para tratar de obtener un principio de respuesta, la expresión de los ojos de Marco Antonio; no llegó, como es de suponer, a conclusión alguna, pero ya sabía, y ese saber se confirmó de inmediato, que la homosexualidad del personaje no era garantía de nada. El Gabacho era homosexual, y huaso de campo, y filósofo medievalista, especializado en San Anselmo, y aficionado a la ópera italiana, y seductor de hombres y de mujeres por igual, y en tiempos de crisis, en contraste con el ego adolorido del Poeta, la versatilidad de sus talentos era una ventaja considerable. Él podía revolotear, negociar, y captar, y abrir caminos inesperados, en tanto que los talentos del Poeta, por notorios que fueran, conducían a callejones sin salida. Revolviendo, pues, el hielo, y sorbiendo su vaso de Johny Walker etiqueta negra con franca melancolía, se dirigió a su dormitorio con paso lento, vacilante, mientras le rondaban por la cabeza impulsos suicidas. Había unas pistolas y un par de escopetas viejas en algún rincón de aquella casa, en previsión de asaltos de bandidos, y él se dijo que podría encontrarlas y hacer uso de ellas en caso de necesidad. Miró de manera distraída unos poemas de Jules Laforgue en una antología francesa de bolsillo, y otros de Tristan Corbière, diciéndose por enésima vez que la poesía, en determinadas ocasiones y a pesar de todo su poder, era perfectamente insuficiente. Caminó en puntillas, entonces, al dormitorio de Teresa y golpeó la puerta, sí, se atrevió a golpearla, con la máxima suavidad. Con tanta suavidad, que a lo mejor ella, semidormida, no había alcanzado a escuchar. Ante la falta de respuesta, trató de abrir, pero comprobó que la puerta estaba con llave. Nunca le había pasado eso con la inefable y hermosa, nunca había colocado un cerrojo entre él y ella, y el Poeta, Eulalio, Ernesto, Armando, se quedó detrás de la puerta, abismado, con la boca abierta, no demasiado firme en sus piernas. Respiró con profundidad, contrariado, ahogado, y después se rascó la coronilla. En ese momento giraron la llave desde el otro lado. Teresa le sonrió con infinita dulzura, adormilada, en un camisón transparente que permitía ver sus pezones, pero sólo se limitó a entreabrir.

—Estoy demasiado cansada —musitó—. Agotada, en realidad. Y, además de eso, indispuesta.

—Yo quería saber —dijo él.

—¿Qué querías saber?

Ella volvió a sonreír y se dejó besar en la boca, en forma prolongada.

—¡Teresita preciosa!

Teresa, entonces, le puso una mano en el pecho, una mano frágil, pero firme, y lo alejó.

—Hasta mañana —le dijo, antes de cerrar la puerta.

El Poeta regresó a su dormitorio con pasos inciertos. Volvió a leer un poema de Laforgue, *Au couchant des cosmo-*

gonies!, y después salió al salón a tomarse otro whisky en la oscuridad. No había huellas del Gabacho en ninguna parte. ¡Cómo se podía sufrir tanto, murmuraba el Poeta, y de una manera tan inútil! Salió a la noche y observó que entre los postigos de Teresa, más allá de los arbustos, había una luz tenue. Hasta pensó en buscar una de las escopetas viejas y matar a la Teresita y al Gabacho, antes de matarse él, pero, ¿quién le podía asegurar que el Gabacho estaba con ella, y que él no se había vuelto loco de remate? Bebió su whisky mirando el cielo atiborrado de estrellas y se quedó dormido en uno de los bancos del jardín, con el cuerpo desmoronado, con la cabeza y los brazos caídos, con un hilo de saliva que bajaba por la comisura de sus labios, expuesto al frío de la noche, pero sin la menor conciencia.

6

Ya podemos llegar a una conclusión más o menos segura: las desapariciones repentinas del Poeta y sus apariciones subsiguientes, que a veces tardaban en producirse, formaban parte de su destino. Eran un sino, en cierto modo una condena. Neruda había sido un viajero inmóvil, un viajero que siempre regresaba a su punto de partida y que de algún modo nunca había salido de ese punto (tesis del crítico uruguayo Emir Rodríguez Monegal y de algún otro), y Gabriela había residido en el país de la ausencia, en el extraño país de uno de sus mejores poemas, pero él había estado condenado de antemano. Había viajado siempre alrededor de sí mismo (alrededor de su ombligo, diría alguno de los criticones de turno), y a pesar de eso se había extraviado (o quizá, precisamente, a causa de eso). No había tenido país, no había tenido casa, mujer, hijos, no había tenido nada. Cada vez que había creído llegar por fin a puerto seguro, los hechos habían desmentido su creencia. Teresa, por ejemplo. ¿Qué había pasado en verdad, en el fondo del fondo, con Teresa? ¿Por qué, sin darse cuenta casi, la había perdido, o había muchos indicios de que la había perdido?

Si miramos las cosas desde una distancia un poco mayor, desde una perspectiva más amplia, podríamos sostener que los accidentes, los avatares, los desencantos de Ernesto, Eulalio, Armando, de nuestro personaje de huidiza identidad, nuestro poeta inexistente y a quien preferimos llamar el Poeta, con P mayúscula, formaron parte de una época. Mejor dicho, fueron una época. Signos de un tiempo. El pasado se hundía, no con un bombazo sino con un quejido, con señales inciertas, con manotazos de ahogado (*not with a bang, but a wimper,* como dijo T. S. Eliot), y después se asomaba desde sus ruinas con un guiño, con una cuchufleta. Consecuente con esa incertidumbre, con esa incierta condición, el Poeta se transformaba cada día más en actor de carácter, en una especie de travestido, un doble. Un doble cuya versión original se había extraviado en alguna parte, en alguna caja, en algún armario, ¿entre los cachureos abandonados en la Casa de Dostoievsky? Pero esa tendencia a escapar por una ventana mental o física, a evadirse, a huir a campo traviesa, con las manos en los bolsillos vacíos, canturreando, recitando a voz en cuello, era, ¿cómo decirlo?, su definición, su karma. ¡Oh estaciones, oh castillos! ¡Oh, en las brumas, todos mis senderos! El Poeta aguzaba la vista, se colocaba las palmas de las manos en las sienes, a modo de anteojeras, y sólo divisaba sombras, alas negras que de repente se acercaban y le rozaban las mejillas, humos encima de pajares. Le gustaban algunas imágenes de vuelo de *Alsino,* la novela de un viejo maestro local, convertida por un notable compositor de fines de semana en poema sinfónico, y también recordaba cumbres de la costa coronadas por un cielo estrellado. No todos se explican con exactitud, en cualquier caso, la salida definitiva del Poeta de las casas del fundo de Teresa, Teresita, Teresa Beatriz. Algunos dicen que ella y el Gabacho, una tarde cualquiera, aburridos de esperar que el Poeta saliera de su dormitorio, porque el Poeta, de cuando en cuando, se metía a la cama a la hora de la siesta y no salía hasta el mediodía siguiente, y después contaba, por ejemplo, que algún guiso le había caído mal y se había sentido peludo, así decía exactamente: peludo, se encerraron (el Gabacho y ella) a escuchar a todo forro una grabación de *Tosca* con María Callas y no sabemos con quién más, bebiendo champaña, riéndose a carcajadas, cantando hasta desgañitarse, y que el Poeta había salido de sus sábanas arrugadas, se había vestido de cualquier manera y se había acercado en puntillas, hirsuto, con los pelos de la barba desordenados, porque en el último tiempo se había dejado barba y la barba se le había enredado en forma casi grotesca y se le había puesto entrecana, agitado entero por sentimientos de rencor, de ira irracional, de rechazo. Se había detenido en el umbral del salón, encorvado, descalzo, con pies medio deformes y que se aferraban a los tablones del piso como garras (como los pies de algunos de sus antiguos autorretratos en tinta china), y les había dirigido un gesto obsceno. Después había vuelto a encerrarse en su dormitorio dando un tremendo portazo. Parece que reunió con manos que temblaban sus cuadernos y sus papeles, sus lápices, un par de libros, un poco de ropa, y que volvió a salir, dicen, por la ventana, arrojando primero al otro lado la mochila de escolar y el maletín rasmillado que había pertenecido a su abuelo. Después había pasado la pierna derecha, con dificultad muscular muchísimo mayor de la que había tenido al escapar por la ventana de la otra casa, la de Dostoievsky, de eso se acordaba como si hubiera sido ayer, y en seguida había pasado la pierna izquierda y había saltado, sin la agilidad de antes, desde luego. Y llegó, llegaría a pensar, que alguno de los huasos ricos y amenazados en la propiedad de sus tierras de la región podía sorprenderlo, solitario, desaseado, barbudo, sospechoso, y agarrarlo a tiros. Mientras él se imaginaba que Teresa y el Gabacho Le Clézel, en la culminación dramática de *Tosca*, se pescoteaban, se besuqueaban, mareados por la champaña, y terminaban tirando en el sofá de cretona, o colocaban los cojines en el suelo y tiraban ahí, felices y contentos.

Entramos, pues, en una etapa más bien oscura y no poco amarga de la vida del Poeta. Y la decisión de escapar por segunda vez por una ventana es, desde luego, enigmática, retorcida, difícil de entender para los mortales comunes que somos nosotros. Se supone que él, después de mirar largo rato, desde el jardín, las luces del salón de la música y las del dormitorio de Teresa, tratando de vislumbrar por un resquicio lo que pasaba adentro, sufriendo de celos salvajes, con la boca repleta de salmuera, desollado vivo, anduvo toda la noche como alma en pena, y que hacia el amanecer, exhausto, con los pies adoloridos, hambriento, consiguió refugiarse en la choza de un par de inquilinos ancianos. Les ofreció, cuentan, un billete arrugado, y los ancianos, sin fijarse demasiado en el billete, que en verdad valía poco, le dieron un pedazote de pan de campo con manteca, un cuenco de greda con cilantro remojado, ají cacho de cabra y un poco de tomate, porque para ponerle aceite no les alcanzaba, y un tazón de té aguachento. Después le indicaron una cama desocupada, en el fondo de la choza oscura, y el Poeta, al acostarse vestido y hasta con zapatos debajo de una manta pesada, tiesa como ladrillo, vio con sorpresa que en la cama del lado había un sujeto macilento, en los huesos, de mediana edad, de una palidez verdosa, que tenía los ojos entreabiertos, pero que respiraba con dificultad y daba la impresión de haber perdido la conciencia. Él durmió como un tronco, más de doce horas, y al despertar, el sujeto de la cama del lado, el probable tuberculoso en estado terminal, había desaparecido. Contaría después, el Poeta, que había dormido junto a un muerto en una cabaña ocupada por una pareja de moribundos, y que ésa había sido su experiencia y su versión del descenso al Hades, versión criolla, sin la menor duda, aunque de ninguna manera criollista. Apuntó unos versos de atmósfera sombría en uno de sus cuadernos. Amigos suyos comentaron más tarde que eran versos de anticipación, de vaticinio. Por lo demás, el Poeta siguió trabajando en esa línea, empeñado en reunir un grupo de poemas en una sección de su próximo libro que llevaría el título, la sección, no el libro entero, de «Premoniciones». Algunos días después, en un rincón del bar de la Unión Chica, les contó el episodio a dos o tres sobrevivientes del grupo de La Mandrágora, además de Jorge Teillier y un par de poetas láricos, y todos celebraron el relato con estrepitosas risas de sus bocas desdentadas, levantando las manos huesudas, aplaudiendo, empinando los codos.

Se dice que recaló más tarde en la casa de uno de los contertulios de ese día en la Unión Chica, un curioso artesano que vivía en Talagante, donde poseía un par de hectáreas plantadas con árboles frutales y con algunas hortalizas.

—Prefiero mil veces este campo —murmuró el Poeta, que se había quedado enrabiado, con una espina atravesada—, al otro —y su anfitrión, que se ganaba la vida fabricando sillas, muebles de comedor, veladores, incluso, de vez en cuando, ataúdes, no preguntó cuál otro. Era hombre de pocas palabras, como buen trabajador manual, salvo cuando se hablaba de la revolución socialista, porque ese tema lo inspiraba, le arrancaba acordes verbales extraordinarios, y llegaba un momento, en la culminación de su euforia, en que declaraba a gritos que dejaría los pinceles, las garlopas, los serruchos y los martillos, para empuñar un fusil y partir a los montes de Chena a formar un foco subversivo. Su mujer, que se dedicaba a tejer gorros con lana chilota y que los vendía en una plaza del sur de Santiago en los meses de entrada del invierno, se limitaba a mirarlo con indiferencia, mientras él terminaba su perorata y retornaba a su silencio habitual.

—¿Eres comunista? —preguntó el Poeta.

—¡No! —respondió el artesano, con gran énfasis—. Soy una mezcla de anarquista de izquierda y de trotskista sobreviviente.

La mujer, sin levantar la vista de su tejido y de una pelota de lana tosca, movió la cabeza. Parecía decir que su hombre no tenía remedio, y tampoco se veía muy contenta con el invitado que había traído de Santiago.

—¿Y tú? —preguntó el artesano, que se llamaba Julio Escamilla.

—Yo fui medio comunista en los últimos años —dicen que confesó el Poeta—, pero después de pasar por Cuba, ya no sé lo que soy. A lo mejor me inscribo en el Partido Socialista, porque hay que estar, creo, en alguna parte, y tener un paraguas de alguna especie.

—¿En el partido de Gobierno? —preguntó el pintor, con un gesto de profundo desdén, y declaró —: ¡Jamás! ¡Jamás de los jamases!

Abrió entonces una alacena que había hecho él con sus propias manos, como si esperara encontrar adentro algo de gran valor, una pierna de jamón, por lo menos, unas ristras de longanizas, pero sólo había un par de botellas vacías.

—¿Nos prestaríai un poco de plata? —le pidió a su mujer.

—¡Tai huevón! —respondió ella.

—Vamos entonces al almacén de la esquina de la plaza de Talagante —propuso el artesano—. Si está el Juanito Garmendia, seguro que me fía.

Salieron a la oscuridad, caminaron por el centro de un camino de tierra y se dirigieron al almacén. Al Poeta le parecía escuchar cantos, guitarreos, risas lejanas. Después supo que habían expropiado hacía pocos días unos fundos vecinos, que colindaban con las orillas pedregosas del río

Maipo, y que los antiguos inquilinos, en vías de transformarse en propietarios hechos y derechos, habían sacrificado un par de terneritos de leche y los habían asado al palo para celebrar. En el almacén de la esquina, Juanito Garmendia le dijo a Julio Escamilla que le fiaría por última vez.

—Burgués de mierda —le respondió Escamilla, y Juanito, el almacenero, miró al Poeta y se llevó un dedo a la sien, indicando que al amigo mueblista le fallaba un tornillo. De todos modos, les pasó por encima del mesón una botella de vino barato y les pidió que firmaran un recibo.

—Cualquiera de los dos —dijo, a sabiendas de que las dos firmas valían nada o menos que nada. Los productos buenos, las sardinas y las arvejas en conserva, los vinos de marca, los tenía escondidos bajo doble llave en un galpón del fondo de su propiedad.

—Te puedo cambiar la deuda por muebles —le dijo Escamilla.

—Prefiero que me la cambies por platita —contestó el otro.

—¡Ves tú! —exclamó el artesano—. ¡Otro enemigo de los trabajadores!

Bebieron la botella de vino en la plaza, a un costado de la iglesia, «para evitar», rezongó Escamilla, «las protestas de esa vieja agriá con que vivo», y el Poeta le pidió que tuviera paciencia: le habían ofrecido unas clases en un Instituto de la Universidad de Chile y tenía la intención de pagarle algo por el alojamiento.

—Y si pagan bien —agregó—, te pagaré bien a ti.

—No me paguís na, mejor —gruñó el artesano, quien, dentro de sus creencias avanzadas y de su sabiduría instintiva, confiaba poco en el dinero, salvo cuando lo tenía encima de su mesa o en el fondo de sus bolsillos llenos de virutas.

7

Ya hemos narrado la huida del Poeta del fundo de Teresita, intempestiva, provocada por celos seguramente injustos, extraña, para decir lo menos, sazonada con elementos de rencor, de resentimiento, de ira desenfrenada, de incomunicación insuperable. El Poeta incurría en diferentes formas del desenfreno, y la ira, el odio contra el resto del mundo, el asco instintivo, no eran de las menores. Al mismo tiempo, llegado el momento, recapacitaba, y se veía obligado a reconocer, aunque le costaba mucho, pero al fin lo reconocía, que amaba.

—¡Perdóname, Teresita! —murmuraba en voz alta, en ausencia de ella, juntando las manos, y a veces, en una reminiscencia de los años católicos de su niñez, caía de rodillas y se golpeaba el pecho—. ¡Perdóname!

En cualquier caso, del episodio de Teresa en el fundo, el de ella acompañada por él, y con la presencia inesperada, perturbadora, de Marco Antonio Le Cléziel, el Gabacho, quedó, por lo menos, una docena y media de poemas que pertenecen a lo mejor, a la fase más original, más segura, de su obra, a pesar de que regresan, algunos de ellos, o encuentran, más bien, una forma especial de clasicismo, incluyendo el uso de la rima, aunque no por sistema, una rima que se presentaba sola, sin que el Poeta la llamara o la buscara, y la aparición de versos endecasílabos que fluían en cascada y que podían alcanzar, de pronto, una calidad memorable. Era como si el Poeta, en una de las vueltas de su camino, se encontrara con un heterónimo suyo: un elaborador de versos clásicos, de sonetos de mármol o de bronce, un parnasiano, y que era, sin embargo, una proyección suya perfectamente reconocible, otra de sus máscaras.

A propósito de máscaras, de dobles, de travestismo, estamos obligados a consignar otro aspecto de aquel episodio de tierras maulinas. Porque se produjo un aura de sospecha, de acusaciones confusas, relacionadas con los dos niños de Teresita, que ya habían entrado en la adolescencia y que pasaban algunos fines de semana y parte de sus vacaciones de invierno en las casas del fundo. Eran acusaciones que arrojaban una sombra, una mancha desagradable, sobre la situación conyugal de Teresa, puesto que el juez no le había dado la tuición de los hijos, pero sí el derecho a recibirlos en su casa en forma periódica, y ahora resultaba que los recibía en compañía de un Poeta sin rentas ni profesión conocida, seco para el trago, por añadidura, y de un profesor de filosofía medio gabacho y que era, además de borrachín, un maricón reconocido, patentado y, para colmo, confeso de serlo. Pero los rumores iban todavía más lejos: se dijo que el Poeta, no el gabacho maricón, el Poeta en persona, había sido sorprendido, borracho como cuba, dándole un beso en la boca a uno de los dos niños. No un ósculo cariñoso, paternal: un beso sudado, langueteado, alcohólico, y que podría haber desembocado quizá en qué extremos. Los rumores, en cualquier caso, como ya hemos dicho, eran contradictorios, de fuentes variables e inciertas. Algunos pensaban que la propia Teresa había levantado la acusación, quizá porque había sorprendido al Poeta *in fraganti*, con las manos y los labios gruesotes en la masa, como quien dice, y deducían que la presunta huida del

Poeta había sido la consecuencia inevitable de este sórdido episodio, con lo cual ya no se podía hablar de una huida, de una segunda y emblemática evasión por la ventana, sino de una expulsión en toda regla. Pero otros, en las mesas del Bosco, en la vereda de frente al Café Haití, en las escalinatas carcomidas de la Escuela de Bellas Artes, exponían una versión enteramente diferente: las tales acusaciones, los infundios, los rumores, que delataban una supuesta perversión de Eulalio, Armando, Ernesto, no venían de la inefable, de la bella Teresa, sino que eran intrigas, descarados inventos, de la menor de sus hermanas, de María Amelia, Marita, confabulada por teléfono, por larga distancia nacional, con Pedro José, su cuñado, esto es, el ex marido resentido e hipócrita, el papá de aquellos dos niños, el bellezón gorreado, a quien la Marita, se suponía, separada hacía años y sin hijos, frustrada, calenturienta, le había echado el ojo hacía un buen rato, puesto que a los cuñados, como reza la sabiduría popular, los suele cargar el diablo. El misterio, en cualquier caso, no se aclaró nunca del todo, y a la fama negra que ya tenía el Poeta se añadió un matiz inédito y contundente: el del gusto por los muchachos en su primera adolescencia, que algunos conocen como pedofilia y otros, no se sabe muy bien por qué, prefieren llamar uranismo.

Sea como sea, el Poeta, después de su periplo por tierras del sur y de algunos días en Talagante, en casa del artesano anarquista Julio Escamilla y de su mujer, la fabricante de gorros de lana chilota, reapareció en el centro de Santiago, en el mero centro, en días en que las colas, las manifestaciones, las batallas campales en plena Alameda, ardían. Escamilla le había dicho que la revolución estaba en marcha, que la anarquía se imponía por todo lo alto, en gloria y majestad, y él, al llegar de regreso al centro de la ciudad y al emprender la búsqueda de una pieza donde cobijar sus huesos, lo comprobaba y tenía que admitir que su comprobación llegaba acompañada de una sensación nauseabunda de miedo. Miedo no se sabía a qué: a nada y a todo.

A las dos semanas de su llegada, después de haberse instalado en una pieza subterránea de la calle Namur, pieza que pagaba con clases de teoría literaria en un Instituto de la Universidad y con ensayos sobre cuestiones estéticas para una revista de arte, se puso a organizar la presentación de un libro que recogería sus poemas de corte clásico. Hubo versiones bastante curiosas, que aseguraban que la impresión había sido financiada en secreto por Teresa Echazarreta, lo cual implicaba que no habían dejado de verse, a pesar de todos los rumores, y el Poeta, sin pensar que el detalle era mucho más que un detalle, y sin inquietarse por el carácter agravante, confirmatorio de los peores infundios, que tendría la elección del lugar, decidió organizar el acto de lanzamiento de la obra en el conocido prostíbulo de la Carlina. Provocativa presentación, para decir lo menos, singular lanzamiento de la fase neoclásica, parnasiana, de su poesía. El Poeta había conocido en los años finales de su adolescencia y se había reencontrado en París con el célebre Alejandro, titiritero, mimo, ilusionista, novelista y tarotista, hombre de talentos eclécticos, y había asistido a uno o dos de sus happenings. Habló con sus amigos de La Dehesa, millonarios ilustrados, como le gustaba definirlos, y dijeron que la iniciativa les parecía chistosa y que estaban dispuestos a financiar los costos del cóctel. Ellos, empresarios de servicios para la industria, gente de ramificaciones internacionales, nunca habían estado antes en la Carlina, y opinaron que era una buena ocasión para conocer el lugar antes de que fuera arrastrado por el vendaval revolucionario. Estaban preparando en esos días precisos su salida de Chile a Nueva York, y encontraban que despedirse así, quizá para siempre, de la convulsionada ciudad de Santiago, no podía ser más atractivo y pintoresco.

El Poeta vaciló mucho antes de colocar el título de su nueva recopilación y al fin, en alusión a su carácter clásico y antiguo, no ajeno a viejas mitologías, le puso el de *Venus en la desembocadura*. Hubo que pagar entrada al acto en la Carlina, a pesar de que todo estaba financiado, porque el Poeta contaba con reunir algunos fondos a beneficio propio, y la concurrencia, quizá por eso mismo, por la novedosa obligación de pagar entrada, por la época de conflicto social en que todo aquello ocurría, por la contradicción entre el escenario y la muchas veces proclamada austeridad de los nuevos tiempos, fue de lo más heterogénea y numerosa, con algunos aparecidos, gentes como Álvaro de Silva, como Madame Gaviota Ribadeneyra, como el Barón de Melipilla, que llegaban de los márgenes del mundo chileno, de los más variados exilios voluntarios, exteriores e interiores, y hasta de ultratumba.

Después de hacerse esperar más de un poco, mientras la concurrencia hablaba con cierto nerviosismo, se miraba entre sí, se dirigía saludos risueños, paseaba la vista por el contorno, se fijaba durante una fracción de segundo en los tres o cuatro profesionales del lugar, un travesti miembro del Blue Ballet junto a dos prostitutas comunes y corrientes, pintarrajeadas, pero más bien discretas, modestas, el Poeta, Eulalio, Armando, avanzó desde los cuartos del fondo vestido de bardo romano, envuelto en una sábana blanca recortada con este objeto, coronado de laureles, y se instaló junto a una lira, en pose de liróforo entre neroniano y celeste, al lado de un enorme falo de goma que la concurrencia al comienzo no había reconocido en su calidad de tal, objeto que lo sobrepasaba por algunos centímetros y que se bamboleaba ligeramente, como si el aire de un ventilador a electricidad lo inclinara, con un efecto bastante más grotesco que erótico. Pero el Poeta, como ya lo sabemos o por lo menos lo adivinamos, era un consumado experto en lo grotesco, y se podría sostener que ahora comenzaba una frase de creación de alter egos reveladores a la vez que absurdos, productos, al parecer, de sus reiterados desengaños a diferentes niveles. No toda la abigarrada concurrencia, por otro lado, compuesta por algunos amigos de la vieja guardia, pero también por recién llegados, curiosos, intrusos de toda especie, sabía que el Poeta había sido actor ocasional en sus años de estudiante y que había actuado de mimo en una lejana velada bufa universitaria, nada menos que en el Teatro Municipal de Santiago, mientras su íntimo amigo Alejandro interpretaba con gestos sincopados un papel de anciano energúmeno, y mientras el Chico Adriazola, el Pipo, el Pulga de tantos recuerdos, cruzaba por la parte delantera del escenario caracoleando en una bicicleta de modelo antiguo, de rueda trasera de tamaño desproporcionado, lo cual contribuía a que el equilibrio del Chico, que encima de aquella rueda se veía más chico, valga la redundancia, que nunca, fuera todavía más inestable. Por su parte, el Poeta, el liróforo, para ser exacto, después de sacar algunos acordes desafinados de la lira de Orfeo, se arregló la toga, esto es, la sábana, se ajustó la corona de laureles y leyó algunos de los poemas de *Venus en la desembocadura*. La concurrencia quedó sorprendida por el control del endecasílabo y de las rimas consonantes y asonantes que demostraban estos nuevos versos, en aparente contraste con los tiempos desordenados que corrían, y algunos se imaginaron que el Poeta, dentro de su espíritu permanente de contradicción, proponía un orden verbal en oposición a los desórdenes factuales que se manifestaban por tantos lados. Terminó de leer sus impecables sonetos, uno que otro romance, unas cuantas estrofas sáfico adónicas, y fue furiosamente aplaudido y hasta ovacionado. Algunos travestis y tres o cuatro de las putas de la casa participaron en este aplauso y lanzaron estentóreos bravos, vivas, hurras. El Poeta, entonces, lleno de evidente satisfacción, invitó a todo el mundo a beber de una descomunal ponchera de plata, un aparato de gloriosa tradición prostibularia, un espumoso ponche a la romana, como correspondía al evento, y que había sido preparado de acuerdo con todas las reglas del arte. Y se vio, entonces, que muchachas de la mejor sociedad, las prerrafaelistas de omóplatos delicados, de extremidades delgadas, amigas de Eduardito, las de la fiesta de la noche en que había muerto el Chico, entre otras, les servían ponches con gestos amables, con sonrisas encantadoras, a los travestis y a las putas de la Carlina, y que el ambiente general era de aceptación de las corrientes nuevas, de gozosa incorporación a la sociedad sin clases.

—¡Ven ustedes —exclamó uno de los surrealistas sobrevivientes—: la poesía es capaz de todo!

Pero no había nada sólido que ingerir, de modo que la asistencia se sintió mareada después del segundo trago del ponche aquel, cuyos ingredientes reales no fueron revelados, y muchos se pusieron a bailar a los sones de una pequeña orquesta que había hecho su aparición en uno de los costados, la misma orquesta que amenizaba en noches normales las evoluciones del Ballet Azul. Algunos asistentes, sobre todo entre los escritores y artistas, pero también uno que otro empresario, no vacilaron en sacar a la pista a las niñas del famoso Ballet, el Blue Ballet, que no eran, como casi todos saben, niñas, sino jóvenes de poblaciones, de altos peinados femeninos y caras maquilladas, y que usaban ajustados pantalones para no contravenir determinadas disposiciones municipales, ya que si hubieran usado faldas habrían estado vestidos de mujer sin atenuante alguna.

El Poeta, a todo esto, había entrado a las habitaciones del fondo de la casa y había vuelto a salir de pantalón y camisa blanca, pero sin sacarse la corona de laureles, con expresión de triunfo en la cara, con satisfacción no disimulada, como si el éxito de la velada hubiera significado la mayor consagración de su vida de artista. Circulaban rumores entre jocosos y mal intencionados, y estos rumores fueron en aumento en los días que siguieron, que sostenían que el Poeta, en noches de juerga, de alcohol, de droga, se había acostado en las piezas del fondo de la Carlina con algunos de los jovencitos del Ballet Azul, lo cual servía de paso para confirmar que las acusaciones de Marita, la hermana menor de Teresa, relativas a sus besos y tocaciones a uno de los niños, no carecían de fundamento. Pero los rumores no pasaron de ahí. Y si Teresa no asistió a la presentación del libro de poemas en la Carlina, fue por razones obvias. Su asistencia habría suministrado argumentos a su ex marido en todo el tema de la tuición de los niños, y ella no tenía la menor intención de darle facilidades judiciales. En cuanto al Gabacho Le Cléziel, brilló por su ausencia: había partido de regreso a sus universidades francesas, convencido de que Chile, su tierra de nacimiento, era un país divertido, pero que era mucho más seguro acogerse a la nacionalidad de sus antepasados bordeleses. Y tenemos la impresión de que el Poeta, a partir de aquella noche extravagante y de gloria evidentemente ambigua, entró mucho más de lleno en los terrenos de la teatralización y de la invención de fantasmas.

8

Uno de los dobles del Poeta, uno de sus recientes heteróni-
mos, y anidaba en todos ellos, porque fueron varios, media
docena o más de media, una extraña tendencia al contagio, a la proliferación, a la reproducción binaria, lo cual
demostraba que los productos mentales suelen tener más
dinamismo interno que los seres de la realidad, era un tal
Medardo de Combray, pariente lejano de un conocido de
muchos de ustedes, Gerardo de Pompier, pariente espiritual, se entiende, puesto que aquí nos encontramos en los
terrenos exclusivos de la ficción, de la proyección de fantasías del espíritu. Pariente de don Gerardo, esto es, de un
modernista sudamericano epigonal, extraviado en épocas
más recientes, menos dadas a los lujos verbales excesivos, y
en una prosapia todavía más lejana, de la tía Léonie (¿Leon-
cia?), dueña de la casa en Illiers, esto es, en Combray,
de donde arrancan los recuerdos de infancia de Marcel
Proust. En otras palabras, una constelación anticuada, for-
mada por personajes decadentes y en estado de tardía proliferación, y a los cuales dirigía el Poeta una mirada compleja: de simpatía, de nostalgia, de tomadura de pelo
burlona, de identificación y a la vez de contraste, de diferencia. Eran invenciones reconocibles, que provocaban en
la gente ilustrada una sonrisa, justamente, de reconoci-
miento y, en los tiempos que corrían, hasta de alivio. Por-

que el vendaval lo barría todo, pero quedaban esas figuras del pasado, esos monigotes, esas estatuillas, en el horizonte de la Alameda de las Delicias, en la galería de los próceres, en los senderos del Parque Forestal y en los pastiches sevillanos del cerro Santa Lucía. Por ahí se dibujaba don Eduardo Solar Correa, el autor de manuales de técnica literaria y de antologías de uso escolar, con sus polainas grises, con sus patillas, con sus corbatines, y don Federico Puga Borne, de nombre eufónico, además de Víctor Domingo Silva, del poeta José Antonio González con sus improbables lámparas crisopentálicas, visiones de su *delirium tremens,* y algunos más. Uno podría desarrollar una hipótesis, pero, claro está, con las necesarias prevenciones, con toda la prudencia que el caso exige. Prudencia política, desde luego. Porque se podría aventurar que el alejamiento del partido, no explícito, no formalizado, seguido de la cercanía con los disidentes cubanos, cercanía que había comenzado con el descubrimiento, con la sorpresa de constatar que sí había disidentes en la pequeña isla de Cuba, había iniciado un proceso interno que se traducía en la invención de esos alter egos de otra época y de otra sensibilidad, ajenos, para decir lo menos, de todo atisbo de realismo socialista, de todo intento de recurrir al uso de la palabra en forma instrumental, para conseguir fines ajenos a la palabra misma. Porque el Poeta, en algún momento, había escrito contra la agresión a Vietnam, contra el imperialismo yanqui, contra las escuelas de contrainsurgencia de Panamá, formadoras de toda una generación de generales gorilas, de golpistas, de asesinos, y ahora, de regreso de Cuba, hacia la mitad del segundo año de gobierno de la Unidad Popular en Chile y ya en los meses finales de dicho segundo año, se internaba en esos vericuetos, en esas fantasías que hacían las veces de desahogos, en esas bromas dudosas desde el punto de vista de la ortodoxia. El grupo de los escritores y artistas era uno de los más retrasados dentro del abanico de la Revolución, como había escuchado decir tantas veces en Cuba, y daba la impresión de que el Poeta, ahora, por su cuenta y riesgo, decidía retrasarlo un poco más, esto es, retrasar el reloj de la Historia (con mayúscula), andar a contracorriente de ella. Hasta se lo vio caminar por el centro, en las cercanías de San Antonio y Huérfanos, y quizá en Mac Iver, vestido a la manera de Medardo de Combray o Gerardo de Pompier, de bastón, polainas, corbata de plastrón, sombrero enhuinchado y arrugado, y se supo que venía de dar un recital de su poesía reciente en un caserón viejo, bajo una claraboya central, junto a un mueble de música de los años cuarenta con incrustaciones de marfil, a gruesos maceteros con helechos, a personajes de la comedia del arte esculpidos en porcelana, a un par de perros chinos de bronce imperial. ¿Por qué decidió después salir por la calle Monjitas en dirección a la plaza de Armas, sin que nadie lo acompañara, en esa tenida que era una perfecta provocación, un rechazo de los tiempos, una verdadera proclama retardataria? Esto debe de haber ocurrido ya por los comienzos del año 73, en días en que el conflicto de la vida chilena parecía encontrarse muy cerca de su explosiva, peligrosa culminación. La gente que se encontraba reunida en la lectura de poesía suya, debajo de la claraboya aquella, cerca de los contrafuertes de helechos y de los polichinelas de porcelana, salió a la calle a buscarlo, y por fin lo rodearon y lo acompañaron a beber una copa más en una taberna de épocas pasadas. La de Carlo, Viviana de Carlo, autora, ella, de un par de plaquetas de poesía y de un curioso oratorio dramático en verso libre, formaba parte del grupo, y era notorio que el Poeta le dirigía una que otra mirada de entendimiento, pero que en definitiva no la pescaba, como ya se decía entonces, a pesar de que ella, con su piel de leche, con sus ojos sombreados de color lila, de pestañas lacadas, con sus pechos bien formados y generosamente exhibidos, todavía la pegaba (como también se decía y todavía se dice). Después del encuentro y de los brindis, algunos de los reunidos se subieron a un taxi y lo acompañaron a la casa de Ñuñoa de su anciana madre, lugar donde el Poeta se refugiaba de cuando en cuando, como siempre lo había hecho, y del cual salía sin dar aviso, de la noche a la mañana, o al cual, más bien, de repente, sin decir agua va, no regresaba. En esa oportunidad, cuando el taxi se detuvo frente a la puerta de su madre viuda, de su infancia, de sus primeros poemas, de sus gozos y sus dolores, fue notorio que la de Carlo quería bajarse con él, pero él, Eulalio, Ernesto, Armando, la rechazó con cierta elegancia, con un resabio de dulzura, como indicando que ya no tenía fuerzas, energía, ánimo para soportar la compañía de ella, pero que no quería herirla por ningún motivo, que le tenía afecto, a pesar de los pesares.

—No puedo —explicó—, causarle la más mínima molestia a mi señora madre, que sufre de arritmia y de otros problemas graves de salud. ¡Discúlpame! —y todos los que viajaban en aquel taxi comprendieron, y miraron a la de Carlo con severidad, como diciéndole: ubícate, ponte las pilas (comprendimos, miramos, porque también nos encontrábamos en el grupo, grupo alegre sólo a medias, y además de eso trasnochado, vagamente angustiado, deprimido).

La depresión de esa noche tenía su razón de ser, los signos del día a día eran ominosos, inquietantes, y las nubes, en lugar de despejarse, se acumulaban, se ponían cada vez más negras, más asustadoras. Una de esas mañanas, hacia finales del invierno, el Poeta, que no tenía costumbre de escuchar la radio, salió a caminar por la cercana avenida Los Leones en la parte que se extiende hacia el sur de Bilbao. Llevaba en la mano un cuaderno de apuntes y tenía el inocente, ingenuo propósito de comprar una marraqueta de pan, de sentarse en un banco de una placita que conocía, escondida entre callejuelas curvas, perfumada a menta y otras hierbas, y tomar notas para un artículo que le pagarían en forma modesta, algo sobre la relación entre Juan Gris y Vicente Huidobro, y para un posible poema de circunstancias. Es que todos mis poemas son de circunstancias, se dijo, y se quedó pensativo, mordiendo la punta de su lápiz de mina. Escuchaba ruidos de aviones lejanos y estallidos que parecían de guatapiques, aunque también podían ser de artefactos algo más peligrosos que los guatapiques, y se propuso hablarle al Antipoeta, la próxima vez que lo encontrara, de las singulares semejanzas y diferencias entre guatapiques y artefactos. En ese momento pasó por el sendero central de la placita un viejo comerciante gordo, calvo, de frondosos bigotes, que solía instalarse a vender fruta, cuando le llegaba fruta, en una de las esquinas, y que lo conocía desde hacía largos años. El comerciante se le acercó al trote, ahogado, visiblemente alterado, sudoroso, y le recomendó que se volviera más que ligero a su casa.

—¿Por qué?

—Porque las radios dijeron que comenzó un movimiento militar a primeras horas de la mañana, y que aviones de la fuerza aérea acaban de bombardear la Moneda, y que no se sabe si Allende, que se había encerrado en la Moneda con alguna gente de su gobierno y con un buen pelotón de Gaps armados de fusiles ametralladoras, todavía está vivo.

—¡No puede ser!

—¡Sí, señor! ¿No escuchó el ruido de los aviones de guerra?

—Escuché unos como silbidos del aire, seguidos de varios guatapiques.

—¡Nada de guatapiques, señor!

Se supo que el Poeta, pálido como un papel, se puso de pie, que le dio un abrazo más bien torpe, aunque conmovido, amistoso, al gordo que comerciaba en frutas (en los días en que traían fruta desde los campos vecinos), no un abrazo de celebración, para que las cosas queden claras, sino de hermandad, de solidaridad humana, y emprendió el camino a su casa con tranco rápido, algo tembloroso, hablando solo, acordándose del Chico Adriazola y de sus funerales tristones, de Eduardito, de la bella Teresita, de Heberto Padilla y de Pepe Rodríguez Feo, del Poeta Huachaca y el Poeta Barata, de los miembros fundadores del grupo de La Mandrágora, del Tigre Mundano, Medardo de Combray y Gerardo de Pompier, de su madre postrada en su lecho de enferma, de tantos otros. ¡Por la puta!, se decía, con voz entrecortada, con grandes palpitaciones de su corazón, palpitaciones que parecían anunciar un colapso inminente, ¡qué desastre, qué cagada más monumental! ¿No habría sido mejor quedarse tranquilo en su pieza, como predicaba el bueno de Blaise Pascal, dedicarse a la construcción de castillos de humo, al arte intrascendente de la palabra? Y apretaba su cuaderno, y se golpeaba la cabeza, y no estaba seguro de alcanzar a llegar a su refugio, y trotaba con la mayor torpeza, mientras que un grupo de personas que corrían por la vereda del otro lado de la avenida lo miraba con extrañeza suma y con algo de burla. Como si ya hubiera empezado a encarnarme, se dijo él, en la figura de don Medardo y sus amigos, y mi figura misma, no ya la de mis inventos, fuera una extravagancia, un disparate ambulante. Es decir, como si yo mismo me hubiera convertido en otro de mis inventos, y ahora bajo el zumbido de un pelotón de aviones de guerra.

—¿Qué te parece, mamá? —preguntó, después de abrir la puerta de sopetón, sin pedir permiso.

—¿Qué me parece qué?

—¿No has escuchado la radio?

—No, mijito —respondió ella con voz cavernosa, hundida en los almohadones, rodeada por una cabellera gris, opaca, inerte, que ya escaseaba—. Hace siglos que no escucho la radio.

9

El Estadio Nacional quedaba bastante cerca de la casa de
Ñuñoa, a no más de ocho o diez cuadras. Y se supo desde el
primer momento, a pesar de la censura, a pesar de todo,
mucho de lo que pasaba en esas graderías tan conocidas,
visitadas con alguna frecuencia por don Eulalio Clausen,
aficionado al fútbol e hincha del equipo de la U, de la Universidad de Chile, y en las salas de adentro, en los camari-
nes de los futbolistas y los demás deportistas, convertidos
por arte de birlibirloque en cámaras de torturas. El Poeta
supo que a uno de los contertulios del bar de la Unión Chica, a un novelista y autor de cuentos del sur, lo habían llevado a ese lugar y no se tenían noticias suyas. En la prensa
había fotos de gente tendida en el suelo a la salida de la
Moneda por la puerta de la calle Morandé, encañonada
por soldados, y de personas que entraban con las manos
encima de la cabeza, en fondo gris, en blanco y negro desteñido, entre cascos, metralletas, uniformes, al Estadio. El
Poeta se acordaba de los ayudantes de micreros que grita-
ban, colgados de las pisaderas, ¡al Estadio, al Estadio!, y
pensaba que la memoria personal de las cosas se volvía siniestra. Eduardito le contó por teléfono, en voz casi inaudible, como si los controles telefónicos no funcionaran cuando se hablaba en voz baja, que habían matado a Víctor Jara,
el cantante, a culatazos, después de reventarle las manos,

las que habían tocado en la guitarra tantas canciones de protesta, y que también corrían rumores de que un pelotón de soldados había asesinado a la Tencha Allende.

—¿Y oíste hablar de Enrique Soro, el novelista osornino? Parece que también lo agarraron, y que lo hicieron bolsa —murmuró el Poeta, y sintió un escalofrío, seguido de una náusea, de una sensación de malestar, de ira y angustia mezcladas.

—Y aquí —comentó Eduardito—, donde nunca pasaba nada.

—Yo estoy demasiado cerca del Estadio —dijo el Poeta—. Pero tengo miedo de que mi mamá esté en las últimas. Por eso no salgo pitando a otra parte.

—Las acusaciones de los cubanos ahora te podrían servir —opinó Eduardito.

—No sé, no estoy seguro, no creo, en realidad. ¡Qué les importan a ellos las acusaciones de los cubanos! En las madrugadas escucho gritos, lamentos, disparos, que no sé si son productos del sueño o de la vigilia, y me dan ganas de arrancar a perderme. Pero no puedo dejar que mi mamá se muera sola, ¿comprendís?

—A ti no te van a hacer nada, y la distancia entre tu casa y el Estadio, ¿qué chuchas tiene que ver?

—Para mí tiene mucho que ver, porque escucho desde aquí el chisporroteo de los cables con electricidad, o creo que lo escucho, y hasta las bolas se me encogen.

—¡Huevadas! —protestó Eduardito—. Los cubanos llegaron a la conclusión de que eras un momio recalcitrante, un decadente de mierda, un burgués liberal con una mascarilla de izquierda que no engañaba a nadie.

—¿Y qué? Estos tipos te hacen papilla primero, te ponen la manivela eléctrica, te dan un tiro en la nuca, y después averiguan quién eres.

Su mamá, con un hilo de voz, con ojos algo salidos de

las órbitas, le dijo que saliera, no más, salga, no más, hijito, distráigase un poco, porque la Eufrosina, una empleada de toda la vida, se había comprometido a venir a cuidarla. Él no se hizo de rogar. Tenía mala conciencia, pero la ansiedad por salir disparado a cualquier parte, por huir lo más lejos posible de aquel infierno de cemento, era superior a todo. Puso, entonces, un par de pilchas, un suéter negro de lana gruesa y medio carcomido por las polillas, dos cuadernos, algunos lápices, una escobilla de dientes a la que casi no le quedaban cerdas, un libro de Benjamin Péret y otro de Humberto Díaz Casanueva, *La estatua de sal*, y partió a la Estación Central a tomar el bus a San Antonio. Tenía la absurda intuición de que mientras más lejos del Estadio Nacional estuviera, más difícil sería que lo agarraran. El libro de Díaz Casanueva le gustaba por el título, y por algo más que no podía definir, y porque no tenía dibujos ni colores en la tapa. En cuanto a Benjamin Péret, era una de las leyendas del surrealismo, aun cuando él no consiguiera hincarle el diente con mucha facilidad. Prefiero a Paul Verlaine, pensaba de repente, de un humor de perros, porque se trataba de una preferencia sospechosa, casi inconfesable, y hasta prefiero, reconozco, al cretino de Jacques Prévert, pero hay que joderse, y hasta perder la vida, ¡y todo en nombre de la teoría! Se rió con una risa agria, de película muda de terror, y fue a darle un beso en la frente de pergamino a su mamá. Ella, en una reacción extraña, mientras él le daba el beso, lo agarraba con una mano de fierro, con fuerza súbita, desesperada, increíble en una anciana tan enferma, tan acabada, y a pesar de lo que le había dicho antes, en flagrante contradicción con sus palabras de hacía pocos minutos, no lo dejaba partir.

—Voy y vuelvo —mintió él, y ella asentía con la cabeza, anda donde quieras, pero la mano huesuda, deformada por la artritis senil, no aflojaba.

Cuando llegó al paradero, más allá de la Estación Central, y se subió al bus de San Antonio, lápiz en mano, con la intención de leer en forma concienzuda los poemas de Díaz Casanueva y hacer anotaciones en los márgenes, el Poeta tenía el corazón acribillado. Era, se decía, una ruina, un paria, un condenado por la sociedad. Y también se decía: no por la sociedad, por un destino que me persigue, porque nací, parece, meado por los gatos. Miraba los letreros de letras chuecas, los boliches miserables, las callejuelas de los lados, la gente que caminaba con regularidad, a cuerda, fantasmagórica, con una mirada velada, a través de aguas turbias. Cuando el bus empezó a moverse, anotó un par de versos en la última página del libro de Díaz Casanueva, mejor que cualquiera de los versos del autor del libro, musitó, sin reírse, con un estremecimiento, y después se puso a canturrear y a cabecear.

—¿Le pasa algo? —preguntó una señora gorda, amable, armada de un gran canasto de cosas diversas, ovillos de lana, frutas, folletos, una gallina, a lo mejor, escondida en el fondo, que era su vecina de asiento.

—No, señora, no me pasa nada. Pero la verdad —confesó, confesión que en épocas anteriores no habría hecho ni amarrado—, es que estoy un poco triste.

—¿Por qué? —y la señora bajó la voz, miró para los lados—. ¿Por todo esto que está pasando?

—Por todo esto, señora, y por muchas cosas más. Porque mi mamá, por ejemplo, está en las últimas, y yo la dejé tirada.

—¡Pobrecito! —exclamó la señora, palmoteando el dorso de su mano derecha, y dio la impresión, por el palmoteo, por la sonrisa, por la mirada cariñosa, de que estaba perfectamente dispuesta a adoptarlo, a reemplazar a esa mamá si la ocasión se presentaba.

El Poeta le hizo una venia, se acomodó en su asiento y

se enfrascó en la lectura. Al llegar a San Antonio, en un puesto al aire libre, compró un pedazo de marraqueta con pescado frito adobado con pebre picante. Mientras lo engullía, sintiendo que era un manjar, miraba la estela de humo blanco que dejaba un remolcador que se deslizaba por las aguas aceitosas del puerto. Después, tomó un taxi colectivo hasta Isla Negra. Deambuló un rato en las cercanías de la casa del Poeta Oficial, el fundador del poblado, según algunas versiones. Un hombre que pasaba por la calle de tierra, un pescador de por ahí, le dijo que acababan de llevárselo en ambulancia, muy enfermo, de color amarillo, en las últimas, parecía, a una clínica de Santiago. La casa solitaria, con su torre de piedra, su máquina trilladora repintada, sus delfines toscos en bajo relieve, estaba rodeada de un aire, algo así como un aura, que se había puesto fantasmal. Daba la impresión de que la enfermedad de su dueño la había contaminado de alguna manera. El Antipoeta, en cambio, a quien partió a visitar sin más trámites, decidido a huir de fantasmagorías, gozaba de excelente salud. En su reducto de atrás del camino costero, en un terreno elevado que remataba en un pequeño bosque de eucaliptos, con vista entre las ramas a un mar remoto, estaba dedicado a vigilar de cerca unas hileras de porotos, unas plantaciones de lechuga, unas papitas tempraneras que había ordenado arrancar. Cuando se acercó el Poeta, le dio un abrazo apretado, largo, silencioso, que daba cuenta de todo lo que había pasado y no agregaba comentario alguno, e hizo en seguida la alabanza de las papitas chicas de su huerto, que eran las mejores de Chile, ¡de Chile!, insistió, con el curioso tono de su voz un tanto afónica. Y horas más tarde, cuando ya se había insinuado entre las ramas de los eucaliptos, por encima del mar de brillos grisáceos, la luz opaca del atardecer, le habló de los permanentes e interminables conflictos que había tenido con la Unidad Popular, de su perplejidad, de sus viajes mal vistos y sus versos mal entendidos, de sus sentimientos contradictorios.

—Me sacaban la cresta todos los días —dijo, con voz ronca, enfática—, y todo por una pasada, por alguna broma, por una miserable tacita de té con la señora Nixon.

—No tan miserable —comentó el Poeta, riéndose.

—¡Miserable! —insistió el Antipoeta, enrabiado, más afónico que antes—. ¡Miserable!

Contó, entonces, que un buen día, en lo mejor del gobierno de Salvador Allende, se había instalado con una mesa de palo, una silla de paja y un cartel escrito a mano, con su caligrafía inconfundible, y que decía Doy explicaciones, en uno de los patios de la Escuela de Ingeniería, una mañana entera, y que nadie se le había acercado. Los profesores y los alumnos pasaban cerca de él, miraban la mesa, la silla de paja, el traje arrugado del Antipoeta, el sombrerito de paño verdoso con que se cubría las canas, y reaccionaban de maneras muy diferentes: o se reían, o se encogían de hombros, o no decían absolutamente nada, y después comentaban entre ellos, más que seguro, que había que mandarlo derechito a Pisagua una vez que la revolución socialista se consolidara.

—¿Tú crees? —preguntó el Poeta.

—Creo —dijo el Antipoeta, no sin cierto dramatismo, con algo de teatralidad, y agregó—: Yo estaba visitando la Casa Blanca con un grupo de profesores y estudiantes de la Universidad de Maryland, que está por ahí cerca, y de repente pasó la señora Nixon, Pat Nixon, por uno de los corredores y nos invitó a tomar una tacita de té con ella en un comedor lateral: un mísero té de bolsita con un par de galletas. ¡Eso fue todo! —y repitió la exclamación, ¡Eso fue todo!, varias veces, en diferentes tonos, graduando la voz medio afónica con notable maestría.

—Nos van a volar la raja de todas maneras —murmuró

el Poeta—, los de acá y los de allá, por huevones y desubicados

—¿Tú crees?

—Creo.

—Entonces —masculló el Antipoeta—, ya sería tiempo de abrir una botellita de vino.

Al día siguiente en la mañana caminaban por la playa, armados de sendos bastones de eucaliptos, en dirección al sur, a la playa de El Tabo, mirando las olas que reventaban en el roquerío, los pájaros y pajarracos que graznaban, el movimiento ondulante de los cochayuyos, contemplando en la distancia un barco petrolero que navegaba rumbo al molo de San Antonio, cuando vieron a Teresa Echazarreta, la Teresita en persona, que se acercaba. ¡Nada menos que Teresita! De vestido largo, caminaba por la arena sin zapatos, un poco pálida y a la vez hermosa, radiante. Parecía una aparición, un personaje de la mitología más antigua. El Poeta, por lo menos, tuvo la impresión de que levitaba, de que sus pies perfectos no tocaban la arena, y cuando le comunicó esta impresión a su amigo, éste le contestó que sí, que tenía razón: era una quimera alada, un ángel que se desprendía de las nubes, una musa celeste, celestial y celeste.

—¡Teresita! —gritaron ambos, y ambos, el Poeta y el Antipoeta, al unísono, abrieron los brazos.

—Vine a buscarte —dijo ella, sonriente, como si se hubiera separado del Poeta hacía sólo un par de días.

Por nerviosismo, por una súbita timidez, por lo que fuera, el Poeta reaccionó con poca gracia, erizado como un quirquincho.

—¿Vas a recuperar tus tierras, ahora? —preguntó.

—Y eso —respondió ella—, ¿qué tiene que ver?

—¿Vas a llamar al Gabacho Le Cléziel para que te las administre de nuevo?

—La única administradora de mis tierras, de lo mío, de todo, soy yo misma.

—¡Así me gusta! —exclamó el Antipoeta, y propuso, en seguida, sobándose las manos callosas, que se fueran a comer un caldillito, o unos loquitos con salsa mayo, o unos ostioncitos recién sacados y cocinados al pil pil, servidos en una pailita de greda, en alguno de los boliches de por ahí cerca.

En la noche llegaron a buscar al Poeta desde la Hostería Santa Elena para decirle que lo llamaban por teléfono de Santiago. Teresa y el Antipoeta lo acompañaron, y lo que le informaron por el teléfono, una vez que se encerró en la cabina y se hizo la conexión, fue que su madre acababa de morirse. Teresa, por la forma en que salió de la cabina, encorvado, agobiado, un poco desencajado, adivinó de inmediato. Le dio un largo abrazo, lo besó varias veces, le pasó una mano por el pelo ensortijado, por la barba hirsuta.

—Con razón —murmuró el Poeta—, me agarraba con tanta fuerza.

—Para que no te separaras de ella —dijo Teresa, que había escuchado hacía poco rato el relato del episodio—. Era una despedida. Y tú no te diste cuenta, o te diste cuenta y te pusiste nervioso, y preferiste escapar.

—¡Hermano! —exclamó el Antipoeta.

—¡Verdad! —murmuró el Poeta—. Me escapé, me porté como un maricón. ¡Como siempre! Pero menos mal, Teresa de mi alma, que viniste a buscarme —y hundió la cabeza entre las manos, y todos, incluyendo a la señora Elena, la dueña de la Hostería, establecimiento que llevaba el nombre de Santa Elena en homenaje a ella, notaron que sollozaba en silencio, pero con grandes convulsiones que lo sacudían de la cabeza hasta los pies, y que las manos se le ponían húmedas a causa de las abundantes lágrimas.

10

La cámara se aleja de aquella noche, de los sollozos que sorprendieron al Antipoeta, pero no a Teresa y a la señora Elena, los dos testigos femeninos de ese duelo; de la conversación que duró hasta el amanecer, amenizada por un vino grueso y algunas tiras de charqui; del amor con Teresita, ¡Teresa Beatriz!, en un dormitorio estrecho, de paredes de madera sin barnizar, bajo gruesas frazadas y mantas de huaso. Teresa, siempre segura, organizada, de cabeza firme, lo llevó hasta Santiago a primera hora de la mañana siguiente, lo acompañó a la capilla donde velaban a su madre, se arrodilló y rezó un rato, y después siguió viaje a sus tierras de los alrededores de Talca. Empezaron, desde ese mismo día, a llamarse por teléfono todas las tardes y a sostener conversaciones interminables, en las que se contaban todo lo que habían hecho, lo que habían leído, lo que habían escuchado, lo que se les había pasado por la cabeza. Él hablaba del Instituto donde hacía clases de teoría literaria, de poesía francesa de vanguardia, de historia de la vanguardia estética en Uruguay, Argentina y Chile —con personajes, digamos, del estilo de Juan Emar, de Xul Solar, de Torres García, de Macedonio Fernández—, de otros ramos curiosos y cuyo contraste con la realidad exterior, con lo que sucedía fuera de los muros del Instituto, en la calle o en interiores siniestros, bajo sus propias narices, no dejaba de ser sorprendente. Más que sorprendente, casi inverosímil. Porque el gobierno, entre sus primeras medidas, había intervenido la universidad, antro de comunistas, de intelectualoides, de desconformados cerebrales de la más variada categoría, y había puesto a un general de ejército a cargo de la rectoría, pero el Instituto de Estudios Humanistas, con sus profesores sartreanos, kantianos, estructuralistas, situacionistas, teóricos de la deconstrucción, seguidores del psicoanálisis lacaniano, giraba en una órbita propia, en un limbo perfectamente abstracto y ajeno.

Una de esas tardes, Viviana de Carlo se presentó en los patios de salida de clases y le dijo al Poeta que había ido a darle el pésame por la muerte de su madre. Estaba un poco nerviosa, medio tartamuda, y miraba a cada rato por encima de los hombros, como si el diablo le estuviera pisando los talones. Después de cambiar unas cuantas palabras, lo acompañó hasta la casa de Ñuñoa, que había sido puesta en venta por los herederos de su dueña, esto es, una media hermana del Poeta, mucho mayor que él, él mismo y un hermano menor que se había dedicado a la música y que tenía gran éxito como disc jockey en fiestas, a pesar de que los horarios del toque de queda coartaban mucho sus posibilidades profesionales.

—¡Qué simpático! —exclamó la de Carlo, que antes no había escuchado hablar de ese hermano del Poeta y que ahora parecía llena de curiosidad por él, muerta de ganas de conocerlo, ilusionada de una manera que no conseguía disimular, como si un joven disc jockey, dentro de las circunstancias imperantes, pudiera convertirse en una inesperada tabla de salvación.

Llamó por teléfono Teresa cuando acababan de entrar, como lo hacía todas las tardes, y hablaron de los personajes del Instituto, de las clases, del milico interventor, de las gestiones para vender la casa de Ñuñoa, de los problemas nocturnos del hermano menor, Eduardo, el rockero, pero él no le dijo, no se atrevió, en verdad, a decirle, que la de Carlo, la de siempre, la que había conocido en un antro de París y luego había vuelto a encontrar en Chile, estaba sentada al lado suyo, mostrando las piernas más bien gruesas, pero todavía bien formadas, hasta los mismísimos y muy escuetos calzones. Colgó el teléfono, al fin, con las palabras tiernas de los mejores tiempos, y al poco rato estaba haciendo el amor con la de Carlo en la cama que nadie había ordenado en los últimos cuatro o cinco días, la de su dormitorio de adolescente. ¡Qué desgraciado soy, pensaba, qué sinvergüenza, qué traidor!, y parecía que ese estado de conciencia, esa confesión íntima, que tenía buen cuidado de no transmitir a su pareja del momento, lo excitaba más, le producía un placer morboso. Después llevó a la de Carlo a un boliche del barrio, no muy lejos del Estadio Nacional, le invitó una cerveza, y de repente se puso de pie, tieso, inquieto, descentrado, y se despidió en forma brusca.

—¿Por qué te vas? —preguntó la de Carlo.

—Porque tengo que terminar un trabajo bastante complicado —dijo, sin entrar en mayores detalles, y partió a su casa a la carrera, sin detenerse a mirar para atrás, porque tenía miedo de encontrarse con los ojos desorbitados, con la blancura casi azulina de la piel de la otra, con su expresión de sueño surrealista, de emanación vanguardista.

Lo habían invitado a colaborar, en realidad, con un ensayo sobre Jacques Derrida y su concepto de la deconstrucción aplicado a la obra novelesca de José Lezama Lima, en una revista cuyo primer número preparaba la gente del Instituto, y el plazo de entrega era totalmente perentorio. De hecho, la revista, con el nombre de *Palimpsesto,* salió a fines de la semana siguiente, fue presentada con lo que se llamaba y todavía se llama un vino de honor —unos vasos de cartón, unas galletas, tres o cuatro botellones baratos—, en el patio del Instituto, y provocó un conflicto inmediato con la autoridad militar universitaria. Era una gran publicación de tapa blanca, de formato cuadrado, de papel grueso de la mejor calidad, donde había páginas enteras que sólo traían dos o tres versos de seis o siete palabras cada uno, y otras donde se reproducía el informe psiquiátrico y hasta el *scanner* cerebral de uno de los poetas que colaboraban en el primer número, aparte de una serie de fotografías de gente prontuariada no se sabía por qué delitos, decoradas con trazos negros, amarillos, rojos, trazos tirados al papel, en un gesto que recordaba la escritura automática, por un grabador chileno joven, recién llegado de Berlín Occidental. Además, en las páginas centrales se publicaba un relato de varias páginas contenido en el interior de un paréntesis, escrito en letra cursiva, sin puntuación, sin mayúsculas, donde las separaciones entre las frases y las oraciones, si es que podían recibir el nombre de tales, estaban marcadas por espacios vacíos, relato que se llamaba, precisamente, *Paréntesis*, y que había sido enviado desde París por Marco Antonio Le Cléziel, ¡por quién otro! Pues bien, parecía que los milicos, previamente dateados, esto es, informados por sus sapos, y con las estacas bien afiladas, sólo esperaban la aparición de la comentada y esperada revista, financiada con fondos universitarios, para cortarla de raíz, de un guadañazo certero, y darle el bajo, de paso, al mismo Instituto. ¿Y por qué lo suprimían, qué tanto daño le podía hacer al régimen militar, no era una demostración de cultura avanzada dentro de un país tan calumniado por la prensa extranjera?

—Por una cuestión de prioridades —declaró el General Rector, que había tenido la gentileza de darles una audiencia a los miembros del consejo de redacción antes de proceder a dictar la sentencia de muerte del engendro, y que los recibió con el decreto respectivo encima de la mesa—. Porque al Chile nuevo, al Chile sano, de orden, libre del cáncer del marxismo, ¡qué cojones le importa, díganme ustedes, Rimbaud, y Derrida, y un tal Noam Chomsky, y el estructuralismo, y todas esas hierbas!

La pequeña delegación que había acudido a defender *Palimpsesto*, de la que el Poeta formaba parte, trató de argumentar, pero se enredó, se confundió, y la profunda seguridad con la que actuaba el General Rector Delegado tuvo el efecto quizá previsible, aunque de todos modos sorprendente, de hacerlos añicos. No hubo manera. No hubo por dónde agarrar el asunto y tratar de colocarlo en una perspectiva menos negativa, menos ridícula, para decirlo de algún modo. El General dio por terminada la reunión, hizo la ronda de las despedidas, con la mayor amabilidad del mundo, y cuando le llegó el turno al Poeta, le dijo, junto con darle la mano y hasta con palmotearle el brazo, algo que sorprendió a todo el grupo:

—A usted, mi amigo, no lo veo muy bien aquí en Chile, en este Chile nuevo. Más bien lo veo, para ser sincero con usted, y creo que en esta forma le hago un favor, como pollo en corral ajeno. ¿No ha pensado en irse a alguna otra parte, a Francia, a Alemania, a cualquiera de esos lados?

—Desde ahora voy a empezar a pensarlo seriamente, señor —respondió el Poeta.

—Me parece que hace usted bien —dijo el General, y cerró la puerta detrás de la delegación con el mayor cuidado, sin malos modos, sin violencia aparente, pero sin la menor indulgencia, como si después de cerrar la puerta fuera a sacudirse las manos y a pasar de inmediato a algún asunto más serio.

Se dijo en los días que siguieron que algunos curas derechistas habían informado mal sobre los estudios del Instituto, excesivamente sofisticados, habían opinado, de un laicismo pernicioso, marcados por corrientes filosóficas europeas que oscilaban entre el neomarxismo y el ateísmo, inadecuados e incluso contraindicados, los estudios susodichos, para la formación de la juventud chilena de hoy, y parece que el General Rector, que pertenecía al arma de caballería, había escuchado con la mayor atención, con expresión grave, y después había procedido al cierre de revista e instituto manu militare, con procedimientos tajantes y con buenos modos, ya que uno de sus códigos de conducta consistía en pensar que lo cortés no quitaba lo valiente.

De modo que el Poeta, en la cochina calle, de mal aspecto, mal visto, para decir lo menos, a pesar de que gracias a la venta de la casa de Ñuñoa le iba a tocar un poco de plata por primera vez en su vida, y sin el menor deseo, por lo demás, de hacerse cargo de la Viviana de Carlo, y todavía menos de facilitar la búsqueda que ella había emprendido de Eduardo, el disc jockey, partió en un bus, como lo había hecho tantas veces en etapas anteriores, al fundo de Teresa, y al llegar le declaró de entrada, sin medias palabras y sin mayores preámbulos, que si ella lo aguantaba, él estaba dispuesto a quedarse con ella, Teresita preciosa, y a no mirar para los lados, y a serte fiel hasta la muerte.

—¿Qué mosca te picó? —preguntó Teresa, Teresa Beatriz, con una semisonrisa un tanto enigmática, de musa que miraba un poco más allá, que ya venía de vuelta de muchas cosas.

—No sé, Teresita de mi vida —dijo el Poeta—: La mosca del amor, o la del cansancio, o la de un mal presentimiento.

—¿Un mal presentimiento?

—Te repito que no sé —dijo él—. La poesía todavía, de vez en cuando, me acompaña. Siento que me soplan algo al oído, ¡las musas!, y abro mi cuadernito. Pero la realidad que observo alrededor mío, o eso que llaman la realidad, contribuye demasiado poco a levantarme el ánimo. Y aunque la poesía siga, tengo la impresión de que los dioses de mi juventud ya me abandonaron. Me pregunto desde cuándo, y no tengo la menor respuesta.

Después de esta confesión, Teresa Beatriz fue increíblemente cariñosa con él, aun cuando no podemos conocer su reacción auténtica, exacta y profunda. Lo acompañaba en sus caminatas de los atardeceres, hacía que le prepararan sus guisos preferidos, sus cazuelas de ave con pollos de campo, sus charquicanes, sus cajoncitos de arvejas en pan frito, coronadas con un huevo, y hasta se abstenía de poner música si él estaba escribiendo o leyendo, pero el Poeta tenía la molesta, más que molesta, angustiosa impresión, de que uno de sus resortes se había roto. No sabía en qué momento preciso, pero sabía que eso había sucedido en un momento determinado, en una fracción de segundo, y que había sucedido de una vez y para siempre.

—Me voy —dijo un día, y Teresa, con expresión seria, no le hizo demasiadas preguntas.

—Siento —continuó él, dando detalles que ella no le había pedido—, que la pareja perfecta, fiel hasta la muerte, ¿te acuerdas?, no existe.

—No existe entre nosotros, a lo mejor.

—Puede que la culpa la tengamos nosotros, pero...

Teresa levantó los ojos, sin lágrimas, con expresión, ahora sí, de pregunta.

—Nunca pude superar el episodio del Gabacho.

—¿Qué episodio?

—Que te acostaras con el Gabacho.

—¡Estás loco —exclamó Teresa—, loco de remate!

—Puede que sí —murmuró el Poeta, y se decía que esta vez saldría por la puerta, no por la ventana, y tranquilo, y que a lo mejor dejaría la puerta abierta, y un cuaderno de poemas recién escritos en el velador, en recuerdo, y que no cortaría puentes, pero que el resorte, de hecho, temble-queaba en el aire, desprendido de la base firme que siem-pre había tenido, como uno de los alambres sueltos de ese Aleph que había desaparecido en su dormitorio de la Casa de Dostoievsky, y le dolía como caballo (el resorte aquel), como si estuviera incrustado adentro de sus venas.

—Si esperas hasta el viernes, te llevo en el auto —dijo Teresa.

—Es que no me siento nada de bien —respondió el Poeta.

—¿Por qué?

—Tengo la sensación más o menos extraña de que me queda poco.

Teresa agarró la mochila y lo tomó del brazo para ayu-darlo a entrar en el asiento de la derecha del automóvil. Después, en el paradero de la Panamericana Sur, pagó el boleto del bus a Santiago sin decir una palabra y lo acom-pañó hasta su asiento junto a una ventanilla.

—Puedes volver cuando quieras —le dijo en voz baja, y le dio tres o cuatro besos en la frente—. Cuando quieras. Porque yo te voy a echar mucho de menos.

Salió y se quedó en un rincón del paradero, esperando que la máquina partiera, y cuando el chofer puso el motor en marcha, el Poeta le hizo con la mano derecha un gesto casi humorístico, pero sin mirarla, como si mirarla fuera mirar al pasado, a la niña de los botones desintegrados, y eso le diera no poca angustia.

11

No sabemos con exactitud dónde se fue a refugiar el Poeta a su regreso a Santiago. Teresa, como ya se habrán imaginado ustedes, lo despidió con toda clase de aprensiones y temores, con presentimientos francamente malos y que prefirió disimular, y el Poeta, esta vez, por orgullo, por inconsciencia, por lo que fuera, no pidió ayuda. No admitió ni siquiera un amago de ayuda. En verdad, no hizo amago de nada, ni de pedir, ni de no pedir. De todas sus partidas, de todas sus huidas, a pesar de ser la más simple, la más elemental, fue (creemos), a pesar de las apariencias, la más radical, la más desesperada, en el sentido literal de la palabra. Desde luego, lo del resorte roto no era ninguna broma. Era un resorte moral, pero que adquiría lo que se podría entender como una equivalencia o una expresión física. Es decir, el Poeta tenía el corazón destrozado, pero también las venas obstruidas, la sangre demasiado lenta y espesa, la presión errática, el hígado en estado más que imperfecto. Algunos dijeron que se había ido derecho a refugiar en la casa de Santiago del Antipoeta, en los faldeos cordilleranos, y otros creyeron haberlo visto del brazo de Viviana de Carlo por alguna callejuela del barrio de Recoleta, por el sector de Independencia, en los aledaños de Bellavista, la antigua Chimba. Pero es probable que en todo esto influya la imaginación de sus amigos, estimulada por su fama difusa y más o menos equivocada. O equívoca. Alguien contó que lo habían divisado en la Carlina, la de siempre, bailando hecho un nudo ciego con uno de los chicos del Blue Ballet, y otro contestó que no podía ser: los milicos habían clausurado la Carlina hacía rato, y no por ejercer la prostitución, profesión que el estamento castrense más bien, aunque no en forma explícita, alentaba, sino por fomentar la mariconería. También se dijo que se había refugiado en casa de su media hermana, a pesar de que no era santo de la devoción del marido de ella, empresario mediano de microbuses, director de un club de fútbol que había dejado de existir, el Santiago Morning, conocido a veces a nivel popular como el Chaguito, pero la versión más plausible fue que Eduardito le había prestado una plata, en espera de que recibiera su parte por la venta de la casa de Ñuñoa, y que el Poeta, de acuerdo con su inveterada costumbre, dentro de su más auténtico estilo, se había metido en una residencial de mala muerte, entre maceteros de cerámica, fotografías iluminadas de una pareja de extraña fealdad y olores a meados de gato, de la calle Santo Domingo al llegar a Bulnes o al llegar a la Quinta Normal. Parece que tenía ganas de escribir una serie de poemas de la mala muerte (título provisional), y que su escritura fue prolífica y ansiosa, por no decir atormentada, pese a lo cual mostró algo así como un renacimiento interior, una energía redescubierta, un chisporroteo que en las últimas etapas se había echado de menos.

En una de ésas, caminando sin rumbo por la parte baja del centro, después de pasar por el bar de maderas oscuras del City Hotel, donde había bebido en años pretéritos innumerables corridas de pisco sour en compañía del Chico Adriazola y del poeta Eduardo Anguita, el autor de *Venus en el pudridero* (nótese la coincidencia de títulos), desembocó de pronto, sin habérselo propuesto, en su acostumbrada condición errante, en el Paseo Ahumada. Dicen que se quedó mirando durante largos minutos, embobado, el tamboreo epileptoide de un sujeto medio deforme y medio lisiado conocido como el Pingüino, personaje de la vía pública, del siniestro teatro del mundo, de la exposición profesional mendicante callejera, y resolvió que esa versión criolla del infierno que era el Paseo Ahumada, con su neblina, con sus funcionarios de pantalones mal cortados, de corbatas sebosas, con sus tamboreros, sus flautistas, sus hombres orquesta, su nube de vendedores ambulantes, y todo bajo la mirada de una que otra pareja de soldados encasquetados, blindados, armados hasta los dientes, sería su nuevo manantial, su fuente de inspiración última, con sus correspondientes enanos, bufones, musas contagiadas de diversos males venéreos, sin excluir el más mortífero y reciente, el Sida, y con su telón de fondo de transeúntes desteñidos, confundidos con el gris sucio general y nacional.

Empezó a escribir un poema largo en capítulos, entusiasmado, abandonando o postergando el proyecto de la mala muerte, y alimentó su inspiración por medio de prolongadas conversaciones con el Pingüino, el tamborero epileptoide, que tenía una pierna medio paralizada y la otra atrofiada, chueca, subida encima de la rodilla opuesta, y la mano con que le daba guaraca al tambor agarrotada, reducida a una condición miserable de garra o de pezuña. Porque era, el tal Pingüino, a pesar de su voz tomada por la enfermedad, escasamente audible, un hombre lúcido, de buen humor, aunque algo irritable: un observador estoico del movimiento de la calle, un filósofo de la vida al aire libre, y de la vida libre, de la libre libertad, para citar de nuevo a Jean-Arthur, e incluso un filósofo de la vida sin más, de la vida *tout court*, como habría dicho su amigo amado y rival detestado Le Cléziel, alias el Gabacho. El Poeta le propuso un día al Pingüino, después de haber escuchado su tamboreo durante casi media hora, en estado de éxtasis, fascinado por el aire de anarquía que reinaba en el Paseo, por las súbitas carreras de los vendedores ambulantes ahuyentados por la policía, por sus regresos, por la huida de un carterista que zigzagueaba con increíble agilidad entre los transeúntes antes de hacerse humo, por los pitazos intermitentes, por las caras graves de algunos abogados hipopotamizados, como dijo en una oportunidad Vicente Huidobro, invitarle una copa en el bar del City. Y resultó que uno de los mozos, un gordinflón que custodiaba la puerta de aquel recinto en decadencia, con una servilleta sucia doblada en el antebrazo izquierdo, miró al Pingüino, a quien divisaba todos los días al llegar y al retirarse de su trabajo, y no los dejó entrar, el muy pelotudo.

—No discutamos —dijo el Poeta, frase que fue repetida por el Pingüino con su voz tomada, apenas audible, y fueron a sentarse en una fuente de soda que estaba a la vuelta de la esquina, a los pies del edificio del Arzobispado. El Pingüino, extrañamente (o ante la extrañeza del Poeta, para ser más precisos), sólo pidió un poco de agua de la llave con limón (¡agua de la llave con limón!). El vino, dijo, no le gustaba, y la cerveza le caía como un tiro.

—Si me tomo dos cervezas seguidas —aseguró—, me pongo a vomitar como un loco y soy capaz de morirme. Debe ser por la debilidad.

No dio más detalles, y el Poeta entendió de inmediato que la debilidad era su condición normal, además de su signo y hasta su aureola, y pensó que tenían eso en común, esa carencia, y que el alma del Pingüino se manifestaba tocando el tambor a todo forro con un palo, en un ritmo que parecía monótono, pero que era menos monótono de lo que parecía, así como el alma suya (aunque no exista el alma, o exista de una manera diferente a como lo enseñan en los colegios de curas), se manifestaba escribiendo versos con saña, con insistencia, con parecida y engañosa monotonía.

Al regreso, mientras el Pingüino cojeaba en forma atroz, como si el vaso de agua de la llave acompañada de limón le hubiera hecho daño, el Poeta descubrió que había un conato de teatro callejero en cada esquina, con actores que habían colocado un sombrero en el suelo y que vociferaban hasta desgañitarse, y curiosos que se reunían a mirarlos y que rara vez tiraban una moneda en los sombreros respectivos, y resolvió que don Medardo de Combray, su alter ego, su heterónimo finisecular, en compañía de su inseparable amigo Gerardo de Pompier, debían llegar pronto y producirse, esto es, expresarse, manifestarse de algún modo, en cualquiera de las esquinas que estuviera vacante. Eran los días primaverales de la Feria del Libro del Parque Forestal, y la aparición no anunciada de don Medardo y don Gerardo podría interpretarse como una prolongación del mundo de los libros, con sus figurines, sus fantoches, sus fantasmas de todo orden, en el mundo de la calle, del Paseo Ahumada, de los vendedores ambulantes. Pensaba, revisando cosas, evocando, dudando: si lo hubiera hecho en La Habana, capaz que también me hubieran llevado preso, pero esas caminatas por la rampa, por el malecón, por los bares de los alrededores del Hotel Nacional, tenían, después de todo, una emoción, una forma medio accidentada, maltratada, de belleza. Aquí, en cambio, cualquier conato de belleza era castigado a palos, o con la picana eléctrica. ¿Nos equivocamos, entonces?, y se dirigió en voz alta al vacío, observado de reojo, con una risita estúpida, por un empleado de banco: dime, Heberto, dime, Pepillo, Miguelito de los cojones, dime.

Fue al día siguiente a conversar de estos temas con el Pingüino y a escoger un lugar para levantar su tinglado, como quien dice. Pero ocurrió que había manifestaciones

310

de protesta en todo el centro. Y parecía que el Pingüino, alentado, entusiasmado, había abandonado su puesto de trabajo, dejando sus escasos enseres, su piso, su tambor y hasta el palillo gastado con que lo aporreaba, al cuidado de un ciego (un ciego vidente), que mendigaba un poco más lejos, y había corrido con sus piernas deformes para unirse a los que protestaban. El Poeta merodeó, entonces, durante un rato, y pronto se encontró con masas de manifestantes que corrían de un lado para otro, algunos de ellos encapuchados, y que recogían cascotes y otros objetos contundentes del suelo para arrojárselos a los carabineros, quienes formaban muros humanos protegidos por cascos de acero, por escudos de material transparente, por lanzas y estoques de una nueva Edad Media. Entre la muchedumbre desarrapada de los atacantes, el Pingüino, vibrante, enérgico, de ojos electrizados, parecía encontrarse en su salsa, en lo mejor de su naturaleza; escapando de los carros lanzaaguas y de una que otra bomba lacrimógena, había adquirido, con su única pierna más o menos en servicio, con sus brazos atrofiados, con su columna vertebral torcida, con sus manos paralizadas y vueltas para adentro, una agilidad que muchas personas normales, pero adiposas, sedentarias, mal acostumbradas, habrían envidiado. A partir de ese momento, la admiración del Poeta por el Pingüino, acompañada de una compleja fascinación frente a ese submundo, a esa corte de los milagros que parecía brotar de todo un sistema de catacumbas urbanas, llegó a niveles superiores, a alturas enrarecidas de la conciencia. A pesar de que había sufrido, y pasado penurias sin cuento, y de que había huido de tantas cosas, tuvo la sensación molesta, casi culpable (palabra que le recordó mucho, por cierto, al poeta Padilla), de que había arriesgado demasiado poco, de que había vivido, después de todo, en el privilegio, ¡hasta en la molicie!

En cualquier caso, no le dio más vueltas al asunto, ya que el asunto, después de todo, no merecía que se le dieran tantas vueltas, y sabía, sabía de memoria, que el teatro callejero podía ser una diversión, una expresión de algo, incluso un aporte menor, pero nada digno de anotarse como parte de un combate heroico. Nada digno de esculpirse en mármoles, como diría el Caballero de la Triste Figura. Y al día siguiente por la tarde, cuando parecía que los restos de gas lacrimógeno todavía no se habían disipado por completo, el Poeta, flanqueado por un par de líricos de la novísima generación, por una actriz de carácter, por una amiga de la actriz, por la hermana mayor de uno de los líricos, estudiante de medicina, y por la Viviana de Carlo, despechugada y bastante pintarrajeada, y caracterizado como Medardo de Combray, esto es, con un sombrero de época, una corbata de plastrón, largas patillas, mostachos en punta, levita, polainas grises, botines altos, se subió a una silla que le había conseguido el Pingüino y entabló un diálogo barroco, salpicado de latinazgos macarrónicos y de terminachos teóricos, con su dilecto amigo de Pompier, a quien había representado con un dibujo en un cartón y había instalado en otra silla, diálogo extravagante, sin duda, pero donde no faltaban alusiones claras a la realidad circundante, a la depresión general, a los perseguidos, los apaleados y los desaparecidos, a los humillados y ofendidos, al hambre dominante y a los hipócritas lectores, hasta que un oficial de carabineros, acompañado de cinco carabineros rasos armados de metralletas, rompió la fila de los mirones, que había empezado a engrosarse, y le pidió los documentos. Se contó que había existido un breve intercambio de palabras, puesto que el oficial de carabineros se refirió a desórdenes en la vía pública, y parece que el Poeta replicó que no era desorden ni nada que se pareciera, que sólo se trataba de teatro, señor oficial, teatro en la vía pública, como en los antiguos tiempos. Se escucharon risas entre los mirones, acompañadas de uno que otro tímido aplauso, y el Poeta, ante una orden del oficial, fue tomado del brazo por dos de los carabineros y llevado a la comisaría de la calle Santo Domingo, la misma a la que había sido llevado después de romper un vidrio a la salida de la fiesta de la Escuela de Danza, ¿hacía cuántos años?, la fiesta en la que había conocido a la bella Teresa y en que le había desintegrado, con dedos torpes y sudorosos, algunos de los delicados botones que le protegían la espalda. La vida, pues, se repetía, pero de un modo cada vez más siniestro, más negro, y también fue Eduardito, avisado por los poetas jóvenes, el encargado de correr a la comisaría, conversar en su calidad de abogado con el oficial de guardia y rescatarlo de los calabozos del patio del fondo, donde ya habían encerrado hacía un rato al Poeta en compañía de algunos mendigos, un par de borrachines, un joven de buena familia que había atropellado en automóvil a una persona sin tener carnet de manejar, y dos estudiantes sorprendidos en el momento mismo de tirarles piedras a los pacos.

—¡Te dai cuenta —exclamó el Poeta—, otra vez, y en la misma comisaría!

A la salida, en toda la esquina de Santo Domingo con Mac Iver, los dos ya viejos amigos, Eduardito, que venía de una fiesta de cumpleaños y llevaba un clavel blanco en el ojal, y el Poeta, con la pintura de las patillas corrida, el bigote postizo ladeado, los pelos entrecanos disparados, la barba arremolinada, se abrazaron estrechamente. Algunos dicen, incluso, que los ojos de ambos se humedecieron. Eduardito condujo al Poeta en automóvil a la casa de la calle Ñuñoa, que todavía no se había vendido, y la Viviana de Carlo, con sus ojos bordeados de una sombra lila, con sus pechos generosamente exhibidos, se metió a la parte de atrás del automóvil y no hubo nadie que pudiera sacarla.

Cuando Eduardito se bajó del automóvil y se despidió en la puerta, el Poeta le dijo a Viviana, que parecía dispuesta a acompañarlo a todo, que no se sentía bien, que por favor lo dejara solo.

—¡Cómo voy a dejarte solo!

—Déjame solo, te lo ruego —dijo el Poeta, y de pronto se sintió todavía peor, mareado, a punto de desplomarse: alcanzó a entrar a la casa y a correr al baño de la planta baja, donde cerró la puerta y de inmediato vomitó una materia espesa y sanguinolenta. Por suerte la de Carlo no se dio cuenta, porque se habría quedado con él toda la noche, de acompañante, de enfermera, de lo que fuera, y quizá hasta cuándo. Pero él, al salir del baño, le dijo que estaba demasiado fatigado, que tenía la imperiosa necesidad de dormir solo, que por favor lo disculpara, y ella, todavía más o menos joven, pero dotada, ahora, de una mirada que parecía llevar una sombra, una marca de alguna clase, un ala de pajarraco negro, de mal presagio, se fue, por fin. El Poeta esperó que los pasos de la de Carlo se alejaran y marcó, desajustado, un poco tembloroso, el teléfono de la casa del fundo de Teresa. Estaba dispuesto a decirle de nuevo, por enésima vez, que la amaba, a pedirle ayuda, a pedirle, incluso, disculpas, aunque no se supiera exactamente por qué, a deponer toda forma de orgullo. Mientras sonaba el timbre en el otro extremo de la línea, de noche, en medio, se imaginó, de un silencio alterado de cuando en cuando por ladridos lejanos, por el croar de algunos sapos, por el sonido difuso de los grillos, su corazón, su pobre corazón, como habría cantado Rimbaud, palpitaba con una intensidad terrible, palpitaba y goteaba, y babeaba (*mon triste coeur bave à la poupe!*). Porque el Poeta, de pronto, tenía mucho miedo de morirse antes de ver a Teresa de nuevo. Estaba arrasado por el miedo (¡cagado de miedo!, murmuró). Por eso, su voz resonó al cabo de casi un minuto y medio de espera con inmenso alivio, como si se hubiera salvado in extremis, o como si la campana, en jerga boxeril, lo hubiera salvado.

—¡Teresita! —y quiso agregar algo, pero sólo atinó a repetir—: ¡Teresita!

12

El mundo se dividía en sanos y enfermos. Él, el Poeta, antes estaba sano, pero siempre tenía una pata en el lado de los enfermos. Como el Pingüino, que podía alcanzar esa agilidad extraordinaria con piernas, brazos, y hasta con el tronco torcido, atrofiado. Tocamos a cuatro manos, Pingüino, yo con mis versos, mis historias, mis subidas a un escenario de teatro, mis reclamos de toda especie, y tú con tu palillo y tu tamboreo frenético, tus movimientos descoyuntados, tus hilos de baba. Por eso. Y ahora tengo el presentimiento de que me voy a pasar de una vez por todas para el otro lado, de que voy a salir de la escena y presenciar el final de la obra desde bambalinas, entre cordeles y andamios. Colgado, quién sabe, de uno de los cordeles.

—¿Qué dices? —preguntó Teresa. Ella lo había llevado al médico, porque hacía días que la cara del Poeta no le gustaba nada, y tenía un presentimiento malo.

—Estaba hablando solo, Teresita, pero no estaba diciendo nada.

—Tienes que hacerle caso a lo que te ordene el médico. Al pie de la letra.

—¿Y para qué?

—Para sanarte.

Es que a lo mejor, o a lo peor, esta vez no se iba a sanar. Porque algo se le había descompuesto, como ya sabemos, y parecía que en forma definitiva. Todo comenzó, se decía él entre dientes, por ese resorte, ese cabo suelto, ese alambrito. Y ahora tenía la intuición de que el sistema completo, la máquina entera, con sus huesos, sus nervios, sus vísceras, sus ganglios de la gran puta, se había ido al garete. Le habían hecho una serie de exámenes, y el doctor los leía con gran detención, con expresión seria, en delantal blanco y con los anteojos de lectura encajados en la punta del caballete.

—¿Cuánto tiempo de vida cree usted que me podrá quedar? —le preguntó al doctor.

—Mira, Poeta —contestó el doctor—, todos, a mediano o a corto plazo, estamos condenados.

—Ya lo sé —dijo él—, ya lo sé, pero tengo la impresión de que el plazo mío, doctor, se acortó mucho.

—Nosotros no sabemos demasiado sobre el cáncer —comentó el doctor—. A veces suponemos que habrá una evolución rápida, y el desarrollo de la enfermedad es lento, e incluso hay reabsorciones, curaciones que parecen milagrosas.

—No hagas tantas preguntas —dijo Teresa—. Descansa, y toma tus remedios.

Antes de entrar al hospital, su media hermana lo había llamado por teléfono y le había dicho que la casa de Ñuñoa estaba vendida, que él tendría que buscarse otro sitio para vivir.

—Me voy a buscar un sitio para morir. Es mucho más fácil.

Su media hermana no sabía que estaba a una hora de ingresar al hospital, para exámenes generales y con diagnóstico reservado, y no dijo nada, suponiendo que la respuesta de Eulalio, Ernesto, Armando, formaba parte de su habitual humor lúgubre. Teresa la llamó a los dos o tres días para informarle de todo, y ella, entonces, entendió. A todo esto, Teresa había conseguido un departamento para él en una callejuela que se extendía entre el Parque Bustamante y la avenida Vicuña Mackenna, a unas diez cuadras de la plaza Italia hacia el sur.

—¿Y quién se va a hacer cargo de los gastos? —preguntó la media hermana.

—Yo —respondió Teresa, sin mayores rodeos.

El Poeta le pidió que le avisara a Eduardito, y también le pidió que le avisara a uno de los poetas jóvenes que lo habían acompañado al acto del Paseo Ahumada, y a la actriz, y a su hermano menor, el disc jockey, y si era posible, al Antipoeta, y por qué no, también, al Mote Gandarias, que en el momento de su regreso de Cuba había aparecido, y que después, al cabo de unas cuantas semanas, había vuelto a refugiarse en su parcela de no se sabía dónde, hacia el norte de Santiago, o hacia el noroeste. Eduardito llegó de visita cuando ya lo habían trasladado del hospital al departamento que le había encontrado Teresa, en el segundo piso de un edificio vagamente art déco, y en una callejuela que correspondía de algún modo al estilo, puesto que se llamaba Passy.

—Passy. ¡Qué divertido! —exclamó.

Y él, con voz débil, contestó que no era tan divertido como parecía, porque él se acordaba a cada rato del frío de París, y del relativo silencio, y de las nubes, que se acumulaban a la misma distancia de su ventana que las nubes de Santiago. Al entrar Eduardito, y había salido Teresa a abrirle la puerta, el Poeta, de pie, dibujaba encima de una mesa. Se dio vuelta para saludarlo, y Eduardito, en una reacción rápida y alarmada, tuvo que sostenerlo para que no se cayera al suelo. Lo ayudó a sentarse en un sillón desvencijado, de respaldo alto, de tapiz de tela desteñida y rota en varias partes, y se sentó en una silla al frente de él.

—Los dejo solos —dijo Teresa—. Aprovecho para hacer

algunas diligencias y para comprar cosas esenciales para esta casa.

—Tráele un poco de whisky a Eduardito —dijo Eulalio, Ernesto.

—Siempre que tú no te lo tomes.

—¿Y qué pasa si me lo tomo? ¿Me muero un poco antes, o un poco después?

Cuando salió Teresa, Eduardito y el Poeta hablaron de mujeres, como en los buenos tiempos, o como un poco después de los buenos tiempos, y el Poeta le contó que Teresa, Teresa Beatriz, y la de Carlo, la famosa Viviana de Carlo, se habían encontrado de sopetón en la puerta de su departamento la tarde anterior.

—¿Y qué pasó?

—Nada —contó el Poeta—. Teresa aguantó el tipo, con su valentía acostumbrada, y a la otra no le quedó más alternativa que dar media vuelta e irse.

—¡Pobre! —exclamó Eduardito—. A mí, hace algunos años, no me habría molestado nada echarle un polvo, ¿sabes?

El Poeta se acordó de María Dolores, la cubana, de su matrimonio en el Palacio de los Novios, de la torta llena de crema y de algunas guindas, con una pareja de mazapán en la punta, que les habían regalado, de la fiesta que había seguido en la casa de Tomás Alejandro Tritón.

—¡Fiesta premonitoria!

—¿De mal agüero?

—No sé si de mal agüero. Ella era una campesina de Alegría del Pío. No teníamos absolutamente nada que ver. Ni siquiera podíamos conversar. Tirábamos de vez en cuando, y hasta eso empezó a resultar de un aburrimiento mortal. Nada es comparable a esa clase de aburrimiento.

Eduardito le contó que tenía posibilidades con una chica muy joven, enamorada de la literatura, y que lo admiraba porque sabía que había conocido en persona a escritores legendarios (¡tú entre ellos!), y que hasta había escrito poesía en su juventud.

—¡Qué poca cosa! ¿No te parece?

—Sácale fotografías en pelota —dijo el Poeta, y Eduardito se rió, pero se dio cuenta de inmediato de que el Poeta no hablaba en broma, de que en su petición había una ansiedad intensa, un hedonismo contrariado, una conciencia lúcida, aguda, ácida, de los límites definitivos. Cuando Eduardito se fue, después de las diez de la noche, suponemos que el Poeta agarró un cuaderno que tenía cerca y escribió algunos versos. Parece que el proyecto de poemas de la mala muerte, o de la muerte provisional, adquiría un cariz distinto, más trágico, de naturaleza inapelable. Llegó Teresa de regreso, y el Poeta le sonrió, estirando los brazos. No tanto para que lo abrazara: para que lo ayudara a levantarse y lo llevara a la cama.

—Te vamos a tomar una enfermera desde mañana.

—¿Tú crees que vale la pena?

—¡Por supuesto que vale la pena!

Él le pidió, entonces, cambiando de tono, de la manera más seria de este mundo, lo siguiente: que no le trajeran curas, que le hicieran funerales laicos.

—Mis restos deberían salir de una casa del Partido Socialista que hay allá por la calle Dieciocho, sin pasar por ninguna iglesia.

Teresa, católica observante, entendió, aun cuando tal vez no entendió muy bien. Que hubiera funerales laicos, de acuerdo, pero, ¿dónde entraba en el cuadro el Partido Socialista? Escuchó, en cualquier caso, con un nudo en la garganta, y no dijo nada.

—¿Me lo prometes?

Teresa pareció sugerir que habría preferido otra cosa, pero hizo con la cabeza un signo afirmativo. A la mañana siguiente el Poeta amaneció con la voz tomada, enteramente ronco, y con los ojos algo salidos de las órbitas. Le había venido una bronquitis, y la enfermera recién contratada le dijo a Teresa Echazarreta: Señora, tiene que estar preparada. Ella, la enfermera, notaba que el enfermo tenía el pulso débil, y el doctor, que llegó a última hora de la tarde, observó lo mismo. Además, el Poeta estaba con treinta y nueve grados de fiebre y daba la impresión de haber perdido la conciencia. Teresa creyó necesario llamar por teléfono a Eduardito Villaseca y a la media hermana del Poeta. La media hermana dijo que trataría de hacerle una visita esa misma tarde, a pesar de sus múltiples ocupaciones y compromisos, y no llegó. Por su lado, Eduardito tocó el timbre del departamento de la calle Passy hacia la medianoche. Venía acompañado de su mujer, y lo primero que les dijo Teresa en voz baja, al recibirlos en la puerta, fue que era muy difícil que pasara la noche. En su estado de debilidad, la bronquitis, había declarado el doctor, era el golpe de gracia. Pero Eduardito entró al dormitorio en la punta de los pies, y el Poeta abrió los ojos de inmediato.

—¿Qué te habías hecho? —le preguntó, con voz casi inaudible, y se lo preguntó sin el menor reproche, sólo para recibir información, como si la pura información, en ese estado de las cosas, lo tranquilizara.

—Mi mujer vino conmigo, pero prefirió quedarse afuera, para no cansarte, y para hacerle compañía a la Teresita.

—¿Te acuerdas de cuando la Teresita me trató de vestir como caballero santiaguino, de zapatos negros, traje gris a rayas y corbata de seda oscura, y de meterme en el círculo de sus amistades?

—¡Por supuesto que me acuerdo! Y me acuerdo de que tú mismo hiciste un esfuerzo, de que empezaste a usar un traje cruzado, pero a poco andar se vio que el esfuerzo, además de inútil, no te resultaba para nada.

—No me resultó. ¡Y qué papelones hice! Y al final optaba por curarme como rana. Hasta que la misma Teresa desistió. Y no sólo desistió. Cambió. Empezó a aceptarme tal como era, y a tomar distancia con respecto a sus amistades de antes.

—¡Pobre Teresa!

—No permitas, eso sí, que me haga un entierro con curas.

—¿Estás seguro?

—Estoy seguro. He tenido un sentimiento religioso toda la vida, una especie de panteísmo, un sentido del misterio, ¡qué sé yo!, pero he sido desde adolescente un feroz comecuras, y cambiar ahora sería una mariconada.

Eduardito le comentó el tema a Teresa, y ella le contó que ya había hablado con los responsables de la casa de los socialistas.

—¿Por qué la casa de los socialistas?

—Porque después de alejarse de los comunistas, en los últimos meses de la UP, parece que se inscribió en el Partido Socialista y no se lo contó a nadie. Para tratar de ayudar, parece, para ayudar a parar el golpe. Y hasta hizo ejercicios militares, participó en entrenamientos, aprendió a cargar al hombro y hasta a disparar un fusil de guerra.

—¡Qué extraño!

—No es tan extraño. Se había encontrado en alguna parte con el dirigente máximo de los socialistas, un hombre alto, flaco, más bien pálido, vestido entero de negro, con un suéter negro de cuello de tortuga, y este dirigente, secretario general del partido o algo por el estilo, le habló como cura de la Revolución, desde el altar de la Diosa Razón, con su curiosa elocuencia, con palabras que parecía que se enredaban entre la lengua y la saliva, y terminó por convencerlo. En buenas cuentas, otra de las extravagancias de nuestro amigo, y otra vuelta de tuerca, pero la tenemos que respetar. Decidió comprometerse en el momento peor, más peligroso, y eso, al fin y al cabo, era muy suyo, era parte de su karma, como dicen por ahí.

—Así es —dijo Eduardito, pensando con sorpresa, con algo más, con una especie de asombro, de anonadamiento, en la vida accidentada del Poeta, en sus rumbos y tumbos, en sus nudos nunca desenredados, y en sus fidelidades últimas, en el núcleo duro de las convicciones que había mantenido hasta el amargo final. Eduardito y su mujer se despidieron, y el Poeta siguió lúcido durante unas cuantas horas más. Preguntó por Nicanor, por Eduardo Anguita (no sabía si se había muerto o no se había muerto), por algunos de los jóvenes, y también quiso saber, cosa extraña, intempestiva, si Jorge Teillier todavía estaba vivo, si andaba por la Ligua o por alguna otra parte. Habló en seguida de la Gabriela, vieja notable, aseguró, mujer de corazón y también de cabeza, de mucha cabeza, de prosa tan filuda y hasta más filuda que su misma poesía. Después habló de Vicentón, y no se sabe por qué lo trató de Vicentón, y no hizo el menor intento de perdonar a Pablo Neruda, a Nerón Neruda. Se refirió, en cambio, en forma afectuosa, a Pedrito Lastra, al Chico Adriazola, a Julio Escamilla, el artesano de El Monte, a Cristián Huneeus, a Eduardo Llanos, a Rodrigo Lira, a muchos otros.

—No te canses —le pidió Teresa, y él asintió con una sonrisa, y cerró los ojos, y a los pocos minutos, por efecto del cansancio, de la fiebre, de los bronquios inflamados, respiraba con un estertor fuerte, que retumbaba en el dormitorio oscuro y hasta en el corredor de la casa. Se acercó la enfermera, que dormitaba en la pieza de al lado, sin desvestirse, cubierta con un chal, le miró los ojos, le tomó el pulso, y dijo que ya había entrado en estado de coma.

—¿Usted cree? —preguntó Teresa, asustada, impresionada, de veras conmovida.

—Estoy segura —dijo la enfermera—, pero conviene que llamemos al doctor, de todos modos.

13

Aquí deberíamos interrumpir la escritura. Guardar un minuto de silencio. O dejar un vacío en la página equivalente a un minuto de silencio. Todos fuimos a la casa de los socialistas en la calle Ejército, en la calle Dieciocho, en la avenida República, ya nadie se acuerda de la dirección exacta. Ahí, en esa casa, en los corredores por donde pasaba gente en mangas de camisa llevando copias de faxes o recortes de diarios, en la pequeña sala sin alfombras, sin cortinas, ocupada por el ataúd, había un sentimiento general de consternación, de impresión, de sorpresa, como si un inmortal se hubiera muerto, como si una historia abierta, que no terminaba, que tenía muchos finales posibles, se hubiera terminado. De manera que el espacio de Chile se había reducido, se había encogido, se había vuelto más mezquino, más sombrío, de lo que ya era desde mucho antes. La gente se acercaba al cajón modesto, de madera clara, con la idea de mirar por última vez y de saber, sobre todo, cómo la muerte había transformado la cara tan conocida, los labios gruesos, los pelos ensortijados y ahora completamente encanecidos de su cabeza y de su barba, pero Teresa, por alguna razón, con mal criterio, según algunos, con excelente criterio, según otros, había tomado la decisión de cerrarlo. Para mejor, seguramente: para que los amigos se quedaran con la memoria del Poeta en vida, y no consumido por el cáncer, con treinta kilos de peso, transformado en un pajarito. Tenemos que consignar que el Antipoeta estaba en primera fila, y Cristián, y los otros, y algunas caras, incluso, que nadie conocía, o que nadie estaba acostumbrado a encontrar en una circunstancia como ésa, como la del microbusero casado con su media hermana, el director del club de fútbol del Santiago Morning, y el portero del antiguo instituto, y un par de compañeros de colegio que se acordaban de sus bromas y de su habilidad para dibujar, además de su hermano menor, el disc jockey, no muy conocido por sus amigos escritores, y de un hermano de su madre, arquitecto de profesión, aunque más bien excéntrico, más bien artista, él también, con toda su familia. Y había en un rincón una mujer compungida, regordeta, baja de estatura, maltratada por la edad, y pronto descubrimos que era la hermana del Chico Adriazola, la Lorita. Pocos sabían que había sido la primera polola del Poeta, o una de las primeras, y que el Poeta se había relacionado así con el Chico, que en esos mismos días había querido hacerse poeta, él también, por contagio, por espíritu de imitación, por admiración sin reservas, casi por enamoramiento, y después, en parte a través del Chico, que era muy metido, algo patudo, bastante intruso, y en parte porque ya había publicado algunos poemas, había conocido a la gente del Café Bosco, con los de La Mandrágora, con Teófilo Cid y Jorge Cáceres, con el Magalo Ortiz de Zárate y el Chico Márquez, lustrabotas y pintor, a la cabeza. Y nadie sabía, tampoco, que la Lorita se había tenido que hacer un raspaje, porque se había quedado esperando un hijo del Poeta, y le había pedido que le diera un poco de plata para pagarlo, pero el Poeta no le había dado un cinco (no tenía qué darle), y de hecho se habían separado desde entonces y para siempre. Se demostró, sin embargo, ese día de los funerales, que ella, la Lorita Adriazola, en lo más hondo de su corazón, lo había perdonado, porque estaba en un rincón de la sala del ataúd, silenciosa, con expresión compungida, y era probable que estuviera ahí, además, en representación de su hermano difunto, porque ella había desaparecido, no había tenido más remedio que desaparecer, pero su hermano, el Chico, había quedado en la memoria de todos nosotros, y no es improbable que ella, en el fondo de los fondos, se sintiera orgullosa.

En el camino al cementerio, el Antipoeta dijo que los funerales sin curas, sin cánticos religiosos, sin responsos de preferencia en latín, acompañados de las correspondientes aspersiones del ataúd con agua bendita, eran demasiado tristes, fomes, fue una de las palabras que usó, y la impresión general fue de consenso con esta idea, que más bien armonizaba con la poesía tradicional que con la antipoesía, pero algunos argumentaron, en sentido contrario, que el funeral laico era el reflejo de una convicción de toda la vida, y que tenía, por lo tanto, una coherencia y hasta un sentido superior, una belleza no externa, no ritual, no convencional, y por eso mismo, en definitiva, en el sentido más literal de la palabra, paradójicamente, más religiosa. En el cementerio hablaron varios, y muchos citaron poemas del Poeta sobre la poesía, sobre el acto de escribir, sobre la infancia, sobre las ruinas del centro de Santiago, sobre el Chile horroroso. Hubo una nutrida asistencia de liróforos jóvenes, celestes y de todos los colores del arcoiris, y de mujeres del mundo del teatro, de la poesía, de los salones y hasta de la quiromancia, y de pintores que habían dejado de circular hacía rato, como Reinaldo Villaseñor, a quien también solíamos llamar el Chico, amén de uno que otro profesor de los buenos tiempos del Parque Forestal y del Bellas Artes. Tras la paletada, nadie dijo nada, escribió a comienzos de siglo un antecesor suyo, Carlos Pezoa Véliz, poeta tradicional, heredero criollo del simbolismo francés, y a su modo antipoeta, pero aquí todos se fueron pensando y conversando, diciendo muchas cosas, tratando de resumir las impresiones y las reflexiones del día, aun cuando no era en absoluto fácil resumirlas. El Poeta había caído preso un par de veces, y había corrido el riesgo de caer preso varias veces más, y ahora, bajo tierra, estaba preso para siempre y en cierta medida liberado. ¿Había recuperado su definitiva libertad, entonces, con la muerte? Pero, ¿de qué libertad nos hablan? Se había juntado con la nada y la cosa ninguna, uno de sus símiles más frecuentes, una de sus claves burlonas y trágicas. El descenso al hoyo definitivo, facilitado por un juego de roldanas, en el cementerio del Parque del Recuerdo, era una burla seria, una tragedia generacional, una advertencia para todos nosotros, y él, por raro que pareciera, era el único que no podía contemplarla, comentarla hasta la saciedad, glosarla. En otras palabras, había recuperado la libertad y la había perdido, y nosotros nos quedábamos en esta orilla prosaica, un poco menos libres que antes, pegados a mezquindades, a engranajes, a rutinas menesterosas. Alguien se acordó del Pingüino, pero a nadie se le había ocurrido ir al Paseo Ahumada y avisarle, porque el Pingüino habría estado en primera fila, sin su tambor, con algunas contorsiones epileptoides, y habría llevado un ramo de violetas o de lirios blancos en la mano atrofiada.

Algunos se preguntaron por su poesía, por su sentido, por lo que significaba en la poesía chilena y en la poesía contemporánea, y fue evidente que no había una opinión unánime y ni siquiera una idea muy clara. En la casa museo del Poeta Oficial, a esa misma hora, en virtud de una interesante coincidencia, tenía lugar una especie de celebración de algo, de algún aniversario, de alguna de esas cosas, evento que adquiría, como siempre, un cariz folklórico, pero el río invisible de la poesía, como lo había bautizado el Poeta Oficial antes de serlo, en versos ingenuos, pero frescos, sensibles, de su lejana adolescencia en la frontera de la Araucanía, pasaba más cerca del hoyo recién tapado del Parque del Recuerdo que de la casa del cerro San Cristóbal.

—La poesía es así —decretó el Antipoeta—. Nadie está salvado en forma definitiva. La poesía tiene que salvarse a cada rato —y agregó, con su exageración afónica—: ¡A cada minuto!

—Y se pierde a cada rato.

—Y se recupera. Ahí tienen ustedes al pobre Pezoa Véliz.

—Y a Vicentón.

Y todos se rieron, nos reímos, a pesar de las circunstancias. Y Teresita, cuya tristeza sin duda era profunda, auténtica, pero que no tenía nada, absolutamente nada, de viuda profesional o de viuda abusiva, sonrió con un ligero destello de alegría y propuso que fueran a su casa, no a la del Poeta en la calle Passy, sino a la casa suya, a beber una copa.

—Al Quita Penas —dijo alguien.

—Sí —dijo ella—. Al Quita Penas. Pero que está en mi casa.

Para terminar la jornada en debida forma, nos dijimos algunos, y para ponerle fin a tantas historias, a tantos entusiasmos, a tantos sufrimientos. Para sobajear, y humedecer, y amortiguar en vino, en whisky, en buena compañía, parodiando a otro poeta, a uno mucho más antiguo, a un bardo auténtico, a un vate de la vieja escuela, el gran dolor de las cosas que habían pasado y se habían consumido.

Planeta

España
Av. Diagonal, 662-664
08034 Barcelona (España)
Tel. (34) 93 492 80 36
Fax (34) 93 496 70 58
Mail: info@planetaint.com
www.planeta.es

Argentina
Av. Independencia, 1668
C1100 ABQ Buenos Aires
(Argentina)
Tel. (5411) 4382 40 43/45
Fax (5411) 4383 37 93
Mail: info@eplaneta.com.ar
www.editorialplaneta.com.ar

Brasil
Rua Ministro Rocha Azevedo, 346 -
8º andar
Bairro Cerqueira César
01410-000 São Paulo, SP (Brasil)
Tel. (5511) 3088 25 88
Fax (5511) 3898 20 39
Mail: info@editoraplaneta.com.br

Chile
Av. 11 de Septiembre, 2353,
piso 16
Torre San Ramón, Providencia
Santiago (Chile)
Tel. Gerencia (562) 431 05 20
Fax (562) 431 05 14
Mail: info@planeta.cl
www.editorialplaneta.cl

Colombia
Calle 73, 7-60, pisos 7 al 11
Santafé de Bogotá, D.C.
(Colombia)
Tel. (571) 607 99 97
Fax (571) 607 99 76
Mail: info@planeta.com.co
www.editorialplaneta.com.co

Ecuador
Whymper, 27-166 y Av. Orellana
Quito (Ecuador)
Tel. (5932) 290 89 99
Fax (5932) 250 72 34
Mail: planeta@access.net.ec
www.editorialplaneta.com.ec

Estados Unidos y Centroamérica
2057 NW 87th Avenue
33172 Miami, Florida (USA)
Tel. (1305) 470 0016
Fax (1305) 470 62 67
Mail: infosales@planetapublishing.com
www.planeta.es

México
Av. Presidente Masaryk, 111, piso 2
Colonia Chapultepec Morales, CP 11570
Delegación Miguel Hidalgo
México, D.F. (México)
Tel. (52) 30 00 62 00
Fax (52) 30 00 62 57
Mail: info@planeta.com.mx
www.editorialplaneta.com.mx
www.planeta.com.mx

Perú
Grupo Editor
Jirón Talara, 223
Jesús María, Lima (Perú)
Tel. (511) 424 56 57
Fax (511) 424 51 49
www.editorialplaneta.com.co

Portugal
Publicações Dom Quixote
Rua Ivone Silva, 6, 2.º
1050-124 Lisboa (Portugal)
Tel. (351) 21 120 90 00
Fax (351) 21 120 90 39
Mail: editorial@dquixote.pt
www.dquixote.pt

Uruguay
Cuareim, 1647
11100 Montevideo (Uruguay)
Tel. (5982) 901 40 26
Fax (5982) 902 25 50
Mail: info@planeta.com.uy
www.editorialplaneta.com.uy

Venezuela
Calle Madrid, entre New York y Trinidad
Quinta Toscanella
Las Mercedes, Caracas (Venezuela)
Tel. (58212) 991 33 38
Fax (58212) 991 37 92
Mail: info@planeta.com.ve
www.editorialplaneta.com.ve

Grupo Planeta